Marcia Muller

San Francisco Blues

Marcia Muller

San Francisco Blues

Roman

Aus dem Amerikanischen von
Cornelia Holfelder-von der Tann

ARGON

Die amerikanische Originalausgabe erschien 2002
unter dem Titel *Dead Midnight*
im Verlag Mysterious Press/Warner Books, Inc., New York

This edition published by arrangement with Warner Books, Inc.,
New York, New York, USA.

Dieses Werk wurde vermittelt durch die Literarische Agentur
Thomas Schlück GmbH, 30827 Garbsen

Deutschsprachige Ausgabe:

Gesetzt aus der Minion
Satz: deutsch-türkischer fotosatz, Berlin
Druck und Bindung: Clausen & Bosse, Leck
Printed in Germany
ISBN 3-87024-551-4

Für meine Komplizin Susan Richman

Ich danke

Suzette Lalime Davidson für die Einführung in die Dot-com-Welt. Jim Moen für die Aufklärung über die Intrigen unter Risikoinvestoren. Mark Terry dafür, dass er mich ins einundzwanzigste Jahrhundert gelockt hat. Michael Terry dafür, dass er mich für selbiges gerüstet hat.
Und natürlich meinem Hauslektor und Titelspezialisten.

O feig Gewissen, wie du mich bedrängst …
Das Licht brennt blau … Ist's nicht um Mitternacht?
Mein schauerndes Gebein deckt kalter Schweiß.
Was fürcht ich denn? Mich selbst?

Montag, 9. April

Irgendwann ereilt es jeden. Ein Anruf spät in der Nacht bringt die Nachricht vom Tod eines Menschen, der dir nahe stand, und damit ein albtraumhaftes Gefühl der Unwirklichkeit. Du denkst egozentrische Dinge: Warum passiert *mir* das? Dann schämst du dich sofort, weil du selbst ja nicht wirklich das Opfer bist. Du bist schließlich noch am Leben, gesund und einigermaßen bei Verstand.

Praktische Fragen schieben sich in den Vordergrund, weil sie ein Mittel sind, den Schmerz von dir fern zu halten. Wem musst du es beibringen? Wie? Was gilt es zu organisieren? Was heißt das für deine eigenen Pläne? Aber schließlich verpufft der Aktivismus, und was bleibt, ist das Gefühl von Verlust und Endgültigkeit – in meinem Fall von Verlust und Endgültigkeit nach einer ganzen Serie von Schocks und Verlusten.

Bei mir kam der Anruf um zwanzig nach elf: ein Beamter des Sheriff's Department von Humboldt County, gut hundertsiebzig Meilen nördlich von San Francisco. Deputy Steve Brouillette. Ich hatte im letzten halben Jahr schon mehrmals mit ihm gesprochen, aber er hatte nie Neuigkeiten für mich gehabt. Jetzt hatte er welche, und zwar schlechte.

Mein Bruder Joey war mit fünfundvierzig Jahren gestorben. Es war Selbstmord.

Freitag, 13. April

»Wäre mir gar nicht recht, wenn das zur Gewohnheit würde.«

Ich wusste, die Bemerkung meines Bruders John war als befreiender Galgenhumor gemeint, aber angesichts der Umstände war der Versuch zum Scheitern verurteilt. Ich schirmte meine Augen gegen die blendende Nachmittagssonne ab und sah, dass sein stupsnasiges Gesicht von Schmerz gezeichnet war. Er lehnte unter der hohen Tragfläche der Cessna 170B, eine Hand auf der Strebe, und sein relativ langes Haar flatterte im Wind. Überrascht bemerkte ich weiße Fäden im Blond seiner Koteletten. Die waren doch zu Weihnachten noch nicht da gewesen?

»Entschuldige«, sagte er, »aber der Gedanke muss dir doch auch schon gekommen sein.«

Mein Blick wanderte über den Lindbergh-Flughafen von San Diego nach Westen, wo wir vor ein paar Stunden Joeys Asche über dem Meer verstreut hatten. Joey, der Familienclown. Joey, den wir immer für jemanden gehalten hatten, dem düstere Gedanken absolut fremd waren. Der geliebte dumme Junge, der Streuner, der bei Familientreffen schmerzlich vermisst wurde, der Arbeiter, der aus den meisten seiner schlecht bezahlten Jobs vorzeitig herausflog, aber irgendwie immer auf die Füße fiel.

Joey, ein Selbstmörder.

»Ja«, sagte ich. »Ist er auch. Erst Pa, jetzt das hier.«

»Und Ma und Melvin werden auch nicht jünger.«

»Wer wird das schon?« Ich wandte mich ab und ging die Maschine entlang. Die Zwo-fünf-zwo-sieben-Tango, eine rote Spornradmaschine mit schmucken blauen Kontrasten, war mein ganzer Stolz. Sie gehörte mir und meinem langjährigen Gefährten Hy Ripinsky. Ich strich mit der Hand über den Rumpf, prüfte Höhen- und Seitenruder – Flugvorbereitungscheck, denn plötzlich drängte es mich hier weg.

John kam hinter mir her. »Ich rätsele die ganze Zeit, warum er's getan hat.«

Ich ging, ohne zu antworten, auf die andere Seite der Maschine hinüber.

Als er mich hochstemmte, damit ich den Treibstoffstand im linken Tank prüfen konnte, setzte er hinzu: »Was kann denn in seinem Leben so schief gelaufen sein, dass er sich umbringt?«

»Ich weiß es nicht.«

Als ich gestern Abend angekommen war, hatte John nicht über Joey reden wollen, und auch während des Fluges auf den Pazifik hinaus und beim anschließenden Mittagessen im Flughafenrestaurant hatte er die meiste Zeit geschwiegen. Jetzt, auf den Gästeparkplätzen, schien er wild entschlossen, ein tief schürfendes Gespräch zu initiieren.

»Ich meine, zu dem Zeitpunkt, als er verschwand, sah doch eigentlich alles ganz gut aus. Ein ordentlicher Job, eine nette Freundin –«

»Und ein schäbiger Trailer, voller leerer Schnapsflaschen und Pillenfläschchen.« Ich ließ mich von der Tragflächenstrebe hinunter und setzte meinen Check fort. »Und wenn ich den Beamten aus Humboldt County am Telefon richtig verstanden habe, stand in der Bude, wo er sich um die Ecke gebracht hat, der gleiche Nippes herum.«

John gab ein Stöhnen von sich; meine harten Worte hatten ihn schockiert. Und mich auch, weil mir bis jetzt gar nicht bewusst gewesen war, wie wütend ich auf Joey war.

Ich klappte die Haube auf und starrte zerstreut auf den Motor. Einer dieser seltsamen Aussetzer, wie wenn man einen Raum betritt und nicht mehr weiß, was man da wollte. Herrgott, McCone, dachte ich, reiß dich zusammen. Ich griff nach dem Ölstab, in Gedanken bei meiner Joey-Suchaktion.

Als Pa Anfang September gestorben war, hatten wir Joey unter dessen letzter Adresse nicht erreichen können, und erst gegen Ende des Monats war es John gelungen, seine Spur bis zu einem heruntergekommenen Trailerpark nahe dem Dörfchen Anchor Bay in Mendocino County zu verfolgen. Doch da war Joey schon wieder verschwunden gewesen, unter Hinterlassung seiner gesamten Habseligkeiten und einer verzweifelten Freundin. Ich hatte sofort eigene Suchbemühungen gestartet, aber nach zwei fruchtlosen Monaten aufgegeben, weil ich mir sagte, dass er – in typischer Joey-Manier – schon wieder auftauchen würde, wenn er so weit wäre. Dann, am Montag, Deputy Brouillettes Anruf. Joey war in einem schäbigen Mietbungalow in Samoa, einem Sägewerksstädtchen nordwestlich von Eureka, gefunden worden, gestorben an einer Überdosis Alkohol und Barbiturate. Sein handschriftlicher Abschiedsbrief lautete einfach nur: »Tut mir Leid.«

Ich schloss die Motorhaube und stieg auf die Tragflächenstrebe, um den rechten Tank zu kontrollieren. Ich schraubte gerade den Deckel wieder drauf, als John erneut anfing. »Hast du dich das nicht gefragt, Shar? Warum er's getan hat?«

»Klar hab ich das.« Ich knallte den Deckel fest – nicht nur aus Sicherheitsgründen – und ließ mich hinunter. Was sollte das jetzt, wo er doch wusste, dass ich loswollte?

»Wir hätten merken müssen, dass da was faul war. Es muss doch Anzeichen gegeben haben. Wir hätten ihm helfen können.«

Ich wischte meine Ölfinger an meinen Jeans ab. »John, wir hatten keine Möglichkeit, es zu merken.«

»Hätten wir aber müssen. Er war doch unser Bruder.«

»Hör zu, wir beide haben in Wirklichkeit nur sehr kurz mit Joey zusammengelebt. Er war fünf Jahre älter als ich, und wir sind die meiste Zeit getrennte Wege gegangen. Ich bezweifle, dass ich überhaupt jemals richtig mit ihm geredet habe. Und soweit ich weiß, habt ihr beide auch nicht mehr zusammen gemacht, als eure Nasen unter irgendwelche Motorhauben zu stecken, Bier zu trinken und Scherereien mit der Polizei zu haben. In den letzten fünfzehn Jahren war Ma die Einzige, die wenigstens hin und wieder eine Karte oder einen Anruf von ihm gekriegt hat. Die Hälfte der Zeit wussten wir nicht mal, wo er lebte und was er machte. Also, wie, bitte schön, hätten wir irgendwelche Anzeichen bemerken und wissen sollen, dass er Hilfe brauchte?«

John ließ seufzend die Illusion fahren. »Ich schätze, das macht es so schwer, damit umzugehen.«

»Ja, stimmt.«

Ich zog die Flugzeugschlüssel aus der Tasche. Sein Blick heftete sich darauf. »Und wo willst du jetzt hin?«

»Auf Hys Ranch über Ostern, dann wieder zurück nach San Francisco. Ich habe in der Detektei eine neue Kraft, die ich einarbeiten muss, und am Montag einen Lunchtermin mit einem Anwalt, der mir eine Menge Aufträge zuschanzt.«

»Stürzt dich in die Arbeit, um dich vom Thema Joey abzulenken.«

»Ist das so schlimm?«

Er schüttelte den Kopf.

Nicht so schlimm, vergessen zu wollen, dass Menschen, die wir lieben, manchmal selbstzerstörerische Akte begehen, die es schaffen, diese Liebe vorübergehend in Hass zu verwandeln.

Montag, 16. April

Glenn Solomon, der prominenteste Strafverteidiger von San Francisco, und ich trotzten tapfer dem Autoverkehr – auf dem Weg vom Momo's, wo wir gerade zu Mittag gegessen hatten, hinüber zum schmucken neuen Baseballstadion der Stadt. Das Pacific-Bell-Park-Stadion erschien mir als perfekte Kombination von Alt und Neu: ein roter Backsteinbau, in der Form und mit der intimen Atmosphäre früher städtischer Baseballarenen, dabei aber mit allem modernen Komfort ausgestattet. Und, was in dieser autoverseuchten Stadt das Wichtigste war, mit öffentlichen Verkehrsmitteln leicht erreichbar.

»Schon mal ein Spiel da drinnen gesehen?«, fragte mich Glenn.

»Klar war ich schon mal drin. Sie haben mir doch letzten Juni Ihre Dauerkarten überlassen.«

»Ach ja, stimmt. Der heißeste Tag in der Geschichte der Stadt. Sie und Ihre Freunde saßen direkt in der Sonne, hinterm dritten Base. Sie haben sich alle mit Sonnenschutzfaktor dreißig eingeschmiert, sich Wasser über den Kopf gegossen, bis es anfing zu sieden, und nach dem dritten Inning die Flucht ergriffen. Und zu allem Überfluss war es auch noch das erste Spiel im neuen Stadion, bei dem die Giants richtig gut waren. Das werden Sie mir ewig vorhalten, was?«

»So lange, bis ich noch mal an diese tollen Plätze komme.«

»Hmm.« Glenn nickte unverbindlich, im Geiste bereits ganz woanders.

Genau wie das Stadion war auch Glenn Solomon eine perfekte Kombination des alten und des neuen San Francisco. Ein gemächliches, handyfreies Mittagessen hindurch hatte er mich aufmerksam umsorgt, ohne ein Wort über geschäftliche Dinge zu verlieren. Während die Kellner eilfertig um uns herumschwirrten, darauf bedacht, es dem Staranwalt recht zu machen, hatte er mir geschmeichelt, indem er sich nach Hy erkundigte, nach dem Haus, das wir unlängst auf unserem Grundstück an der Küste von Mendocino County gebaut hatten, nach den jüngsten turbulenten Entwicklungen in meinem Privatleben. Doch jetzt hatte er innerlich hoch geschaltet, und in Kürze würde er seine gesamten Überredungskünste aufbieten, um mich dazu zu bringen, einen Job zu übernehmen, der – aus seiner bisherigen Zurückhaltung zu schließen – so beschaffen war, dass ich ihn mit Sicherheit würde ablehnen wollen.

Aber noch war er nicht so weit, und ich spazierte an seiner Seite den Embarcadero entlang, zufrieden damit, den Blick auf Treasure Island und die Segelboote in der Bay zu genießen. Als wir das Miranda's, meinen Lieblingshafenimbiss, erreichten und er immer noch nichts gesagt hatte, sah ich ihn stirnrunzelnd an. Glenn war ein stattlicher Mann, silbergrau, auf blühende Weise rundlich, mit einem glatt rasierten Kinn, das mich befremdete, weil er, seit ich ihn kannte, einen Vollbart getragen hatte. Trotz seiner Körperfülle bewegte er sich graziös, eine beeindruckende Erscheinung, die viele Blicke auf sich zog.

Glenn galt bei seinen Golf- und Tennispartnern als umgänglicher Bursche, bei seinen Angestellten als freundlicher, großzügiger Arbeitgeber, bei seinen Anwaltskollegen als glänzender Jurist und brillanter Streiter. Er war ein festes Bollwerk für seine Mandanten und eine verlässliche Stütze für Freunde in Not. Und für Bette Silver, die seit zwanzig Jahren mit ihm verheiratet war, war er ein Schmusekätzchen mit dem Brüllen eines Löwen. Aber Glenn konnte auch tückisch und hinterlistig sein. Sein fixer Verstand, seine spitze Zunge und sein ätzender Sarkasmus demontierten seine Gegner regelrecht; sein Kampfmodus inner- wie außerhalb des Gerichtssaals war einschüchternd. Ich hatte es in meiner Laufbahn als Privatdetektivin schon mit einigen knallharten Typen aufgenommen, aber ich hatte schon vor langer Zeit befunden, dass ich mich nie mit Glenn Solomon anlegen wollte.

Er bemerkte meinen musternden Blick und fasste mich am Ellbogen. »Setzen wir uns ein bisschen hin.«

Vor dem Miranda's stand eine Bank, flankiert von Trögen mit blühenden Tulpen und Narzissen. Die Blumen waren Ausdruck der sanfteren Seiten des Inhabers, eines oft schroffen Ex-Schauermanns, dessen Spitzname Carmen Miranda noch aus den Zeiten stammte, da er im China Basin Bananendampfer entladen hatte. Wir setzten uns, jedoch nicht, ehe Glenn die Bank feierlich mit seinem frischen, weißen Taschentuch abgewischt hatte.

Wir guckten auf den Hafenboulevard, der so breit ist wie ein durchschnittliches Citygrundstück, mit einem Mittelstreifen, auf dem stattliche Palmen wachsen und Nostalgie-Straßenbahnen dahinrumpeln. Eben fuhr eine rote bimmelnd vorbei. Direkt gegenüber stand der Apartmentkomplex, wo mein Neffe und Computerspezialist Mick Savage mit meiner Wirtschaftsdetektivin Charlotte Keim zusammenlebte. Ein weißer Bau mit reichlich Chrom und Glasstein, und rechts und links davon weitere Neubaukomplexe mit Läden, Delis und Restaurants im Erdgeschoss – sichtbare Zeichen der Wiederbelebung unserer alten Hafenfront.

Im Jahr 1989 hatte diese Gegend den Tiefpunkt eines rasanten Niedergangs erreicht. Schon Jahre zuvor war die Schifffahrtsindustrie weitgehend nach Oakland oder in andere Westküstenhäfen abgewandert, Fabriken und Lagerhäuser standen leer, viele Piergebäude waren verlassen, heruntergekommen und rattenverseucht, Versicherungsbetrug per Brandstiftung war keine Seltenheit. Dann, am 17. Oktober, verschoben sich die tektonischen Platten an der Loma-Prieta-Bruchlinie, die Erde bebte, und eins der hässlichsten Bauwerke der Stadt, der Embarcadero Freeway, brach zusammen. Als man die Ruinen beseitigte, tat sich mancher Bayblick auf, der dreißig Jahre versperrt gewesen war, und uns allen wurde klar, dass San Francisco eine wunderschöne Wasserfront haben könnte.

Im Zuge dieser Neugestaltung, die immer noch andauert, hat sich das Herz der Stadt nach und nach vom Finanzdistrikt und vom Union Square hierher, ans Wasser, verlagert, wo es frisches Lebensblut in lange dahinsiechende Viertel pumpt. Neue Gebäude entstehen, und alte werden in Büroetagen oder Lofts umgewandelt. Hightech-Firmen sind nach South of Market übergesiedelt, dicht gefolgt von den schicken Restaurants, Clubs und Boutiquen, die diese Unternehmer und ihre Angestellten benötigen. Nicht einmal der Zusammenbruch des Neuen Marktes vermochte der pulsierenden Atmosphäre von South Beach, SoMa und Mission Bay einen gründlicheren Dämpfer zu versetzen; hier herrscht immer noch Optimismus. Natürlich hat jeder

Wandel seinen Preis, und im Fall von San Francisco war es ein hoher.

Als könnte er meine Gedanken lesen, sagte Glenn: »Zu viel zu schnell.«

»Die Veränderungen hier in der City? Ja.«

»Gegen die meisten habe ich ja nichts. Der Mission-Bay-Komplex zum Beispiel, das ist eine tolle Sache: sechstausend dringend benötigte Wohnungen, der neue UCSF-Campus, die ganzen Grünflächen. Das ist gute Baupolitik. Nein, was mich stört, ist die Spaltung der Gesellschaft. In Gewinner und Verlierer. All die vielen alten Leute, die es sich nicht mehr leisten können, in dem Viertel wohnen zu bleiben, wo sie geboren wurden. Die jungen Familien und einfachen Leute, die durch die hohen Lebenshaltungskosten aus der City vertrieben werden. Die schwarze Community, die immer weiter schrumpft. Das verändert das Gesicht der Stadt, macht sie zu einer Spielwiese der Reichen. Was zahlt man heute für eine Dreizimmer-Mietwohnung in einer anständigen Gegend?«

»Keine Ahnung. Ich habe für mein Haus einiges unter hunderttausend gezahlt, aber letztes Jahr ging ein kleineres in unserer Straße für fünfhunderttausend an ein Ehepaar aus Silicon Valley – und es war als renovierungsbedürftig annonciert. Die Büromieten sinken, seit die Dotcomfirmen Pleite gehen. Ich habe die Preise im Auge behalten, für den Fall, dass die Hafenkommission nächstes Jahr den Mietvertrag für meine Detekteiräume im Piergebäude nicht verlängert. Aber die gewerblichen Mieten waren ja bereits astronomisch.«

Glenn winkte einem vorbeijoggenden Mann in blauem Spandex zu. »Einer meiner jungen Anwälte«, sagte er. »Ein Top-Talent, frisch von der Columbia-Universität. Ich musste hundertfünfundzwanzigtausend bieten, um ihn zu kriegen. Diese ganzen Start-up-Kids, die mit Geld um sich werfen wie mit Konfetti. Wenn dem Dotcomboom nicht die Luft ausgegangen wäre, hätten sie inzwischen alles übernommen.« Er seufzte. »Verstehen Sie mich nicht falsch, meine Liebe. Ich gönne es denen, die es verdient haben. Und ich mag die neue Vitalität dieser Stadt, wenn wir auch den übelsten politischen Apparat westlich von Chicago haben. Aber ich wollte …«

»Dass die Kohle gleichmäßiger verteilt würde. Oder dass die Gewinner so etwas wie ein altmodisches soziales Gewissen hätten.«

»Genau. Das sind keine abstrakten Betrachtungen, wissen Sie. Es führt direkt zu dem Grund, weshalb ich Sie um dieses Treffen gebeten habe.«

Endlich kam er zur Sache. Ich sah ihn an, gefasst auf den verschlagenen Gesichtsausdruck, den er üblicherweise zur Schau trug, wenn er mich in einer nahezu aussichtslosen Sache anzuwerben versuchte – sein »Wolfsgesicht«, wie er das nannte. Aber da war nur tiefe Melancholie.

Er sagte: »Ich wollte Sie um einen sehr persönlichen Gefallen bitten.«

Es sei, so erklärte Glenn, ein atypischer Fall für seine Kanzlei. Eine Zivilrechtssache, etwas, was er so gut wie nie übernahm. Eine Schadensersatzklage wegen fahrlässiger Tötung, gegen ein Online-Magazin namens *InSite*.

Die Marktnische des Magazins war die Information über das, was in der Bay Area neu und hip war: *das* angesagte Restaurant, hoch gehandelte Künstler, Schriftsteller und Prominente, Trendprodukte und -klamotten. Kurz, es war eine Art *Wired* der hiesigen Internet-Szene. Ich hatte die Site selbst schon ein paar Mal besucht: um Läden für ungewöhnliche Weihnachtsgeschenke ausfindig zu machen, um ein Interview mit Micks Vater Ricky Savage zu lesen, den sie als »Country & Western-Ikone« etikettierten, um festzustellen, auf welche Themen sich mein Reporter-Freund JD Smith gerade stürzte. Die Schreibe war lebendig und informativ, der Inhalt wurde häufig aktualisiert. *InSite* und eine Hand voll weiterer gut gemachter Online-Publikationen wie etwa *Salon* hatten den Internet-Crash überlebt.

Ich fragte Glenn: »Was ist das Persönliche daran?«

»Die Kläger sind Leute, die ich zu meinen besten Freunden zähle. Der verstorbene *InSite*-Journalist war ihr Sohn und mein Patenkind.«

»Und inwiefern trägt das Unternehmen Schuld an seinem Tod?« Für ein Magazin zu arbeiten klang nicht nach einem besonders gefährlichen Job.

»Schon mal von *Karoshi* gehört?«

Ich schüttelte den Kopf.

»Das ist Japanisch. Wörtlich übersetzt bedeutet es ›an Überarbeitung sterben‹. Ein häufiges Phänomen in Japan – Schätzungen zufolge für den Tod von tausend bis zehntausend Menschen pro Jahr verantwortlich.«

»Tod wodurch? Herzinfarkt? Schlaganfall? Schiere Erschöpfung?«

»Unter anderem, ja. Bis vor kurzem führten solche Todesfälle kaum je zu Rechtsstreitigkeiten, aber letztes Jahr hat die Familie eines Opfers erfolgreich gegen eine große Werbeagentur in Tokio geklagt. Meine Mandanten, die japanischer Abstammung sind, haben von diesem Fall erfahren und wollen feststellen, ob das auch vor einem amerikanischen Gericht möglich ist.«

»Und jetzt brauchen Sie meine Detektei, um nachzuweisen, dass der Arbeitgeber für den Tod Ihres Patenkindes verantwortlich ist.«

»Ja. Und ich will Sie, Sharon, niemanden von Ihren Leuten.«

»Natürlich.« Das Ganze war ziemlich rätselhaft. Warum hatte Glenn es für nötig gehalten, mich mit teurem Essen und Wein zu ködern? Ich zog mein Aufnahmegerät aus meiner Umhängetasche und sagte: »Ich brauche jetzt erst mal ein paar konkrete Einzelheiten, damit ich eine Akte anlegen kann. Und ich brauche auch Kopien Ihrer Fallakten. Wie heißen die Leute?«

»Nagasawa.«

»Kommt mir irgendwie bekannt vor.«

»Aus der Zeitung vermutlich. Sie sind Kunstmäzene und unterstützen eine ganze Reihe karitativer Einrichtungen. Ich war mit Daniel Nagasawa auf dem College. Er ist Augenchirurg und hat eine von diesen Kliniken, die Laserkorrekturen machen. Margaret, seine Frau, hat einen kleinen Verlag für anspruchsvolle Kinderbücher. Sie haben – hatten – drei Söhne. Harry, der älteste, ist neunundzwanzig und Assistenzarzt in der Herzchirurgie der Universitätsklinik. Roger, mein Patenkind, war sechsundzwanzig, der mittlere. Eddie ist zwanzig und noch in Stanford, er studiert Physik und Informatik und gehört zu den Besten seines Jahrgangs.«

»Aus den Vornamen schließe ich, dass die Familie schon eine ganze Weile in den Staaten ist.«

»In der vierten Generation. Daniels Großvater kam aus Osaka herüber, um gegen Naturallohn auf einer Farm im Central Valley zu arbeiten, und brachte es schließlich zu einer eigenen Farm bei Fresno. Er hinterließ seinem Sohn einen Betrieb, der genug abwarf, um Daniel das College und dann ein Medizinstudium zu ermöglichen. Heute sind die Nagasawas millionenschwer.«

»Okay? Und Roger? Was war er für einer?«

Glenns Gesicht wurde noch melancholischer. »Ein Bursche, der hinter seinen Möglichkeiten zurückblieb, und das in einer extrem leistungsorientierten Familie. Hat Journalismus an der Universität von Michigan studiert – der einzige der drei Söhne, der sich je weiter von zu Hause entfernt hat. Ich persönlich glaube, dass er nach Michigan gegangen ist, um dem elterlichen Druck zu entrinnen. Nach dem Studienabschluss hat er sich von einem Reporterjob zum anderen gehangelt, und dabei hat es ihn immer weiter nach Westen verschlagen. Vor anderthalb Jahren ist er nach San Francisco zurückgekehrt, und ein Freund hat ihn für eine feste Stelle bei *InSite* empfohlen. Roger sah das als Möglichkeit, sich auszuzeichnen, irgendwann die in Aussicht gestellten Aktienoptionen zu realisieren und so mit dem Rest der Familie gleichzuziehen.«

»Hat er Ihnen das gesagt?«

»Ja. Wir hatten ein gutes Verhältnis. Aber offenbar doch nicht so gut, wie ich dachte.«

»Was heißt das?«

Glenn ignorierte die Frage. »Das Arbeitsklima bei *InSite* war brutal. Sechzehn-, Zwanzigstundentage, inklusive Wochenenden, ohne Freizeitausgleich. Schlechte Bezahlung, und die Aktien wurden nie ausgegeben. Der Chefredakteur, Max Engstrom, ist ein Egomane, dem es Spaß macht, seine Untergebenen zu schinden und zu erniedrigen. Blöde Schikanen, so ähnlich wie in Studentenverbindungen, aber so was geht tief, wenn man unter chronischem Schlafmangel leidet und sich nicht sicher ist, ob man seinen Job morgen noch hat. Besonders bei einem sensiblen jungen Mann, der unbedingt die Liebe und Anerkennung seiner Familie erringen will.«

»Und was ist passiert? Starb Roger, weil sie die Schikanen zu weit getrieben haben?«

Um Glenns Mund zuckte es, und seine Augen wurden feucht. »Könnte man so ausdrücken. Vor zwei Monaten, am Valentinstag, hat Roger Selbstmord begangen. Hat auf der Bay Bridge angehalten, ist aus dem Wagen gestiegen, übers Geländer geklettert und gesprungen. Vorher hat er seinen Eltern eine E-Mail geschickt, in der er sich dafür entschuldigt hat, so ein Versager zu sein.«

Tut mir Leid.

Joeys Abschiedsbrief. Gott, die Parallelen waren so offensichtlich! Ein Mann, der sich von Job zu Job hangelte. Ein Bursche, der hinter seinen Möglichkeiten zurückblieb, und das in einer extrem leistungsorientierten Familie.

Ein Mann, der sich das Leben nahm.

Plötzlich war mir schwindelig. Ich fühlte meine Stirn. Sie war feuchtkalt, und der offenbar doch zu schwere Lunch lag mir plötzlich wie ein Wackerstein im Magen.

»Sharon?«, sagte Glenn.

Ich drückte die Stopptaste meines Aufnahmegeräts. »Schon okay«, sagte ich nach kurzem Schweigen. »Aber ich kann diesen Fall nicht übernehmen. Ausgeschlossen.«

Ebenso ausgeschlossen, wie mit Glenn über Joeys Selbstmord zu sprechen. Viel zu oft war mein Privatleben im letzten halben Jahr Gesprächsthema gewesen. Schlimm genug, immer wieder – so wie eben beim Lunch – erzählen zu müssen, wie ich, als der Mann, den ich für meinen Vater gehalten hatte, im September gestorben war, plötzlich entdeckt hatte, dass mein leiblicher Vater in einem Flathead-Reservat in Montana lebte. Dass ich neben meiner Familie in Kalifornien noch eine leibliche Mutter, eine Halbschwester und einen Halbbruder in Boise, Idaho, hatte.

Nein, ich konnte diesen Fall nicht übernehmen, aber ich würde irgendeine Begründung finden, die nichts mit Joey zu tun hatte. Sagte ich mir jedenfalls, bis Glenn weitersprach.

»Ich weiß von der Sache mit Ihrem Bruder«, sagte er. »Hank hat es mir erzählt.«

Hank Zahn, mein alter College-Kumpel und Vertrauter, hatte getratscht.

»Wir kamen über Roger darauf«, setzte Glenn hinzu.

»Und als waschechter Anwalt sahen Sie sofort die Möglichkeit, Kapital daraus zu schlagen.«

»Das ist nicht fair.«

»Nein, nicht fair ist es, mir diese Sache anzutragen. Warum sollte ich einen Fall übernehmen, der mich ständig daran erinnern würde –«

»Vielleicht ist es nötig, dass Sie daran erinnert werden und sich damit auseinander setzen.«

»Was soll das heißen? Dass Sie mir diesen Job deshalb anbieten? Wegen des therapeutischen Effekts?«

Glenn stand auf, legte mir die Hände auf die Schultern und sah mir in die Augen. »Ja, wegen des therapeutischen Effekts – für Sie, mich und die Nagasawas.«

»Tut mir Leid, die Antwort ist nein.«

Er sah mich noch einen Moment forschend an, richtete sich dann auf und sagte mit einem leisen Lächeln: »Ich lasse Ihnen noch heute Kopien meiner Akten bringen.«

»Das ist der Stand der Dinge. Du verstehst doch, warum ich Glenn sagen muss, dass ich den Fall nicht übernehmen kann.«

Auf mein Sofa gekuschelt, auf der Lehne über mir eine Katze, die ihre Pfoten auf meinen Kopf baumeln ließ, eine weitere schnurrende Katze auf meinen Füßen, trank ich ein Glas Wein und telefonierte mit meinem leiblichen Vater Elwood Farmer. Elwood war einer der wenigen Menschen in meiner Bekanntschaft, die man nachts um halb zwölf noch hellwach und telefonierfreudig antraf – zu dem Zeitpunkt, als ich Glenns Akten fertig studiert hatte.

»Ich verstehe, warum du *meinst*, dass du's nicht kannst«, sagte er.

Ich sah ihn vor mir, in dem gepolsterten Schaukelstuhl vor dem Kaminofen in seinem kleinen Blockhaus in Montana. In Holzfällerhemd und Jeans, das zottelige graue Haar bis auf die Schultern hängend, eine Zigarette im Mundwinkel, die Augen gegen den Rauch zusammengekniffen. Wir hatten uns angewöhnt, alle zwei, drei Wochen zu telefonieren, um allmählich zu einer unverkrampften Vater-Tochter-Beziehung zu finden. Leider verliefen diese Gespräche nicht nur freundlich, denn ich nahm ihm immer noch übel, dass er mein Leben lang von meiner Existenz geahnt, aber nie den Versuch unternommen hatte, mich zu finden, und er war schlichtweg ratlos, wie er einer einundvierzigjährigen Fremden ein Vater sein sollte.

»Wie bitte?«, sagte ich. »Du meinst, ich *sollte* einen Job annehmen, der dazu führt, dass ich ständig über Joeys Selbstmord nachgrüble?«

»Das hab ich nicht gesagt.«

»Aber du *denkst* es?«

»Was ich denke, spielt keine Rolle.«

»Komm schon, Elwood. Sei ein Vater. Gib mir einen Rat.«

»Ich lerne ja erst, Vater zu sein. Und ich halte nichts davon, anderen meine Meinung überzustülpen.«

»Ich will doch nur wissen, was du denkst.«

»… Ich denke, die Antwort ist schon in dir.«

»Ach, Herrgott noch mal! Wenn du wieder mal vorhast, mystisch zu werden oder wie immer du das nennst, dann lege ich auf.«

»Gut. Leg auf und ruf mich wieder an, wenn du deine Gedanken gesammelt hast.«

Meine Gedanken sammeln, heiliger Strohsack! Diese Nummer hat er schon gebracht, als wir uns das erste Mal begegnet sind, aber diesmal kriegt er mich damit nicht.

Wer ist dieser Mensch überhaupt für mich? Der Samenspender meiner leiblichen Mutter, nichts weiter. Mehr wollte er doch mit Saskia und mir nicht zu tun haben. Später, als sie schlimmere Probleme hatte als nur die Schwangerschaft, rief er sie nicht zurück, weil er so mit der Frau beschäftigt war, die er dann schließlich heiratete.

Warum sollte es mich kümmern, was er denkt?

Meine Gedanken sammeln. Pah!

»Tut mir Leid, dass ich vorhin aufgelegt habe.«

»Mm-hmm.«

»Ich habe meine Gedanken jetzt gesammelt.«

»Aha.«

»Und ich weiß jetzt, was du damit gemeint hast, dass die Antwort schon in mir sei. Ich kann diesen Fall nicht ablehnen, weil ich eine Wahrheitssucherin bin. Wenn die Ermittlungen in dieser Nagasawa-Sache mir helfen können, zu verstehen, warum Joey sich umgebracht hat … Na ja, dann muss ich's tun.«

»War gar nicht so schwer, darauf zu kommen, oder?«

Dienstag, 17. April

Roger Nagasawas Apartment lag in einem hohen, schmalen Gebäude in der Brannan Street, nicht weit vom South Park: eine alte Holzfassade und darüber fünf Etagen aus grauem Schlackstein, mit jeweils einem Flügelfenster zur Straße. Die Betonstufen führten auf eine Eingangsveranda, auf die gerade zwei schmiedeeiserne Stühle und ein kleiner Glastisch passten; die drei Verandamöbelstücke waren mit Ketten an in die Mauer eingelassenen Metallringen festgeschlossen. Rechts neben diesem Haus stand ein ehemaliges Lagerhaus, das jetzt ein Fitnesscenter beherbergte; das linke Nachbarhaus war ein halb in Lofts umgewandeltes Fabrikgebäude, dessen Umbau jetzt erst einmal stagnierte, da die Stadt einen sechsmonatigen Baustopp für solche Projekte verfügt hatte, bis eine Bedarfsstudie vorlag.

Ich nahm die Schlüssel heraus, die mir Glenn gegeben hatte, und schloss die Haustür auf. Der Eingangsflur war klein, etwa drei mal drei Meter, mit abgetretenem, braunem Teppichboden, der sich in der Mitte wellte, als sei er durch zu viel energisches Staubsaugen ausgeleiert. Geradeaus war das Ziehharmonikagitter eines Lifts, dahinter eine Tür mit Bullaugenfenster: die wartende Kabine. Ich betrat sie, drückte den Knopf für die oberste Etage, und der Lift setzte sich ächzend in Bewegung.

Als ich am Morgen in Glenns Kanzlei in dem großen Bürokomplex am Embarcadero aufgetaucht war, hatte er nicht weiter überrascht gewirkt, dass ich nun doch beschlossen hatte, den Fall Nagasawa zu übernehmen. Wir hatten uns übers Geschäftliche geeinigt und einen Vertrag geschlossen, und er hatte versprochen, den Nagasawas zu sagen, dass ich mich mit ihnen in Verbindung setzen würde. Dann hatte er mir die Schlüssel zu Rogers Eigentumswohnung gegeben, in der die Eltern seit dem Selbstmord nichts angerührt hatten. Ich war direkt hierher gekommen, um Fühlung mit dem Toten aufzunehmen.

Der Fahrstuhl hielt jäh. Ich wartete, bis die Kabine nicht mehr nachfederte, und trat dann hinaus in einen winzigen Flur, wo die Sonne durch ein Oberlicht hereinstrahlte. Eine Fliege brummte chaotisch gegen das Glas, und in der warmen Luft tanzte Staub. In der Wand zu meiner Linken war eine Tür; ein beeindruckendes Sortiment Schlösser und etliche Farbschichten – die letzte weiß – entstellten die einst wohl ansprechende Schreinerarbeit. Ich öffnete die Schlösser von oben nach unten.

Der Raum dahinter war weiß gestrichen, mit hellen Holzdielen und einem Sofa aus unnatürlich türkisem Leder auf einem durchsichtigen Kunststoffsockel. Zu beiden Seiten des Sofas standen ebenfalls transparente Plastikkuben mit nichts als Staub darauf. Ich schloss die Tür und ging in die Mitte des Zimmers, wobei meine Schritte auf den nackten Dielen hallten. Eine topaktuelle Multimediaanlage residierte in weiteren Plastikwürfeln gegenüber vom Sofa.

Breite Türbogen führten in noch zwei Räume: ein nach vorn hinausgehendes Schlafzimmer, von dem eine Tür zum Badezimmer abging, und ein Küchen- und Essbereich. Weitere Oberlichter und Fenster in beiden Außenwänden ließen ein wegen der kahlen Wände hart wirkendes Licht herein. Ich ging in den Essbereich, wo eine ovale Glasplatte auf einem knallrot lackierten Fuß in der Form eines Stücks Treibholz ruhte. Die um den Tisch postierten geraden Stühle waren ebenfalls knallrot und sahen unbequem aus. Eine Pantry-Küche mit Armaturen aus gebürstetem Edelstahl zog sich die Wand zu meiner Linken entlang, vom übrigen Raum durch eine Frühstücksbar mit weißer Marmorplatte abgetrennt.

Ich ging um den Tisch herum und sah aus dem rückwärtigen Fenster. Fünf Stockwerke tiefer, in einem kleinen Hof, hatte jemand einen Garten mit ordentlichen Pflanzreihen angelegt. Ein Optimist, dachte ich. Wie sollte irgendetwas an einem Ort wachsen, wo hohe Hauswände auf allen vier Seiten die Sonne abhielten?

Unterm Fenster war ein Fenstersitz. Ich setzte mich auf die Kante, ließ das gesamte Apartment auf mich wirken. Kahle weiße Wände. Minimales Mobiliar. Nichts auf dem Tisch, nichts auf der Frühstücksbar, außer einer knallroten Keramikschale. Dahinter ähnlich kahle Arbeitsflächen. Drüben im Schlafzimmer ein Kastenbett, bedeckt mit einer knallgelben Tagesdecke. Drei leuchtende Farbflecken, wie Kleckse auf einer leeren Leinwand. Und wo war die persönliche Note? Wo waren die Dinge, die mir sagen würden, was für ein Mensch Roger Nagasawa gewesen war?

Ich machte mich auf die Suche.

Eine Stunde später war das Bild, das ich von Roger gewonnen hatte, zwar immer noch verschwommen, aber hochinteressant. In dem Apartment spiegelten sich zwei Seiten seiner Persönlichkeit – die aller Wahrscheinlichkeit nach miteinander im Clinch gelegen hatten.

An der Oberfläche war er geradezu zwanghaft ordentlich gewesen: Jedes Ding hatte seinen Platz, was sogar so weit ging, dass er auf Schildchen an den Borden vermerkt hatte, wo die verschiedenen Teller und Gläser hingehörten. Die DVDs und CDs in der Multimediaanlage waren alphabetisch geordnet, ebenso die Bücher im Schlafzimmer. Die Computer-Workstation enthielt keinerlei Disketten, und in der Schublade befanden sich lediglich ein Sammelsurium von Schreibstiften und ein Telefonbuch.

Der Computer war ein Mac wie meiner. Ich schaltete ihn ein, klickte auf den Internet-Server, stellte fest, dass Roger sein Passwort gespeichert hatte. Als ich im Netz war, fand ich – wie zu erwarten – keine neue E-Mail, aber auch weder alte noch gesendete. Ich ging offline und klickte die Festplattenikone an: auch hier keinerlei eigene Dateien. Wahrscheinlich hatte er sie vor seinem Selbstmord gelöscht.

Auf den Borden in dem kleinen Bad standen Toilettenartikel säuberlich aufgereiht und nach Typ sortiert. Das Kabel des Föhns war fest um den Griff gewickelt, so wie es ein Zimmermädchen im Hotel hinterlassen würde. Die Handtücher – gelb, passend zur Tagesdecke – waren offenbar benutzt, aber ordentlich gefaltet über die Stangen gehängt.

Doch dann war da Rogers andere Seite: Alles, was nicht offen sichtbar war, war ein einziges Chaos. Im Schlafzimmerschrank ein kniehoher Haufen dreckiger Wäsche, die übrigen Kleidungsstücke größtenteils schief auf den Bügeln. Mäntel, Kopfbedeckungen und Regenschirme auf einem Stapel von Büchern und Zeitungen im Wohnzimmerwandschrank, achtlos hineingefeuert. In den Küchenschubladen ein wildes Durcheinander von Gerätschaften. Einen Moment lang fragte ich mich, ob jemand die Wohnung durchwühlt hatte, aber es fühlte sich nicht so an, als hätte hier ein Eindringling gewütet. Roger, so befand ich, war einfach ein heimlicher Chaot gewesen.

Das Schlimmste war eindeutig die Speisekammer, die von der Küche abging. Die kleine Bodenfläche war voll mit Leergut, Eimern mit eingetrockneter weißer Farbe, dreckigen Lappen, Töpfen mit eingegangenen Pflanzen und einer Pfütze von etwas Öligem, das ich lieber nicht näher untersuchen wollte. Auf den Borden waren Reis und Nudeln verstreut; eine Flasche Ahornsirup war halb ausgelaufen und eine unauflösliche Verbindung mit einer Dose Tomatensaft eingegangen, eine Packung Frühstücksflocken von Mäusen angenagt, deren Köttel überall herumlagen. Das oberste Bord war Zellstoffartikeln vorbehalten, die Roger offenbar en gros gekauft hatte: Zwischen dem Klo- und dem Küchenpapier klemmte ein deplatziert wirkendes ledernes Ringbuch.

Ich nahm das Ringbuch herunter und mit in den Essbereich, wo ich mich auf einen Stuhl setzte, der tatsächlich so unbequem war, wie er aussah. Das Ringbuch war ockerbraun, mit den goldgeprägten Initialen RJN auf dem Deckel – die Art Geschenk, die den meisten Männern irgendwann zuteil wird, die aber kaum einer jemals benutzt. Ich schlug es auf gut Glück auf: ein Blatt Vellumpapier, bedeckt mit einer linkischen Handschrift.

28. Mai

Bin nicht mehr so deprimiert, seit ich in diesem Apartment wohne. Sonnig hier in South of Market, und die Räume so hell. Streiche gerade die Wände weiß und werde leuchtende Farbakzente setzen, damit die gute Stimmung anhält. Und wenn doch die düstere Stimmung kommt, bleibt mir immer noch ein Spaziergang am Wasser oder eine Bank im South Park. Meine Ängste, was die Rückkehr hierher anging, waren unbegründet.

Ich blätterte weiter, auf der Suche nach Belegen für eine Stimmungsverschlechterung.

13. August
Essen bei den Alten. Harry zum Glück nicht da. Aber, Gott, was für ein deprimierendes Haus! Voll gestopft mit diesem ganzen Zeug. Japankitsch, als wollten sie beweisen, dass sie den Kontakt mit ihren Wurzeln nicht verloren haben. Warum ist mir das bisher nie aufgefallen? Wie konnte ich dort jemals *atmen*? Als ich heute Abend hierher zurückkam, habe ich das bisschen Krimskrams, das ich aufgestellt hatte, sofort weggepackt. Nicht bei mir, dieser Krempel!

15. September
Heute Abend eine Frau kennen gelernt. Schöne Maid in Bedrängnis. Hip und super aussehend. Als wir bei einem Glas Wein zusammensaßen, fühlte ich, wie meine Abwehr bröckelte, der alte Zauber wieder zu wirken begann. Ich muss aufpassen – es würde garantiert so übel ausgehen wie immer.

17. Oktober
Nicht zu fassen, was da bei der Arbeit läuft. Man muss erst eine Weile dort sein, um es wirklich mitzukriegen, aber bei mir ist dieser Punkt jetzt

> erreicht. Zuerst war ich geschockt, dann bin ich wütend geworden. Es muss doch irgendwie möglich sein, diese Leute dazu zu bringen, sich wie Menschen zu benehmen, aber –

Klopfen an der Tür. Ich legte das Ringbuch hin und ging nachsehen.

Die Frau, die draußen im Flur stand, war etwa Mitte zwanzig: klein, extrem kurzes braunes Haar, große, dicht bewimperte braune Augen, mehrere Ohrringe in jedem Ohrläppchen. Ihre Körperhaltung war aggressiv, der eine bestiefelte Fuß vorgestellt, die Hände in die Taschen der schwarzen Lederhose gestemmt, was aber ihre Nervosität nicht zu überspielen vermochte. Sie blinzelte verdutzt, als sie mich sah.

»Wer sind Sie?«, fragte sie fast flüsternd.

»Eine Mitarbeiterin des Anwalts der Nagasawas. Und Sie ...?«

Etwas von der Spannung wich aus ihren Zügen; sie zog die Hände aus den Taschen und verschränkte die Arme über dem grobmaschigen Pullover. »Jody Houston. Ich wohne eins tiefer. Was suchen Sie hier? Wollen die Nagasawas das Apartment verkaufen?«

»Irgendwann schon.« Ich trat zurück und winkte sie herein. Sie zögerte und guckte sich verstohlen um, ehe sie über die Schwelle trat. »Waren Sie mit Roger befreundet?«, fragte ich.

»Ja, war ich. Sagen Sie mal, wenn die das Apartment jetzt noch nicht verkaufen wollen, was machen Sie dann hier?«

Ich nannte meinen Namen und meinen Beruf. »Ich versuche, ein Profil von Roger zu erstellen, herauszufinden, wie seine letzten Tage verlaufen sind. Für die Angehörigen wäre es leichter, wenn sie wüssten, warum er sich umgebracht hat.«

»Er ist doch schon zwei Monate tot. Wieso jetzt plötzlich das Interesse?«

Glenn hatte mich vergattert, niemandem etwas von einer möglichen Klage gegen *InSite* zu sagen. »Ich weiß nicht, was der Auslöser war. Ich habe sie noch nicht gesprochen.«

Jody Houston ließ das auf sich wirken, schien zu überlegen. Dann kam sie ein paar Schritte weiter herein, und ihr Blick blieb an dem aufgeschlagenen Ringbuch auf dem Tisch hängen. »Das ist Rogers Tagebuch«, sagte sie. »Er hat es immer versteckt. Das geht doch keinen was an.«

»Ich dachte, es könnte mir helfen, sein Profil zu erstellen.«

Sie trat rasch an den Tisch, schnappte sich das Tagebuch und drückte es schützend an die Brust. »Er würde nicht wollen, dass jemand Fremdes das liest. Wenn sich seine Eltern so dafür interessieren, warum er sich umgebracht hat, warum versuchen sie es dann nicht selbst rauszukriegen, statt Sie dafür anzustellen?«

»Vielleicht wäre das für sie zu schmerzlich.«

»Dann sollen sie sich da raushalten.«

»Das ist weder Ihre noch meine Sache.« Ich ging zu ihr hinüber und entwand ihr das Tagebuch. »Rechtlich gehört es zu Rogers Nachlass.«

»Nachlass.« Sie sah sich im Apartment um und seufzte.

»Bitte«, sagte ich, »wollen Sie mir nicht helfen? Mir von Roger erzählen?«

Ihr Blick wanderte wieder zu dem Tagebuch, und einen Moment lang dachte ich, sie würde womöglich versuchen, es mir zu entreißen. Dann seufzte sie wieder und lehnte sich an die Frühstücksbar.

»Na ja, wenn Sie meinen, dass ich Ihnen helfen kann … Rog war ein stiller Typ. Sensibel. War nicht leicht, ihn näher kennen zu lernen. Wir haben uns immer auf der Treppe getroffen, gelächelt und uns zugenickt, aber das war's auch. Dann sind mir eines Nachts meine Schlüssel in den Fahrstuhlschacht gefallen, durch die Ritze zwischen Kabine und Fußboden. Es war eh ein grässlicher Tag gewesen, und ich bin ziemlich ausgeflippt. Bin hier raufgekommen und habe an die Tür gepocht. Er hat mir geholfen, die Schlüssel aus dem Schacht zu fischen, ich habe ihn auf einen Drink eingeladen, und von da an waren wir befreundet.«

»Mehr als nur befreundet?«

»Nein. Er hätte es gern so gehabt. Ein paar Tage drauf hat er einen Vorstoß gemacht. Aber ich habe nein gesagt. Ich hatte gerade eine unglückliche Beziehung hinter mir, und … Ach, das ist unwichtig. Also haben wir beschlossen, einfach nur Kumpels zu sein. Aber ich wusste, dass er glaubte, er wäre in mich verliebt, und dass er seine Arbeitskollegen in dem Glauben ließ, wir wären ein Paar.«

Also war Jody die Frau, die so hübsch und hip war und mit der alles nur schlecht ausgehen konnte. »Sie waren also Kumpels …«

»Ja. Ich hatte seinen Wohnungsschlüssel und er meinen, und jeder ging beim anderen ungeniert aus und ein. Ich bin Webdesignerin, arbeite zu Hause, also war ich immer da, wenn er vergessen hatte, seine Kaffeemaschine auszuschalten oder so was. Und wir gingen zusammen ins Kino oder essen. Einmal waren wir sogar übers Wochenende in Big Sur.«

»Sie sagen, Sie sind Webdesignerin. Haben Sie je was für *InSite* gemacht?«

»Klar. Eine Weile jedenfalls. Aber dann nie mehr.«

»Warum nicht?«

Um ihren Mund zuckte es, und ihre Augen wurden unruhig. »Weil das eine Bande von Arschlöchern ist, darum. Die haben mich um mein letztes Honorar beschissen. Aber zum Glück war ich ja nur Freie. Dieser Laden ist die Hölle.«

»Inwiefern?«

Sie schien ihren Worten hinterherzuhorchen, und als ich meine Frage wiederholte, schüttelte sie den Kopf. »Mehr sag ich zu diesem Thema nicht.« Sie stieß sich von der Bar ab und ging zur Tür. »Muss jetzt wohin.«

»Können wir ein andermal weiterreden?«

»Nein, ich glaube nicht. Tut mir Leid für Rogers Familie, aber ich kann echt nichts sagen, was ihnen irgendwie helfen könnte.«

Ich folgte ihr, in der Hoffnung, sie doch noch überreden zu können, aber sie knallte die Tür hinter sich zu. Die Tür klemmte, und als ich sie endlich aufbekam, war der Lift schon auf dem Weg nach unten.

Als ich die Treppe zu dem Eisensteg erklomm, der sich das erste Stockwerk von Pier 24 $^{1}/_{2}$ entlangzieht, brüllte plötzlich die Stimme meines Büroleiters Ted Smalley: »Scheiiiiße!«

Das war nun wirklich Besorgnis erregend; Ted neigt sonst nicht zu unflätigen Ausdrücken. Ich nahm immer zwei Stufen auf einmal und rannte zu seiner Bürotür. Im vorderen Raum war niemand, aber aus dem Materialraum hinten, wo auch Fax und Kopierer standen, driftete eine schwarze Wolke.

Zuerst dachte ich, dass irgendetwas brannte, aber als die Wolke auf mich zuquoll, sah ich, dass sie aus feinem Pulver bestand. Ich wich ihr aus und rief: »Ted? Was ist denn los?«

Er tauchte aus dem Materialraum auf, Gesicht und Kleidung schwarz wie bei einem klassischen Schornsteinfeger. Sein Haar und sein Ziegenbärtchen, normalerweise grau meliert, sahen aus wie schlecht gefärbt.

Er sagte: »Ich bring ihn um!«

»Wen, um Himmels willen?«

»Neal natürlich!«

Das hatte ich schon die ganze Zeit befürchtet.

Im Herbst war die Anwaltskanzlei Altman & Zahn, mit der ich die Büroetage geteilt hatte, in eine geräumigere Bürosuite auf der anderen Seite des Embarcadero umgezogen, und ich hatte ihre Räumlichkeiten übernommen, um meine Detektei zu erweitern. Der dringlichste Schritt war es gewesen, einen Assistenten für Ted einzustellen, und da sich sein Lebensgefährte, Neal Osborn, kurz zuvor durch die steigenden Mieten gezwungen gesehen hatte, seine Antiquariatsbuchhandlung zu schließen, hatte Ted vorgeschlagen, sie könnten doch zusammenarbeiten. Ich hatte Bedenken gehabt: Neal hatte noch nie in einem Büro gearbeitet, und ich wusste aus der Erfahrung mit meinem Neffen Mick und Charlotte Keim, wie abträglich Beziehungsstreitigkeiten einer professionellen Arbeitsatmosphäre sein können. Doch Ted hatte seine ganzen Überredungskünste aufgewandt, und Ende Februar hatte ich schließlich kapituliert.

»Was hat er diesmal gemacht?«, fragte ich.

»Der Toner.« Ted strich sich über die Stirn, verschmierte das daran haftende Pulver.

»Der Toner für den Kopierer?«

»Genau. Heute Morgen war die Kartusche leer, und ich habe ihn gebeten, sie auszuwechseln. Das hatte er noch nie gemacht, aber ich dachte, die Gebrauchsanweisung würde jeder verstehen. Er war eine ganze Weile dort drinnen und fummelte an dem Gerät herum, bis es dann Zeit für ihn war, in die Mittagspause zu gehen. Als er weg war, sah ich, dass das Tonerlämpchen immer noch blinkte, also beschloss ich, das verdammte Ding selbst einzusetzen.« Er hielt inne, um Luft zu holen.

»Und?«

»Er hatte die Packung mit einer von diesen extragroßen Kartuschen auf dem Kaffeewägelchen neben dem Kopierer abgestellt. Aber offenbar an einer Stelle, wo irgendwer irgendwas verschüttet hatte. Als ich die Packung hochheben wollte, war der Boden durchgeweicht, die Kartusche fiel raus, krachte auf den Boden und – wumm!«

»Der Toner ist explodiert?«

Ted fuchtelte mit den Armen, nunmehr an *meinem* mangelnden Büro-Know-how verzweifelnd. »Nein, explodiert nicht! Das Zeug kann nicht explodieren! Aber dieser Trottel hatte die Kartusche geöffnet und nicht wieder verschlossen. Durch den Aufprall … Jedenfalls ist jetzt alles voller Tonerpulver, und der Reinigungsservice kommt nicht vor Donnerstagabend, und rate mal, wer der Dumme ist, der jetzt die Sauerei wegmachen darf? *Moi*!«

Er steigerte sich immer weiter hinein. Ich winkte auffordernd und sagte: »Komm mit.«

»Kann nicht. Die Telefone.«

»Ist doch Mittagspause. Der Anrufbeantworter macht das schon.«

Er nickte und folgte mir über den Steg zu meinem Büro am Ende des Piergebäudes, wo ich ihn in dem alten Sessel am Bogenfenster mit Blick auf die Bay und Treasure Island platzierte. Dann holte ich eine Box mit Erfrischungstüchlein, die ich eigens für solche Notfälle bereithalte. Während er sich abschrubbte, zog ich meinen Schreibtischstuhl heran und setzte mich neben Ted, die Füße auf die niedrige Fensterbank gelegt.

Ich sagte: »Es klappt nicht, was?«

»... Nein, wohl eher nicht. Neal war ein toller Buchhändler, aber im Büro ist er hoffnungslos. Letzten Freitag habe ich ihn dabei erwischt, wie er eine Faxvorlage durch den Schlitz einführen wollte, wo das Papier rauskommt.«

Faxe versenden konnte selbst ich inzwischen. »Du lässt ihm ganz schön viel Narrenfreiheit.«

»Na ja, er ist eben ... Neal.«

»Wenn es ihm so schwer fällt, wieso will er dann diesen Job?«

»Irgendwas muss er doch tun. Selbst wenn wir's uns leisten könnten – er ist nicht der Typ, der zufrieden daheim bei seinem Strickzeug bleibt.«

Die Vorstellung von Neal – diesem Zottelbären von einem Mann – mit einem Strickzeug erheiterte mich. »Könnte er nicht Bücher übers Internet verkaufen?«

»Dazu braucht man wenigstens minimale Computerkenntnisse. Neal ist noch schlimmer als du früher.« Ted sah mich beunruhigt an. »Willst du etwa sagen, ich soll ihn feuern?«

Wenn ich das könnte! Aber Teds Argument von eben galt auch für mich: Neal war Neal, und ich mochte ihn.

»Nein, das nicht. Aber du musst irgendeinen Modus finden, ihn so einzusetzen, dass es nicht die ganze Detektei ins Chaos stürzt. Und du musst mir eins versprechen.«

»Klar. Was?«

»Dass du ihn nicht umbringst. Das wäre äußerst geschäftsschädigend.«

Als Ted wieder in seinem Büro verschwunden war, fuhr ich meinen Mac hoch und ging auf die Website von *InSite*. Top-Hit der Woche waren die Sauerstoffbars in der Bay Area – ein Thema, das mich nicht besonders interessierte, da ich meine tägliche Dosis Sauerstoff lieber durch tiefes Atmen als durch eine Zehndollarration aus der Flasche zu mir nahm. Persönlichkeit der Woche war einer unserer Stadtteilaktivisten, dessen »Ungeschick« dazu geführt hatte, dass beim ersten Spatenstich für ein weiteres Bauvorhaben, das die Stadt nicht brauchte, der Hut unseres Oberbürgermeisters davongeweht wurde und schließlich in einer Sickergrube landete. In der Rubrik »Mobil mit Stil« ging es um die trendigsten Mietlimousinen in der Bay Area. Unter »Fragen über Fragen« fand sich ein Interview mit dem Verfasser des Werks *Die Aufzug-Methode*, der dazu riet, sich in exotischer Kostümierung im Lift und an sonstigen öffentlichen Orten zu tummeln, um Frauen kennen zu lernen. »Fit durch Food« sang das Hohelied des Tofu, wohl für diejenigen, die die letzten zwanzig Jahre in unterirdischen Höhlen zugebracht hatten. »Nix wie hin« porträtierte einen Club, der kurz vor dem Eingehen war, und ein Restaurant, wo ich schon seit mindestens einem Jahr zu essen pflegte.

Vielleicht gab es ja diese Woche einfach nicht genügend coole Themen.

Ich schloss die Seite, fuhr den Mac runter, starrte auf den dunklen Bildschirm, erkannte nach und nach mein eigenes Gesicht. Meine Stirn war gefurcht. Dieses Stirnrunzeln war mir in letzter Zeit von vielen spiegelnden Oberflächen vorgehalten worden. Grub es sich für immer ein? Gott, hoffentlich nicht! Ich sah aus wie meine Mutter –

Welche? Die leibliche? Die Adoptivmutter?

Die Adoptivmutter. Eindeutig. Erlerntes Verhalten. Ma

hatte ständig die Stirn gerunzelt, bis sie sich dann verliebt, die Scheidung von Pa eingereicht und sich ein Lifting spendiert hatte.

Erlerntes Verhalten konnte man auch wieder verlernen. Ich beugte mich nah an den Bildschirm heran und rieb hektisch mit den Fingerspitzen über die Falten zwischen meinen Augenbrauen.

»Also, was ist Sache, Shar?«, fragte JD Smith.

JD war ein guter Freund, ein ehemaliger *Chronicle*-Reporter, der kürzlich – wie er es nannte – übergelaufen war und jetzt als Freier für diverse Online-Publikationen arbeitete.

»Na ja, ich habe einen interessanten Fall –«

»Erzähl mir nichts. Bei deinem letzten interessanten Fall hast du mich erpresst, dich mit einer vertraulichen Quelle in Kontakt zu bringen.«

»Die ich dann davor bewahrt habe, ein Verbrechen in die Schuhe geschoben zu kriegen.«

»Hmm … Also, worum geht's diesmal?«

»Undercover-Ermittlungen bei *InSite*.«

»Das ist allerdings interessant. Darüber würde ich gern mehr hören.«

»Und ich würde gern mehr über *InSite* hören.«

»Was ich darüber weiß, reicht als Gesprächsstoff für ein ausführliches Abendessen.«

»Sag wann und wo.«

Die Zeit bis zu meiner Essensverabredung mit JD um zwanzig Uhr verbrachte ich damit, Papierkram zu erledigen, eine Weile mit meiner neuen Kraft Julia Rafael über legale und illegale Ermittlungsmethoden zu reden und eine Liste zu erstellen, was es im Fall Nagasawa zu tun galt. Der erste Punkt war, mit der Familie zu reden, also wählte ich die Privatnummer, wo jedoch niemand abnahm. Als ich Daniel Nagasawa in der Augenklinik in der Bush Street erreichte, sagte er, das Beste sei wohl, wir träfen uns morgen Vormittag dort. Margaret bestellte mich für den Nachmittag in ihren Verlag am Tillman Place, Nähe Union Square.

Dass sie getrennte Gesprächstermine mit mir vereinbarten, legte die Vermutung nahe, dass in ihrer Ehe etwas nicht stimmte. Der Tod eines Kindes, vor allem, wenn es sich um einen gewaltsamen Tod oder gar Selbstmord handelt, erhöht oft den Druck auf zuvor noch verborgene Bruchstellen. Glenn fragen. Ich machte mir eine Notiz.

Die anderen beiden Nagasawa-Söhne waren unter den Nummern, die ich hatte, nicht erreichbar, also sprach ich jeweils auf den Anrufbeantworter. Nicht viel besser erging es mir bei Rogers Freunden, die auf einer Liste in Glenns Akten verzeichnet waren. Wenn ich Glück hatte, würden sie noch am Abend oder morgen früh zurückrufen, und morgen wäre dann der Tag, um intensiv an meinem Psychoprofil von Roger zu arbeiten …

»Shar?«

Die Stimme von Rae Kelleher – meiner einstigen rechten Hand, die im Herbst, nachdem sie meinen Ex-Schwager Ricky geheiratet hatte, aus der Detektei ausgeschieden war. Ich sah auf; da stand sie in der Tür, übers ganze sommersprossige Gesicht strahlend. Sie trug Blau, die Farbe, die ihr am besten stand, und hielt in jeder Hand eine Flasche Champagner.

Ich sagte: »Es ist angenommen worden!«

Ihr verhaltenes Nicken sagte mir, wie sehr sie sich bemühte, ihre Erregung zu zügeln.

Ich stand auf, lief zu ihr und umarmte sie. Wir hüpften herum und stießen höchst würdelose Quietschlaute aus. Die Flaschen knallten gegen meinen Rücken, Rae schnappte nach Luft, und wir fassten uns wieder, ehe der Champagner so durchgeschüttelt war, dass es riskant wäre, ihn aufzumachen.

»Sag noch nichts«, befahl ich ihr und ging Ted bitten, die ganze Belegschaft zu einer kleinen Feier zusammenzutrommeln. Während Rae eine dritte Flasche aus ihrer Einkaufstasche zutage förderte und die Korken knallen ließ, trieb ich Gläser auf. Dann kamen sie auch schon hereingetröpfelt.

Ted und Neal, beide zuerst mit mürrischer Miene, die sich jedoch schlagartig aufhellte, als sie Rae sahen und kapierten, was der Anlass sein musste. Mick und Charlotte, ein hübsches Paar: er groß und blond, sie zierlich und brünett. Als die Ehe seines Vaters mit meiner Schwester Charlene zerbrochen war, hatte Mick Rae die Schuld gegeben und geschworen, es ihr nie zu verzeihen; jetzt sah ich, als er sie anguckte, nichts als Zuneigung in seinen Augen. Craig Morland, unser Ex-FBI-Agent, strich sich den dicken Schnauzer und guckte ratlos; Craig gehörte zu unserem Freundeskreis, weil er mit einer guten Freundin von mir zusammenlebte, die bei der Mordkommission der Polizei von San Francisco war, aber er bekam so wenig von dem mit, was um ihn herum vorging, dass ich manchmal den Verdacht hegte, er befände sich die meiste Zeit in einem Paralleluniversum.

Und dann war da noch Julia Rafael, die erst vor zwei Monaten bei mir angefangen hatte und ziemlich verlegen wirkte. Julia, eine große, kräftige Latina mit stolzem Profil und Stachelhaar, hatte sich aus den schlimmsten Verhältnissen emporgekämpft, die mir jemals bei einer Bewerberin begegnet waren. Ich hatte es mit ihr versucht, weil ich mir sagte, wer so couragiert war und so entschlossen, sich am eigenen Schopf aus dem Sumpf zu ziehen, musste einfach eine gute Ermittlerin werden.

Ich winkte sie heran und machte sie mit Rae bekannt, deren Lächeln sie mit einem knappen Nicken beantwortete. Julia verfügte nicht gerade über die besten Umgangsformen – hatte in den fünfundzwanzig Jahren ihres Lebens nie die Chance gehabt, welche zu entwickeln –, aber ich war zuversichtlich, dass sie sich nach und nach das gesamte Repertoire an sozialen Fähigkeiten aneignen würde. Unter ihrer rauen Schale spürte ich echte Qualitäten, sowohl beruflicher als auch menschlicher Art.

Charlotte und Mick verteilten jetzt gefüllte Gläser. Als alle versorgt waren, hob ich mein Glas und sagte: »Auf Rae! Ihr Roman ist angenommen worden!«

»Hey, super, Kelleher!«

»Na bitte!«

»Wo?«

»Wann kann ich mir ein Buch kaufen und von dir signieren lassen?«

»Hast du einen Haufen Geld dafür gekriegt?«

Auf die letzte Frage lachte Rae so heftig, dass ihr der Schampus über die Finger lief. »Hört mal«, sagte sie, »ich hätte *denen* einen Haufen Geld dafür bezahlt, dass sie's rausbringen. Es ist ein kleiner literarischer Verlag in New York, und sie sagen, es erscheint so etwa in einem Jahr. Und wenn ich je irgendwo eine Signierstunde habe, dann müsst ihr alle kommen, damit ich nicht so allein bin.«

Von der Tür her sagte eine Stimme: »Noch jemand ohne Champagner?« Hank Zahn und seine Frau und Kanzleipartnerin Anne-Marie Altman standen dort, je eine Flasche in der Hand.

»Woher wusstet ihr, dass hier eine Party steigt?«, fragte Rae.

»Ted hat uns telefonisch Bescheid gesagt. Und Ricky hat sich aus L. A. gemeldet, nachdem du ihn angerufen hattest. Hat uns die frohe Botschaft verkündet und gesagt, wir sollen dir ausrichten, dass er einen Charterflug gekriegt hat und heute Abend zum Feiern zurück ist.«

Plötzlich schossen mir die Tränen in die Augen, und ich musste mich abwenden. Als Rae damals gekündigt hatte, hatte ich befürchtet, dass wir den Draht zueinander verlieren würden, wenn sie sich nur noch ihrer Schreiberei und ihrem Dasein als Prominentengattin widmete. Als Anne-Marie und Hank ihre Kanzlei ins Hills Brothers Plaza verlegt hatten, hatte ich Angst gehabt, dass das nicht einfach nur ein Umzug war, sondern das Ende unserer Freundschaft bedeuten würde. Offensichtlich weit gefehlt. Es hatte sich etwas verändert, aber nur zum Besseren.

JD Smith und ich saßen an einem Tisch auf dem Bürgersteig vor dem South Park Café, tranken Wein und warteten auf unsere Muscheln. Es war ein ungewöhnlich warmer Aprilabend für San Francisco, und Leute spazierten durch den ovalen Park oder saßen dort auf den Bänken, bis in den überfüllten Restaurants ein Tisch frei wurde. Das zarte neue Grün der Platanen bewegte sich im sanften Wind; in der Nähe der Spielgeräte sprang ein Windhund langbeinig und grazil nach einem Frisbee.

Vor Jahren, ehe der Park zu einem angesagten Treff geworden war, hatte ich dort einen Fall verfolgt, der ein für mehrere Menschen – unschuldige wie weniger unschuldige – katastrophales Ende nahm. Danach war ich an den dunklen Winterabenden oft über die ellipsenförmige

Grünfläche gewandert, um irgendwie mit dieser Tragödie und meiner Unfähigkeit, sie zu verhindern, ins Reine zu kommen. Irgendwann war es dann wieder aufwärts gegangen, mit mir und mit South Park, wo sich Galerien, Cafés, Geschäfte, Architekturbüros und Multimediafirmen ansiedelten. Die Crème de la Crème des Dotcom-Establishments hatte an den Tischen der Edelbistros ihre Geschäfte abgewickelt und dabei nicht mit den Spesen gegeizt.

Jetzt fiel mir auf, dass die Gegend um den Park wieder etwas heruntergekommener wirkte. In vielen Fenstern hingen Zu-vermieten-Plakate, und die Gespräche im Café drehten sich eher um Pleiten als um Börsengänge. Wenn es mit dem Hightech-Sektor weiter abwärts ging, würde der South Park irgendwann vielleicht wieder ein vergessener Winkel sein, nur denen bekannt, die es wagten, sich unter die dunklen und oft genug verzweifelten Gestalten zu mischen, die dort verkehrten.

»Also«, sagte JD mit seinem leichten Südstaatenakzent, »*InSite*, erst mal die harten Fakten. Es existiert schon über fünf Jahre – was, wie du wohl weißt, bei Online-Magazinen nicht allzu oft vorkommt. Finanziert werden sie von VC, die –«

»Moment mal – Vietcong?«

Er warf den Kopf zurück und lachte. Er war ein schmalgesichtiger, blasshäutiger Typ mit einer unbezähmbaren Mähne von rotem Haar. Im teuren Casual-Look der zusammenbrechenden New Economy lümmelte er lässig in seinem Stuhl, und seine wachen blauen Augen taxierten jede gut aussehende Passantin. Jetzt richteten sie sich, vor hämischer Belustigung funkelnd, auf mich.

»Du sitzt derselben Illusion auf wie ich. Als ich anfing, für *InSite* zu arbeiten, hing ich immer dort in den Büros rum, weil man auf die Art bei denen ins Geschäft kommt, und die hohen Tiere redeten ständig von den VC. Und ich dachte: ›Was haben sie denn immer mit den Vietcong? Sie sind doch kein politisches Blatt, und außerdem ist dieser Krieg doch längst vorbei.‹ Stell dir meine Ernüchterung vor, als mir klar wurde, dass es sich bei diesen VC um Venture-Capitalists handelt.«

»Muss ein Generationenproblem sein. Erzähl weiter.«

Er wartete, bis uns der Kellner dampfende Schüsseln mit Muscheln in Knoblauchsud vorgesetzt hatte, brach dann ein Stück von dem frischen Baguette im Korb. »Okay, diese VC sind Risikokapitalgeber – Leute, die ihren Profit dadurch machen, dass sie viel versprechende junge Firmen finanzieren und an die Börse bringen. Vor zwei, drei Jahren, als *InSite* wie eine Rakete abging, tat sich das Magazin mit Tessa Remington von der Remington Group – einer Kapitalmanagementgesellschaft – zusammen, und die trieb dann Investoren auf und finanzierte den Laden. Die Remington war kaum je im *InSite*-Gebäude – jetzt ist sie gar nicht mehr dort, was eine andere Geschichte ist –, aber sie war immer präsent, ungefähr so wie Jesus Christus in einer anständigen Dorfkirche.«

»Und diese hohen Tiere – wer sind die?«

»Jorge Amaya, der Geschäftsführer. Seiner Familie gehört halb Costa Rica oder welches mittelamerikanische Land das nun war. Er ist der Mann der Remington Group, wurde als Geschäftsführer eingesetzt, weil er die entsprechenden Qualifikationen hat – Studium an der Wharton School, schon etliche Firmen an die Börse geführt. Ich kenne ihn nicht besonders gut, aber er ist an der Oberfläche äußerst charmant und gefällt den Frauen. Dann ist da Max Engstrom, der Chefredakteur. Er hat *InSite* gegründet, war aber bereit, Amaya die Zügel zu übergeben, weil er wusste, dass das nun mal der Preis für die Finanzierung war. Er ist damit nicht sonderlich glücklich, und das schlägt sich in seinem Verhalten nieder. Aber darauf komme ich gleich. Und schließlich sind da noch die Leiter der verschiedenen Abteilungen, die ebenfalls ziemlich weit oben in der Organisationsstruktur stehen und einige Macht haben.«

»Wie sieht diese Organisationsstruktur aus?«

»Ähnlich wie bei Printmagazinen.« JD bedeutete dem Kellner, uns noch mehr Wein zu bringen. »Zunächst mal sind da die Abteilungen Content, Art, Marketing und Technik. Content unterteilt sich in die Ressorts Kultur und Unterhaltung, Essen und Trinken, Reisen und so weiter. Jedem Ressort steht ein Ressortleiter oder eine Ressortleiterin vor, der oder die wiederum den Redaktionsstab unter sich hat. Die meisten Leute im Content-Bereich sind Akademiker, aber mit Hochschulabschlüssen, die sich nicht auf der Stelle in Kohle umsetzen lassen, also reißen sie sich den Arsch auf, um den Typen oder die Frau über sich zu verdrängen. Das Betriebsklima ist absolut brutal.«

Roger Nagasawa hatte im Content-Bereich gearbeitet, im Unterhaltungsressort. »Dieses brutale Betriebsklima – worin besteht das?«

»In Hauen und Stechen. Übertriebenem Konkurrenzdenken. Manchmal sogar in der Sabotage der Projekte anderer Leute.«

Die Hölle, wie es Jody Houston genannt hatte. »Und im Art-Bereich?«, fragte ich.

»Weniger Konkurrenzdruck, weil die Fachkenntnisse der Angestellten klarer definiert sind. Sie verwenden viel Material von Freelancern, koordinieren es mit Content und Technik. Aber das Marketing, da herrscht das totale Chaos, vor allem, weil sie es nie geschafft haben, jemanden lange genug auf dem Abteilungsleiterstuhl zu halten, um ein echtes Selling-Product zu entwickeln.«

»Was heißt das?«

»Na ja, nimm mal ein E-Commerce-Unternehmen wie L. L. Bean. Die haben ein identifizierbares Produkt – Jeans, Schuhe, Pullover. *InSite* hingegen verkauft Werbeflächen, und es ist immer noch ziemlich schwer, potenzielle Anzeigenkunden davon zu überzeugen, dass ein Online-Magazin ein effizientes Werbemedium ist. Bei einem Printmagazin springen einen die Anzeigen an, sobald man eine bestimmte Seite aufschlägt. Aber online ist es für den Leser nur zu leicht, den Link zur Site des einzelnen Werbekunden wegzuklicken und so die entsprechende Information gar nicht erst zu erhalten.«

»Wie ich, wenn mir ein Fenster irgendein Produkt anpreisen will, ehe ich an meine E-Mail komme. Ich klicke dann einfach auf ›Nein, danke‹.«

»Genau.«

»Heißt das, *InSite* macht Verluste?«

»Hält sich mühsam über Wasser, dank der Kapitalspritzen der Remington Group. Als die Dotcomblase platzte, erwogen Remington und Amaya zuerst, vorzeitig an die Börse zu gehen, entschieden sich dann aber doch dagegen. Stattdessen schraubte die Remington Group ihre Investitionen zurück und drosselte das Firmenwachstum.«

»Okay«, sagte ich. »Und was macht die Technik?«

»Das ist in etwa so wie Layout und Herstellung bei einem Printmagazin. Die Technik ist dafür zuständig, Soft- und Hardware in Schuss zu halten und auch die Links zu den Websites der Werbekunden. Geleitet wird sie von einem Webmaster, in diesem Fall einer Frau, die sich Webpotentatin nennt – bei *InSite* legen sich alle schräge Titel zu. Sie ist ein ganz hohes Tier, kommt gleich nach Engstrom und Amaya. Dinah Vardon, so heißt sie, und ich kann dir sagen, sie ist echt zum Fürchten.«

»Inwiefern?«

JD kippte seinen Stuhl ein wenig zurück und schloss die Augen. »Wie soll ich sie beschreiben? Habe ich dafür überhaupt die Worte? Sie ist ungemein zielstrebig, ganz auf ihr Ding konzentriert, aber das allein ist es noch nicht. Sie weiß, was sie will, und sie sorgt verdammt noch mal dafür, dass sie's auch kriegt. Vielleicht macht ein Beispiel das klarer. Letztes Jahr war ich mal in Max' Büro, als Dinah reinkam. Sie wollte, dass er einen Mann für den Tech-Bereich einstellte, einen, der ihm nicht recht passte. Sie fuhr lauter gute Argumente auf, aber Max sagte nein, also zog sie sich zurück. Eine Viertelstunde später war sie wieder da, mit neuen Argumenten, einer neuen Taktik. Und so fort, alle fünfzehn Minuten, bis Max schließlich kapitulierte.«

»Hartnäckig.«

»Gnadenlos. Es war, als wäre da eine ganze Armee von Dinahs; sobald eine geschlagen war, trat eine etwas abgewandelte Version an ihre Stelle. Und jede feuerte auf Max' Abwehrbastionen ein, bis er die weiße Fahne hisste.«

»Okay, du sagst, sie weiß, was sie will. Und was ist das?«

JD zuckte die Achseln. »Macht, schätze ich. Und was immer sonst ihr ermöglicht, an der Macht zu bleiben.«

»Geld?«

»Ja, klar.«

»Okay, vorhin hast du gesagt, Max Engstroms Unzufriedenheit mit der Tatsache, dass man ihm Amaya vor die Nase gesetzt hat, schlägt sich in seinem Verhalten nieder. Ich habe gehört, er ist ein Sadist.«

»Max würde sagen, er macht einfach gern ab und zu einen kleinen Scherz.«

»Und du würdest sagen ...?«

»Gegen ihn ist der Marquis ein Waisenknabe. Aber mal im Ernst, Shar, um wirklich ein Bild von den Leuten und der Dynamik bei *InSite* zu kriegen, musst du hingehen und dir den Laden selbst angucken.«

»Und wie könnte ich das deiner Meinung nach anstellen, ohne dass sie merken, dass ich aus Ermittlungsgründen da bin?«

Er sah mich mit zusammengekniffenen Augen an; im Schein der Kerze, die auf unserem Tisch stand, hatte sein Gesicht etwas Reptilienartiges. »Wenn deine Ermittlungen etwas bringen, hat das dann Nachrichtenwert?«

»Irgendwann sicher.«

»Und wenn ich dir helfe, kriege ich dann die Story zuerst?«

»Garantiert.«

Er betrachtete mich immer noch nachdenklich. Nach einer Weile nickte er. »Ich habe da den Keim einer Idee. Sobald er aufgeht, rufe ich dich an.«

14. Februar

Ich habe alles vernichtet, was keiner sehen soll, und meine gesamten Dateien gelöscht. Ich habe den Abschiedsbrief an meine Eltern eingeworfen, meinen Brüdern E-Mails geschickt und mich von Jody verabschiedet – wenn sie auch nicht wissen konnte, dass es ein Abschied war. Eddie wird sich um sie kümmern, und falls es zu irgendwelchen Einschüchterungsversuchen kommt, wird er dafür sorgen, dass sie die Versicherungspolice fin-

> det, die ich in ihrer Reichweite deponiert habe. Jetzt ist es Zeit zu gehen. Ich habe mir immer vorgestellt, dass ich diesen Schritt von der Golden Gate Bridge aus tun würde. Die ruft mich schon, seit ich klein war. Aber angesichts der Umstände und meines Versagens scheint mir die Bay Bridge doch angemessener. Die Umstände. Das Versagen. Ich wollte, ich könnte das alles rückgängig machen.

Ich legte Rogers Tagebuch weg und stand auf, um meine Bürolampen auszuknipsen. Durch das Bogenfenster konnte ich die Unterseite der Brücke sehen, von der er am Valentinstag, kurz vor Mitternacht, gesprungen war. Die Bay Bridge hing hoch über dem Piergebäude, und das Geräusch der wenigen Fahrzeuge, die sie um diese Zeit noch überquerten, drang nur gedämpft herab. Aber in meinem gereizten Zustand zerrte das Rumpeln und Rattern von oben dennoch an den Nerven, genau wie das stete Brummen des Verkehrs auf dem Embarcadero.

Ich schaute nach Treasure Island hinüber, folgte dem Schwung der Brückenlichter in Richtung Oakland. Versuchte, irgendeinen Sinn aus den Tagebucheinträgen herauszuinterpretieren, aber es gelang mir nicht.

Wenigstens hat er versucht, es zu erklären. Im Gegensatz zu Joey.

In dem schmuddligen Mietbungalow, in dem sich mein Bruder umgebracht hatte, hatte sich angeblich gar nichts befunden, außer den leeren Flaschen und Pillenfläschchen und seinem knappen Entschuldigungsbrief. Seine wenigen Habseligkeiten hatten, laut dem Beamten des Sheriff's Department, nur noch für den Müll getaugt. Ich hatte den Deputy gebeten, sie zu entsorgen, ehe John hingeflogen war, um den Leichnam zu identifizieren und die Einäscherung zu veranlassen. Ich hatte es vor mir selbst damit begründet, dass ich ihm die deprimierenden Details der letzten Lebensmonate unseres Bruders ersparen wollte.

Vielleicht hätte ich mit ihm hinfliegen und Joeys Sachen durchsehen sollen. Warum hatte ich es nicht getan?

Na ja, schließlich hatte ich mich in der betreffenden Woche als Zeugin in einem Zivilprozess zur Verfügung halten müssen. Aber das war nur eine Ausrede. In Wahrheit hatte ich mit Joeys weggeworfenem Leben nichts zu tun haben wollen. Irgendwie hatte ich an dem Glauben festhalten müssen, dass sein Leben genauso sinnlos gewesen war wie sein Tod.

Zu spät. Ich hatte ihn im Stich gelassen. Und meine übrige Familie auch.

Mittwoch, 18. April

Der Warteraum im Golden Gate Laserkorrekturcenter war groß und gerammelt voll. Ich saß eingequetscht zwischen einem Mann, der irgendwelche juristischen Unterlagen durchging, und einer Frau, deren Handy innerhalb von zehn Minuten fünf Mal geklingelt hatte.

Mir gegenüber stand eine Vitrine voller rot-blauer Imari-Teller. Auf einem kleinen Schildchen im mittleren Fach stand: WIE GUT SEHEN SIE UNS? Eine dezente Art, die potenzielle Klientel dazu zu ermuntern, sich der Laserkorrektur zu unterziehen, und allemal ästhetischer als eine Sehtesttafel. Ich kniff das rechte Auge zu und starrte mit dem linken auf die Vitrine. Ich hatte immer sehr gute Augen gehabt, aber vor drei Wochen waren mir bei meiner monatlichen Trainingssession auf dem Schießstand die Zielscheiben plötzlich verschwommener erschienen, und kürzlich in der Cessna, über der Pazifikküste bei Touchstone, Hys und meinem Refugium in Mendocino County, hatte ich einen Moment lang eine große Möwe für ein fernes Flugzeug gehalten.

Ließ mein Sehvermögen nach? Ich kniff das linke Auge zu, prüfte das rechte. Die Muster der Imari-Teller waren klar und deutlich. Gute Erbanlagen in diesem Punkt: Elwood Farmer, von Beruf Künstler, war jetzt in den Sechzigern und brauchte immer noch keine Brille; meine leibliche Mutter Saskia Blackhawk hatte lediglich eine Lesebrille für die feine Schrift in ihren Gesetzbüchern.

Die Tür zum Sprechzimmerbereich öffnete sich, und eine Frau kam heraus, gefolgt von einem großen Mann im weißen Arztkittel. Nicht Daniel Nagasawa; dieser Mann hatte nichts Japanisches. Alle im Warteraum sahen auf, als die Frau dem Arzt erklärte: »Es ist einfach wunderbar, morgens aufzuwachen und den Wecker wirklich erkennen zu können! Aber mein Gesicht im Spiegel zu sehen ist natürlich ganz was anderes.« Ein paar Leute lachten, und die meisten wirkten erleichtert. Diese Frau hatte den Korrektureingriff und die Nachsorgeuntersuchungen unbeschadet überstanden und war mit dem Ergebnis zufrieden. Hilfe war nur einen Laserkanonenschuss entfernt.

Die Frau ging, der Arzt entschwand wieder durch die Tür, und ich sah auf die Uhr. Zehn nach neun; Daniel Nagasawa hielt unseren Termin nicht pünktlich ein. Wenn er mich noch viel länger warten ließ, würde das einen Domino-Effekt auf meinen voll gepackten Terminplan haben. Um elf musste ich in Palo Alto sein, um seinen Sohn Eddie zu treffen, der nur diese eine Stunde freihatte –

»Miss McCone?«, sagte die Helferin. »Dr. Nagasawa ist jetzt frei. Wenn Sie bitte hereinkommen würden, ich zeige Ihnen sein Sprechzimmer.«

Der Flur drinnen war mit dickem Teppichboden ausgelegt, und an den Wänden hingen japanische Holzschnitte. Daniel Nagasawa erwartete mich am anderen Ende, ein untersetzter Mann in einem blauen Sportsakko und Chinos, mit klugen, schmalen Augen, die mich taxierten. Ohne Brille natürlich – sein eigenes Aushängeschild. Er führte mich in einen Raum, in dem jede waagerechte Fläche okkupiert war: Unterlagen und Bücher auf dem Schreibtisch, weitere Akten auf dem Fußboden, weitere Bücher in voll gepfropften Einbauregalen, zwei Figuren – stilisierte Frauen in Kimonos – auf Sockeln, Bonsaibäumchen auf der Fensterbank. Ich musste daran denken, was in Rogers Tagebuch über den Krempel in seinem Elternhaus stand: »Japankitsch, als wollten sie beweisen, dass sie den Kontakt mit ihren Wurzeln nicht verloren haben.«

Dr. Nagasawa hieß mich Platz nehmen und dankte mir dafür, dass ich die Ermittlungen übernommen hatte. Dann ging er um den Schreibtisch herum, setzte sich in den Ledersessel, die Hände auf einem Papierstapel gefaltet, und sah mich aufmerksam an. Ich fragte, ob es ihm etwas ausmachen würde, wenn ich unser Gespräch aufnähme, und als er nichts dagegen hatte, schaltete ich mein Aufnahmegerät ein.

»Ich bin Glenns Akten durchgegangen«, erklärte ich, »und kenne also das Hintergrundmaterial, würde die Details aber gern noch mal aus Ihrem Mund hören. Wenn ich's recht verstehe, wohnte Roger zu Hause, nachdem er wieder hierher zurückgekehrt war.«

»Ja. Er wollte sich eine eigene Wohnung kaufen, aber seine Ersparnisse reichten nicht ganz für den Eigenanteil. Seine Mutter und ich, wir haben ihm ein Darlehen angeboten, aber er meinte, es sei ihm lieber, eine Weile bei uns wohnen und essen zu können. Roger sperrte sich ziemlich dagegen, jemandem etwas zu schulden.« Sein Blick wanderte zur Wand gegenüber, und meiner folgte ihm. Dort hing ein Familienporträt, drei stehende Jungen hinter den sitzenden Eltern; die Söhne waren schätzungsweise zwischen zehn und neunzehn.

»Welcher ist Roger?«, fragte ich.

»Der Mittlere.«

Das mittlere Kind, sogar auf dem Familienporträt. Eine schwierige Position in der Geschwisterreihe. Ich war in meiner Adoptivfamilie das mittlere Kind gewesen und hatte mich weder meinen großen Brüdern noch meinen kleinen Schwestern wirklich zugehörig gefühlt, was mich letztlich zu einer Art Einzelgängerin gemacht hatte. Aber natürlich hatten diese Gefühle, wie ich seit letztem Herbst wusste, noch andere Gründe gehabt …

Ich konzentrierte mich wieder auf Daniel Nagasawa. »Wie hat sich dieses Wohnarrangement bewährt?«

»Bestens. Er kam und ging, wie es ihm passte, und hat alles getan, um unserer Haushälterin keine zusätzliche Arbeit zu machen. Roger ist … war der selbständigste und rücksichtsvollste von unseren Söhnen. Harry, unseren Ältesten, konnten wir bis jetzt nicht zum Ausziehen überreden, und Eddie bringt uns nach wie vor jedes zweite Wochenende seine Wäsche aus Palo Alto.«

»Ein harmonisches Zuhause demnach.«

Dr. Nagasawas Augen verdüsterten sich, und er sah auf seine gefalteten Hände. »War es, ja.«

Ich wartete ab, und als er nicht näher darauf einging, fragte ich: »Was hat Ihnen Roger über seine Arbeit bei *InSite* erzählt?«

»So gut wie nichts. Er war nicht verschlossen, aber er sprach nicht gern über unerfreuliche Dinge. Trotzdem war uns klar, dass da irgendetwas im Argen lag. Er war angespannt und gereizt. Arbeitete bis spät in die Nacht und bekam nicht genug Schlaf. Manchmal blieb er sogar die ganze Nacht im Büro, kam nur heim, um zu duschen und sich umzuziehen, und fuhr sofort wieder hin. Wenn ich ihn darauf ansprach, dass sie ihm zu viel zumuteten, sagte er, so sei das nun mal in der Dotcomwelt. Aber er wirkte erschöpft und nahm immer mehr ab. Nach seinem Auszug haben wir ihn immer wieder zum Abendessen eingeladen, damit er wenigstens mal was Anständiges zu essen bekäme, aber er ist so gut wie nie gekommen.

»Wirkte er depressiv?«

»Nein. Wie ich schon sagte, vor allem nervös.«

»Aber neigte er denn nie zu Depressionen?«

»Keineswegs. Er war ein fröhliches Kind.«

Das vielleicht, aber ein fröhlicher Erwachsener wohl kaum. Jedenfalls besagte das sein Tagebuch. Wie so viele Väter hatte auch Daniel Nagasawa seinen erwachsenen Sohn nicht wirklich gekannt.

»Dr. Nagasawa, was bringt Sie zu der Annahme, dass die Leute bei *InSite* Schuld an Rogers Selbstmord tragen?«

Er zuckte zusammen. Das konnte ich nachfühlen; wenn sich jemand, der einem nahe stand, das Leben genommen hat, dann wirkt dieses Wort wie ein Schlag, egal, wie oft man es hört.

»Der *Karoshi*-Prozess in Tokio hat mich darauf gebracht. Ich habe in einer Illustrierten einen sehr ausführlichen Bericht darüber gelesen, dann weitere Artikel in juristischen Zeitschriften und in der japanischen Presse ausfindig gemacht. Die Arbeitsbedingungen, an denen das Opfer dort zerbrochen war, hatten so viel Ähnlichkeit mit dem, was mir Freunde von Roger – sie stehen auf der Liste, die ich Glenn gegeben habe –, was sie mir nach der Trauerfeier schilderten. Ich habe daraufhin noch mit weiteren Freunden von ihm gesprochen und dasselbe erfahren. Und gestern dann ...« Er senkte den Blick wieder, schob den Papierstapel ordentlich zurecht.

»Ja?«

»Das ist etwas, was ich Glenn noch nicht erzählt habe.

Gestern Abend rief mich eine junge Frau an. Eine, die auch bei der Trauerfeier war. Jody Houston. Sie sagte, sie habe gehört, wir hätten eine Privatdetektivin angeheuert, um den Gründen für Rogers Tod nachzugehen.«

»Das wusste sie von mir. Wir sind uns gestern in dem Haus begegnet, wo Roger gewohnt hat.«

»Das erklärt ihren Anruf. Sie war ausgesprochen melodramatisch, sagte, jemand von den hohen Tieren bei *InSite* habe meinen Sohn praktisch ermordet und bedrohe jetzt sie. Sie müsse mich sofort treffen. Ich habe ihr, offen gestanden, nicht geglaubt. Deshalb sagte ich ihr, sie möge doch Sie anrufen und zusehen, dass sie Beweise für ihre Behauptungen vorlegen könne. Sie war sehr erregt und hat aufgelegt.«

»Haben Sie versucht, sie zurückzurufen?«

»Gestern Abend nicht. Aber im Nachhinein schien mir ihre Angst doch echt, also habe ich ihre Nummer nachgeschlagen und heute Morgen angerufen. Da war nur ein Anrufbeantworter dran. Demnach hat sie sich noch nicht bei Ihnen gemeldet?«

»Nein, bis jetzt nicht.«

»Würden Sie sich bitte mit ihr in Verbindung setzen? Nachfragen, ob alles in Ordnung ist, und herausfinden, was sie weiß?«

»Ich kümmere mich gleich darum.«

In meinem Terminplan war gerade genug Luft, um bei Jody Houston vorbeizuschauen. Ich fuhr in die Brannan Street und klingelte mehrfach, aber es tat sich nichts. Als ich ihre Nummer wählte, hörte ich nur ihre Tonbandstimme. Ich hinterließ ihr, dass sie mich bitte anrufen möge, und sagte noch, Daniel Nagasawa mache sich Sorgen um sie. Dann fuhr ich nach Palo Alto, wobei ich unterwegs das Gespräch mit Nagasawa noch einmal Revue passieren ließ und mich auf die Begegnung mit seinem jüngsten Sohn vorbereitete.

»Ich habe keinen Schimmer, was mit Rog los war«, sagte Eddie Nagasawa.

Keinen Schimmer, und er wirkte seltsam gleichgültig. Eddie war ein gut aussehender junger Mann, kräftig wie sein Vater, mit einem kleinen Goldring im rechten Ohr und einem winzigen Spinnentattoo über dem linken Handgelenk. Obwohl es kühl und bewölkt war, trug er Shorts und ein ärmelloses Shirt. Er hing schlaff in seinem Stuhl im Fine Eats an der University Avenue und pickte an etwas herum, das sich Wohlfühlsalat nannte. Ich biss in meinen Cheeseburger und dankte – zum zweiten Mal an diesem Tag – Saskia und Elwood für ihre Gene; mein Stoffwechsel verarbeitete Fett wie der anderer Leute Wasser.

Ich fragte: »Was hat Ihnen Roger über seine Arbeit bei *InSite* erzählt?«

»Nicht viel. Wir haben nicht oft geredet. Er war sechs Jahre älter als ich und aus dem Haus, seit ich zwölf war. Ich habe ihn eigentlich kaum gekannt.«

Hatte ich nicht dasselbe über Joey gesagt? Dass wir nie richtig miteinander geredet hatten? Aber ich hatte zornig um mich gefaucht, während Eddie nur zu gelassen wirkte.

»Ihr Vater sagt, Roger sei angespannt und gereizt gewesen. Haben Sie das auch bemerkt?«

»Ließ sich ja nicht vermeiden. Einmal wollte ich mit ihm über das Mag reden – das Ding ist cool, und meine Freunde waren neugierig, wie es ist, dort zu arbeiten –, aber er hat mir gleich eins vor den Bug gegeben. Danach sind wir uns eher aus dem Weg gegangen.«

»Sie sind sich im Haus Ihrer Eltern begegnet?«

»Am Wochenende.« Er grinste schief. »Ich wette, Dad hat Ihnen gleich erzählt, was ich für ein Parasit bin. Weil ich immer meine Dreckwäsche nach Hause bringe.«

»Er hat es erwähnt.«

»Ich höre ihn regelrecht: ›Meine Jungs wollen einfach nicht gehen. Die Kinder unserer Freunde sind alle längst ausgeflogen, aber unsere nicht. Wir kriegen sie nicht aus dem Haus.‹ Insgeheim freut es ihn. Er weiß, dass wir immer noch nach Hause kommen, weil er und Mom so tolle Eltern sind.« Er zog die Augenbrauen zusammen und schob seinen Salat weg. »Ich find's unmöglich, dass Rog ihnen das angetan hat. Das haben sie nicht verdient.«

Also war er doch wütend. »Selbstmord ist etwas ziemlich Scheußliches.«

»Es macht alles kaputt.« Er rückte vom Tisch ab und warf seine zusammengeknüllte Serviette auf die Überreste des Salats. »Wieso musste er überhaupt wieder heimkommen? Warum ist er nicht einfach im Osten geblieben? Ich meine, uns ging's super, und dann ist da plötzlich Rog und schleicht durchs Haus wie ein Zombie. Und dann, zack, hat er sich eine Wohnung gekauft und bringt es nicht mal mehr über sich, zum Essen vorbeizukommen. Ich meine, was ist schon ein Abendessen ein, zwei Mal im Monat? Aber nein, er tut Mom und Dad weh, indem er nie aufkreuzt, und dann schmeißt er sich von der Brücke. Und jetzt ist alles zum Teufel.«

»Inwiefern?«

Der Zorn war jetzt hervorgebrochen, funkelte aus seinen Augen, ließ ihn die Hände um die Oberschenkel krallen. Ein Paar am Nachbartisch hatte herübergeschaut, als er laut geworden war, dann schnell wieder weggeguckt.

»Wollen Sie's wissen? Dad ist besessen von dieser Prozessgeschichte. Er sagt, er wird die Leute drankriegen, die Rog in den Selbstmord getrieben haben. Ach Quatsch! Niemand zwingt einen zu so was. Und Mom – die hat es schließlich nicht mehr ausgehalten. Sie ist ausgezogen, wohnt jetzt im Verlag, Himmel noch mal. Ich, ich geh gar nicht mehr nach Hause. Und Harry – guter Gott!«

»Was ist mit Harry?«

»Sie haben wohl noch nicht mit ihm geredet?«

»Nein.«

»Na ja, wenn Sie's tun, werden Sie sehen, was Rog aus ihm gemacht hat.«

Ich hatte Eddie eigentlich nach Rogers letzter E-Mail fragen wollen und auch nach der Versicherungspolice, die sein Bruder Jody Houston hinterlassen hatte und die er ihr jetzt finden helfen sollte, aber das musste ich vertagen. Nach seinem Wutausbruch hatte er unser Gespräch abrupt beendet, indem er erklärte, er müsse jetzt in eine Vorlesung. Ich ging zur Tiefgarage, wo mein Auto stand, und nahm mein Handy heraus, um ein paar Anrufe zu tätigen. Der Akku war so gut wie leer, und das Ding piepte beim Telefonieren. Aber es waren keine langen Telefonate. Die Freunde von Roger, die ich noch nicht kontaktiert hatte, waren entweder gerade nicht an ihrem Arbeitsplatz oder in einem Gespräch, und ich würde auf ihren Rückruf warten müssen, um einen Termin zu machen. Als ich in der Detektei anrief, um mir eventuelle Botschaften durchgeben zu lassen, klang Ted ziemlich aufgebracht. Hy habe aus Bangkok angerufen, sagte er. Sonst nichts Wichtiges.

Bangkok. Hy war am Montag dorthin geflogen, um Personal von Renshaw und Kessell International, der Unternehmenssicherheitsfirma, an der er zu einem Drittel beteiligt war, in Geiselnahme-Verhandlungstechniken zu schulen. Ich kämpfte mit den Zeitzonen, der Datumslinie, gab es aber schnell auf.

»Wie spät ist es dort?«, fragte ich Ted.

»Woher zum Teufel soll ich das wissen?«

»Okay, wann hat er angerufen?«

»Vor zwei Stunden etwa. Augenblick mal.«

Ich hörte seinen Drehstuhl quietschen, dann einen dumpfen Schlag und einen Fluch. »Alles okay?«, fragte ich.

»Wenn man davon absieht, dass mir eben der ganze Stoß Telefonbücher auf den Fuß gekracht ist, weil *jemand* zu viele aufeinander gestapelt hat.«

»Ich war's nicht.«

»Ausnahmsweise.« Kurze Pause, Blättergeraschel. »Ja, da haben wir's. Internationaler Telefonverkehr. Bangkok – plus fünfzehn Stunden.«

»Das kann nicht sein. Es liegt doch westlich von hier. Plus ist nach Osten.«

»Bangkok liegt uns mehr oder minder gegenüber. Also liegt es auch östlich von uns.«

»Aber wenn ich hinfliegen würde, würde ich nach Westen fliegen.«

»Aber du *könntest* auch nach Osten fliegen.«

»Ach. Ich schätze, das gilt für jeden Ort.«

»Außer, es ginge um Norden und Süden. Oder um Nordosten und Südwesten oder –«

Dieses Gespräch verursachte mir Schädelbrummen. »Danke, das reicht! Plus fünfzehn, richtig?« Hier war es jetzt zwölf Uhr zwanzig, in Thailand demnach drei Uhr zwanzig morgens. Zu spät, um noch zurückzurufen, es sei denn, es wäre etwas Dringendes. »Was hat er gesagt?«

»Wer?«

»Hy!«

»Ach der. Er wollte wissen, ob du die Rose gekriegt hast.«

»Klar hab ich sie gekriegt.« Eine einzelne Rose, dunkelrot, fast schon schwarz, war, wie an jedem Dienstagmorgen, in mein Büro geliefert worden. Hy hatte, als wir uns erst wenige Tage kannten, damit begonnen, mir diese Rosen zu schicken, die Farbe allerdings war mit unserer Beziehung tiefer geworden. »Wieso fragt er?«

»Vielleicht ist es ja irgendein Geheimcode.« Ted mochte Hy, neigte aber zum Sarkasmus, was dessen Tätigkeit anbelangte. Er missbilligte sie ebenso wie die Tatsache, dass Hy mich zur Fliegerei gebracht hatte – beides in seinen Augen viel zu gefährlich.

»Na ja, wenn du ihn geknackt hast, lass es mich wissen«, sagte ich und beendete das Gespräch.

Ich beäugte sehnsüchtig mein Handy. Spät hin oder her, ich hätte gern mit Hy geredet. Aber mein Termin mit Margaret Nagasawa war um dreizehn Uhr dreißig, und mir blieb nur wenig Zeit, um wieder in die Stadt zurückzufahren, den Wagen im Sutter-Stockton-Parkhaus abzustellen und zu Carefree Days Publishing am Tillman Place zu gehen.

Tillman Place ist eins dieser altertümlichen kleinen Sträßchen, von denen es in dieser Stadt so viele gibt, nur wenige Blocks von der Nordostecke des Union Square entfernt. Als ich über das Kopfsteinpflaster ging, fühlte ich mich in die Zeiten der Barbary Coast versetzt, als San Francisco ein Ort der lockeren Sitten war, wimmelnd von Goldsuchern aus dem Mother Lode, Seeleuten aus aller Welt und natürlich den Spielern, Ganoven und Schönen der Nacht, die nur darauf lauerten, den Besuchern das sauer verdiente Geld abzunehmen.

Während des Studiums hatte ich von Berkeley aus Erkundungstrips in die City unternommen und dabei ein Restaurant am Ende des Sträßchens entdeckt – die Temple Bar, ein kleines, dunkles Lokal, wo die Stammgäste um Drinks würfelten und wohl situierte Gattinnen sich nach einem harten Einkaufstag bei I. Magnin zu heimlichen Rendezvous einfanden. Magnin war längst verschwunden, das Gebäude von Macy's vereinnahmt, und auch die Temple Bar existierte nicht mehr. Verschwunden war auch der kleine Buchladen, der einst manchen Leser in das Sträßchen gelockt hatte, aber Margaret Nagasawas Verlag residierte nur zwei Häuser weiter – ein Beweis dafür, dass der Fortschritt noch nicht alles Literarische aus Tillman Place vertrieben hatte.

Die Verlagsräume von Carefree Days im obersten Stockwerk waren großzügig und selbst an diesem düsteren Tag hell. Bunte Poster von Umschlagentwürfen hingen an den Wänden im Empfangsbereich, und in Keramiktöpfen blühten Dutzende von Orchideen. Als mich die Sekretärin in Mrs. Nagasawas Büro führte, erhob sich diese von ihrem Schreibtischstuhl und kam auf mich zu, um mich zu begrüßen. Sie war zierlich, fast schon zerbrechlich, mit grauem, straff zu einem Pferdeschwanz zurückgebundenem Haar. Der Pferdeschwanz gab ihr etwas Mädchenhaftes, aber die dunklen Augenringe und die tiefen Falten um den Mund sagten, dass ihre Sorgen gar nicht kindlicher Art waren. Sie drückte mir überraschend fest die Hand und bedeutete mir, in einem von zwei Ohrensesseln Platz zu nehmen. Dann setzte sie sich in den anderen, wobei sie den Rock ihres eleganten schwarzen Kostüms glatt strich.

Ich bedankte mich dafür, dass sie sich die Zeit nahm, mit mir zu reden, und sah mich kurz um. Das Büro war genauso voll gepfropft wie das Sprechzimmer ihres Mannes: Manuskripte auf dem Fußboden, irgendwie in die Regale gestopfte Bücher, Umschlagentwürfe, die an den Wänden lehnten. Sobald sie ihren Schreibtisch verließ, musste sie aufpassen, nicht auf etwas zu treten, das vielleicht der nächste *Zauberer von Oz*, *Grinch* oder *Harry Potter* werden würde. Eddie hatte gesagt, seine Mutter wohne momentan im Verlag, aber wo? Da war zwar ein Sofa, aber es war ebenfalls mit Büchern, Kartons und Akten voll getürmt.

Mrs. Nagasawa sagte: »Ich bin froh, dass Sie bereit sind, Beweismaterial für unseren Prozess zu sammeln. Das ist eine schwierige Aufgabe, die einiges an Kompetenz verlangt. Und dazu kommt natürlich noch der Zeitdruck.«

»Glenn sagt, Ihnen liegt daran, die Klage gegen *InSite* möglichst bald einzureichen.«

»Meinem Mann liegt daran. Mir liegt nur daran, dass es möglichst bald vorbei ist.«

»Ich habe vorhin mit Eddie gesprochen. Er sagte, Dr. Nagasawa sei … sehr engagiert, was diesen Prozess angeht.«

Sie lächelte schwach. »Sie sind sehr taktvoll, Miss McCone. Eddie hat gesagt, sein Vater sei besessen von diesem Prozess. Das bekomme ich jedes Mal zu hören, wenn ich mit ihm spreche. Vermutlich hat er Ihnen auch erzählt, dass ich in ein Apartment hier im Haus gezogen bin.«

»Ja, das erwähnte er.«

Sie schüttelte den Kopf. »Eddie ist noch so jung. Er hält das für das Ende unserer Ehe. Das Ende seiner Welt. Er begreift noch nicht, dass man in einer guten Ehe dem anderen oft Raum lassen muss, zu tun, was er nun mal tun muss, was aber nicht unbedingt heißt, dass er einem den eigenen Raum verpesten darf.«

»Es ist also ein vorübergehendes Arrangement.«

»Ja, und Daniel ist damit einverstanden. Ich wollte, unsere Söhne würden das begreifen.«

»Harry begreift es auch nicht?«

Ihr Gesichtsausdruck wurde defensiv, ähnlich wie bei Eddie, als wir auf seinen Bruder gekommen waren. »Sie haben noch nicht mit ihm gesprochen?«

»Nein.«

»Dann ist es wohl am besten, Sie machen sich selbst ein Bild.«

Mein Termin mit Harry war um drei Uhr, in seinem Elternhaus im exklusiven Wohnbezirk Cow Hollow. Das versprach, interessant zu werden.

»Reden wir über Roger«, sagte ich und nahm mein Aufnahmegerät heraus.

Roger, erklärte Margaret Nagasawa, sei immer schon ein sensibles Kind gewesen, empfindlich und mitfühlend. Mit acht habe er sich in der Zoohandlung in der Maiden Lane drei Goldfische gekauft, und als sie nacheinander eingegangen seien, habe er um sie getrauert wie um Menschen. Wenn seine Brüder wegen irgendwelcher Regelverstöße bestraft worden seien, habe er gelitten, als sei er der Gemaßregelte. Und wenn er aus Versehen jemanden auf irgendeine Art verletzt habe, sei er tagelang in Schuldgefühlen versunken.

»Er wusste selbst, dass seine Reaktionen überzogen waren«, sagte seine Mutter, »und nahm es mit einer gewissen Selbstironie. Er sagte gern, wenn er zwanzig Jahre früher auf die Welt gekommen wäre, hätte er sich persönlich für den Vietnamkrieg verantwortlich gefühlt.«

Mit der Pubertät wurde Roger grüblerisch und introvertiert. Er hatte nur einen guten Freund, einen Klassenkameraden namens Gene Edwards. Gene war ein geselligerer Typ und hatte von der achten Klasse an immer eine Freundin; er und das jeweilige Mädchen versuchten, Roger mit irgendwelchen Freundinnen zu verkuppeln, aber die Dates waren bestenfalls fruchtlos, schlimmstenfalls ein Fiasko. Schließlich gab Gene es auf. Dann, im letzten High-School-Jahr, verliebte sich Roger.

»Das Mädchen«, erklärte Mrs. Nagasawa, »war hübsch, aber ein wildes, unberechenbares Ding. Wir konnten die Beziehung nicht wirklich gutheißen, aber sie holte Roger aus seinem Schneckenhaus, also beschlossen wir, ihn machen zu lassen. Sie waren rund um die Uhr zusammen. Sie schmiedeten Pläne, im Herbst nach Berkeley zu gehen, aber im Sommer verschwand sie dann Hals über Kopf nach Hawaii, mit einem älteren Jungen, der bei ihrem Bruder zu Besuch gewesen war.«

Roger war am Boden zerstört. Er verschwand einfach, und als er, kurz nachdem seine panischen Eltern Vermisstenanzeige erstattet hatten, wieder auftauchte, wollte er nicht sagen, wo er gewesen war und was er gemacht hatte. Aus seinem Zustand schlossen sie auf einen Drogen- und Alkoholexzess. Danach zog er sich in sein Zimmer zurück, rührte das Essen, das sie ihm auf einem Tablett vor die Tür stellten, nicht an und antwortete nicht, wenn sie durch die Tür mit ihm zu reden versuchten.

»Aber dann bewies er doch Rückgrat«, sagte seine Mutter. »Nach drei Tagen kam er nämlich mit einem festen Plan wieder heraus.«

Er hatte beschlossen, sich nicht in Berkeley zu immatrikulieren – zu schmerzlich nach den gemeinsamen Plänen mit der Freundin. Vielmehr würde er ein Jahr in Margarets Verlag arbeiten und am City College Journalismus studieren. Und er würde seine Bewerbung bei der Universität von

Michigan – einer der Hochschulen, wo er angenommen worden war – erneuern, um dann im nächsten Herbst dort hinzugehen. Er führte diesen Plan getreulich durch, ging im August darauf weg und kam, von kurzen Feiertagsbesuchen abgesehen, sieben Jahre nicht mehr nach San Francisco zurück.

»Faktisch hatten wir ihn verloren«, sagte Margaret. »Es war, als ob er uns die Schuld an dem gäbe, was ihm das Mädchen angetan hatte.«

»Das glaube ich nicht. Er wollte vermutlich einfach nicht an die Beziehung erinnert werden. Wissen Sie, was aus dem Mädchen geworden ist?«

»Sie heiratete den Jungen, mit dem sie auf und davon gegangen war, und kam dann ein paar Jahre später wieder zurück, geschieden. Das sagt jedenfalls Harry. Er war mit ihrem älteren Bruder befreundet, dem, den der junge Mann aus Hawaii besucht hatte.«

»Und wie heißt sie?«

»Dinah Vardon.«

Dinah Vardon, die Frau, die Webmaster bei *InSite* war. »Wussten Sie, dass sie ebenfalls bei *InSite* gearbeitet hat?«

Margarets Augen weiteten sich erstaunt. »Davon hat Roger nie etwas gesagt. Vielleicht bedeutete sie ihm ja nichts mehr. Oder sie waren jetzt so weit, die Vergangenheit ruhen zu lassen und einfach nur Freunde zu sein.«

»Möglich. Dieser Freund von Roger – Gene Edwards. Er steht nicht auf meiner Liste der zu befragenden Personen. Hatten die beiden noch Kontakt?«

Sie sah weg. »Gene ist tot. Er … hat sich vor zwei Jahren umgebracht, nachdem seine Frau ihn verlassen hatte. Zu Weihnachten.«

Noch ein Selbstmord, auch an einem besonderen Tag.

Gene zu Weihnachten, Roger am Valentinstag. Wann hatte sich Joey das Leben genommen? Am sechsten April. Er war etwa zweiundsiebzig Stunden tot gewesen, als man ihn gefunden hatte. Aber am sechsten April war doch nichts Besonderes –

Nichts? Großer Gott! Der sechste April war Joeys Geburtstag.

»Miss McCone?« Margaret Nagasawas Stimme klang weit weg. »Was ist?«

»Entschuldigung. Ich war nur in Gedanken.«

Nein, dachte ich. Ich war gedankenlos. Wenn es um meinen Bruder ging.

Es war schon sehr spät in Bangkok – oder sehr früh, je nachdem –, aber ich musste unbedingt Hys Stimme hören, mir versichern lassen, dass ich nicht das kaltherzige Monster war, als das ich mich fühlte. Aber das Problem war, dass ich ein Telefon brauchte, das mir nicht alle fünfzehn Sekunden ins Ohr piepte.

Als ich in den Passantenstrom an der Grant Avenue eintauchte, sah ich mich um. Edelboutiquen, Restaurants, aber weit und breit keine Telefonzelle. Die Verbreitung des Handys zwang die Telefongesellschaft, immer mehr Telefonzellen stillzulegen, und wenn man mal eine fand, die funktionierte, dann grundsätzlich an einem unpraktischen, lauten Ort. Außerdem würde es, wenn ich zuerst noch telefonierte, knapp mit dem Termin mit Harry Nagasawa werden. Ich strich das Vorhaben fürs Erste und strebte zum Parkhaus.

Das Haus der Nagasawas stand in der Vallejo Street in Cow Hollow, einer Gegend, die ihren Namen von den Milchviehfarmen hat, die sie einst prägten. Heute werden dort höchstens noch Menschen gemolken – von Hauseigentümern, die oft riesige Profite aus ihren Immobilien schlagen. Das Straßenstück, an dem die Nagasawas wohnten, war ruhig und baumgesäumt, das Haus im spanischen Stil, mit einem blauen Ziegeldach, einem kleinen Vorgarten mit Schmiedeeisenzaun und zwei Eiben in mächtigen blauen Keramikkübeln rechts und links der Eingangstür. Imposant, selbst hier, in diesem Viertel von lauter imposanten Häusern.

Als ich auf die Klingel drückte, bimmelte es sanft. Ich wartete, aber niemand reagierte. Ich klingelte ein zweites und drittes Mal. Hatte Harry unsere Verabredung vergessen?

Reifenquietschen einen Block weiter. Ich drehte mich um, sah einen roten Porsche um die Ecke schlingern. Rae nannte Porsches »Arschlochproduktionsmaschinen«, und sie musste es wissen. Ricky hatte einen, und beide brauchten sich nur ans Steuer zu setzen, um sich sofort in Irre zu verwandeln. Offenbar hatte dieser Wagen auf seinen Fahrer eine ähnliche Wirkung.

Der Porsche kam mit kreischenden Pneus am Bordstein vor dem Haus zum Stehen, und der Motor ging aus. Ein Mann sprang heraus, das schwarze Haar zerzaust, die Chinos und das Henley-Hemd so zerknittert, als hätte er darin geschlafen. Eine Sonnenbrille mit nur einem Bügel hing schief auf seiner Nase.

»Sharon McCone?«, rief er, während er, über einen offenen Schnürsenkel stolpernd, den Plattenweg entlanghastete. »Ich bin Harry Nagasawa. Tut mir Leid, dass ich zu spät dran bin, aber im Krankenhaus war die Hölle los – kann einem echt auf den Senkel gehen.« Er ließ ein schrilles Lachen los, bückte sich und machte sich an dem Schnürsenkel zu schaffen.

»Die Haushälterin hat heute ihren freien Tag«, sagte er, an den Erdboden adressiert. »Sonst wäre sie hier. Na ja, versteht sich von selbst, was? Was ich sagen will, ist, dass Sie dann nicht vor der Tür hätten stehen müssen.« Er erhob sich, stürzte auf mich zu und schüttelte mir die Hand, als sei mein Arm ein Pumpenschwengel. Dann zielte er mit einem Schlüssel auf das Schlüsselloch, verfehlte es aber und zerschrammte mit der Schlüsselspitze den Lack der Holztür.

Dieser Mann war Assistenzarzt in der Herzchirurgie?

Harry bekam die Tür schließlich auf und stürmte hinein. Ich folgte ihm in eine große geflieste Diele. Sie war angefüllt mit weiteren Kübelpflanzen – Seide, aber gut gemacht – und handbemalten Kommoden eines Typs, den ich unter dem Namen *Tansu* kannte. Harry warf Schlüssel und Sonnenbrille so schwungvoll auf eine der Kommoden, dass beides dahinter zu Boden fiel. Er schien es gar nicht zu bemerken.

»Hier entlang«, sagte er und führte mich nach rechts in ein Wohnzimmer. Es war so voll gepfropft mit Dingen, dass ich erst einmal in der Tür stehen blieb, um das Ganze zu studieren. Bildrollen, Statuen und Tempellaternen mussten sich gegen mächtige Ledersitzmöbel behaupten. Tische verschwanden unter bestickten Seidendecken und *Netsuke* aus Jade und Elfenbein. Harry stolperte zu einer Bar auf der anderen Seite, wobei er um ein Haar eine hochmütig neben einem Sessel sitzende Porzellankatze umgerissen hätte.

»Was zu trinken?«, fragte er. »Kosten Sie mal diesen Viognier, den mein Vater für meine Mutter auf Lager hält. Sie wohnt zwar nicht mehr hier, aber er hat trotzdem noch welchen im Eis, weil er die Hoffnung nicht aufgibt.«

Es war noch zu früh für Wein, aber ich spürte, dass Harry dringend etwas trinken wollte und beleidigt wäre, wenn er es allein tun müsste. Während er, ohne meine Antwort abzuwarten, mit dem Korkenzieher zu Werke ging, brabbelte er weiter über den Wein und den besonderen Jahrgang, und mir fiel auf, dass ich im Lauf dieser Begegnung noch kein Wort gesagt hatte.

Er trug die Drinks – für sich selbst etwas Dunkles, hochprozentig Aussehendes – zu einem Couchtisch und bedeutete mir, auf dem Sofa Platz zu nehmen. Nachdem ich seine Einwilligung eingeholt und mein Aufnahmegerät auf dem Tisch postiert hatte, kippte er den größten Teil seines Drinks hinunter und schloss dabei die Augen, als wäre es Medizin. Was es natürlich auch war – er zeigte alle klassischen Anzeichen der Selbstmedikation mit diversen Drogen. Aber warum tat niemand in der Familie oder der Klinik etwas dagegen?

»Sie wollen von mir wissen, was ich von Rog gehalten habe, stimmt's?«, sagte er. »Tja, ich hielt ihn für ein komplettes Arschloch.«

Kein Typ, der ein subtiles Vorgehen forderte, dieser Harry. »Denken Sie immer schon so oder erst, seit er sich das Leben genommen hat?«

»Immer schon. Rog kam schon als Blödmann auf die Welt. Jammerig, beleidigt, rechthaberisch, nur mit sich selbst beschäftigt. Sensibel nannte es Mom. Empfindlich nannte es Dad. Eine Landplage nannte ich es. Aber auf mich hat natürlich keiner gehört.«

»Sie haben Ihrer Meinung Ausdruck verliehen?«

»Wir Kinder wurden immer angehalten, zu sagen, was wir denken.«

»Wie hat Roger reagiert?«

»Wie schon? Mit Jammern und Schmollen.«

»Dann wäre es also eher untertrieben zu sagen, dass sie beide keine sonderlich enge Beziehung hatten?«

»Rog war ein Einzelgänger, hatte zu niemandem eine enge Beziehung. In der Zeit, als er hier wohnte, bevor er sich dann das Apartment gekauft hat, hat er kaum ein Wort geredet. War eine echte Wohltat, als er schließlich ging.«

»Dann hat er Ihnen wohl auch nichts davon erzählt, was bei *InSite* ablief?«

»Über seinen Job hat er mit keinem von uns geredet.« Harry klimperte mit den Eiswürfeln in seinem Glas, ging an die Bar, um sich nachzuschenken.

»Und seine Abschiedsmail an Sie? Stand da auch nichts drin?«

»Seine was?«

»Im Tagebucheintrag vom Tag seines Todes schreibt er, er habe Ihnen und Eddie je eine Mail geschickt.«

»Ach die. Was da drinstand, weiß ich nicht. Ich hab sie ungeöffnet gelöscht.« Er hielt kurz inne. »Ich habe das Gefühl, Sie missbilligen unser Verhältnis.«

»Ich bin nicht hier, um zu urteilen.«

»Gut. Weil Sie nämlich nicht verstehen, wie das war. Das versteht keiner. Rog hat meinen Eltern sein Leben lang nur Kummer gemacht.« Er kam zu seinem Sessel zurück, ließ sich schwer hineinplumpsen. »Er ist von zu Hause weggelaufen, wegen einer Enttäuschung in der Liebe – mit achtzehn, Herrgott noch mal. Mit achtzehn hatte ich alle möglichen Enttäuschungen hinter mir, aber ich habe nicht einfach meiner Familie den Rücken gekehrt. Die nächsten sieben Jahre hat er uns jedes Mal, wenn er zu Besuch kam, die Stimmung verdorben. Und dann befördert sich dieser Mistkerl einfach ins Jenseits. Das werden meine Eltern nie verwinden.«

»Diese Enttäuschung – kannten Sie das Mädchen?«

»Ließ sich wohl nicht vermeiden, weil sie ja die ganze Zeit hier rumhing. Dinah Vardon war ein ziemlich kaputtes kleines Ding. Kam aus Pinole. Wohnte bei einer Tante und ging hier in die Schule, weil die Situation daheim nicht gerade toll war. Sie traf Roger auf einer Party, warf einen Blick auf dieses Haus hier und beschloss, ihn für immer zu lieben, um an unser Geld zu kommen. Machte ihn ein Jahr lang zu ihrem Hündchen und ging dann mit einem auf und davon, der noch mehr Geld hatte.«

»Wussten Sie, dass sie ebenfalls bei *InSite* arbeitete?«

»Dass sie *was*?«

»Sie ist dort Webmaster. Oder Webpotentatin, wie sie sich selbst nennt.«

»Verdammt.« Sein Gesicht wurde ernst, sein Blick nachdenklich. »Vielleicht ist er ja so an den Job gekommen. Und das wäre auch eine Erklärung –«

»Wofür?«

Er schüttelte den Kopf. »Nichts, was Sie interessieren könnte.«

»Mich interessiert alles, was mit Roger zu tun hat.«

»Das ist für den Prozess nicht relevant.«

»Überlassen Sie das Urteil darüber mir.«

»Na-ah. Machen Sie Ihren Job, und sammeln Sie Beweise, aber lassen Sie mich da raus.«

»Warum, Harry?«

»Weil mich dieser Prozess nicht interessiert. Um ehrlich zu sein, mich interessiert überhaupt nichts mehr.«

Dinah Vardon und ihre frühere Beziehung mit Roger ließen mir keine Ruhe, also fuhr ich in die Detektei und rief JD Smith an, um zu fragen, ob sein Plan, mich bei *InSite* einzuschleusen, inzwischen Gestalt angenommen hatte. Aber JD war unter keiner seiner Nummern zu erreichen; ich hinterließ schließlich überall Botschaften und schickte ihm obendrein noch eine E-Mail. Dann rief ich zwei, drei Freunde von Roger an, um Termine zu machen, und versuchte es noch einmal bei Jody Houston, aber da nahm niemand ab.

Es war jetzt kurz vor fünf. Ich addierte fünfzehn Stunden zur Ortszeit und kam auf kurz vor acht Uhr morgens. Der Zettel mit Hys Nummer in Bangkok lag auf meinem Schreibtisch. Ich erreichte sein Hotel, ließ mich auf sein Zimmer durchstellen, und er nahm beim ersten Klingeln ab.

»Wird auch Zeit, McCone«, sagte er.

»Woher wusstest du, dass ich es bin?«

»Das weiß ich immer.«

Wie ich auch. Wir hatten diesen merkwürdigen inneren Draht zueinander, der uns kaum je im Stich ließ. »Warum hast du gefragt, ob ich die Rose gekriegt habe?«

»Der Blumenladen, über den das sonst immer lief, hat zugemacht, und jetzt probiere ich einen neuen aus.«

»Na ja, sie ist hier und wunderschön.« Ich streichelte eins der samtigen Blütenblätter.

»Sehr gut. Und? Wie geht's dir?«

»Ach … ganz okay.«

»Du klingst aber nicht okay. Ist wegen Joey, stimmt's?«

»Ja. Darüber reden wir, wenn es uns kein Vermögen kostet. Aber ich muss dich was fragen: Findest du mich unsensibel und lieblos?«

»Wo kommt denn das auf einmal her? Du bist einer der sensibelsten und liebevollsten Menschen, die ich kenne.«

»Da bin ich mir nicht so sicher. Ich habe den Verdacht, dass ich Menschen ziemlich schnell wegschiebe, wenn es mir nicht in den Kram passt, mir Zeit zu nehmen oder Mühe zu machen.«

»Oh, verstehe. Du konntest Joey nicht finden, und jetzt, wo er tot ist, hast du Schuldgefühle.«

»Ich habe nicht gründlich genug nach ihm gesucht. Ich habe aufgegeben, als es schwierig wurde. Und heute Nachmittag ist mir aufgegangen, dass ich nicht mal gemerkt habe, dass sein Todestag sein Geburtstag war.«

In der Stille, die sich anschloss, spürte ich, wie Hy sorgfältig eine Antwort formulierte. »Eine Frage: Wann hat Joey dir zuletzt eine Geburtstagskarte geschickt?«

»Das hat er nie getan.«

»Dann hat er auch nicht an deinen Geburtstag gedacht.«

»Das ist keine Entschuldigung –«

»Nein, aber es beweist, dass du ganz normal bist. Leute vergessen dauernd anderer Leute Geburtstag. Das macht sie noch nicht zu Monstern oder auch nur lieblos. Dein Problem ist, dass Joeys Selbstmord nichts mit dir zu tun hatte, du aber, weil er dein Bruder war, denkst, es sollte mit dir zu tun gehabt haben. Deshalb suchst du nach Möglichkeiten, dir Vorwürfe zu machen.«

Ich dachte darüber nach, berührte wieder die Rose. Die menschliche Psyche und die menschlichen Emotionen gingen so verschlungene Pfade. »Ripinsky«, sagte ich, »woher bist du so weise?«

»So weise bin ich gar nicht. Aber ich habe einige Erfahrung mit Selbstmorden.«

»Ach? Das wusste ich gar nicht.«

»Es gibt vieles an mir, wovon du nichts weißt. Und das ist mir ganz recht so – auf diese Weise findest du mich immer wieder interessant und aufregend. Wenn ich wieder zurück bin, erzähle ich dir von diesen Erfahrungen, vielleicht rückt das die Dinge ein bisschen zurecht. Jetzt sollten wir lieber Schluss machen, sonst können wir uns diese neue Veranda in Touchstone nie leisten.«

Es war jetzt feuchtkalt, und ein kräftiger Wind von der Bay her pfiff durch die Straßen und Gassen von SoMa. Zeitungen raschelten im Rinnstein, und selbst die robustesten Ziergewächse bogen sich. Als ich die Brannan entlangging, um zu Jody Houstons Apartmenthaus zu gelangen, jaulte in der Nähe eine Sirene, und ein Hund imitierte sie perfekt.

Jody Houstons Fenster waren erleuchtet, aber auf mein Klingeln tat sich nichts. Ich befingerte zögernd den Haustürschlüssel, den mir Glenn Solomon gegeben hatte. Eine kleine weiße Katze kauerte zitternd an der Eingangstür, und das gab den Ausschlag. Ich ließ mich und die Katze ein und sah ihr nach, als sie durch den Eingangsflur flitzte, um an der Tür der Parterrewohnung zu kratzen.

Es war jetzt kurz vor zehn. Ich war mit Julia Rafael die Akte ihres ersten echten Falls durchgegangen – der Suche nach einem abgetauchten Schuldner, die so simpel war, dass ich mir auf die Zunge beißen musste, um nicht herauszulassen, wo sie den Drückeberger meiner Meinung nach finden würde –, hatte dann die Tagesberichte meiner übrigen Mitarbeiter gelesen und schließlich mit Anne-Marie Altman, die in ihrer Kanzlei im Hills Brothers Plaza ebenfalls Überstunden gemacht hatte, bei Gordon Biersch rasch einen Happen gegessen. Zwischendurch hatte ich Termine mit ein paar Freunden von Roger gemacht und wiederholt erfolglos bei der Houston angerufen. Jetzt nahm ich den quietschenden Aufzug zu ihrem Stockwerk und blieb vor ihrer Wohnungstür stehen. Von drinnen kam Musik – Rock, auf voller Lautstärke. Vielleicht hatte die Houston ja die Klingel nicht gehört. Ich pochte an die Tür, und nach ein paar Sekunden wurde die Musik heruntergedreht, und Schritte näherten sich.

»Wer ist da?«, fragte eine gedämpfte Stimme.

»Sharon McCone. Wir sind uns gestern in Rogers Apartment begegnet.«

»Wie bitte? Oh, Sie wollen sicher zu Jody.« Die Kette rasselte, die Verriegelung wurde geöffnet, und vor mir stand eine hübsche Frau in dreckigen Joggingklamotten, mit einem Schmutzfleck auf der Wange und hellbraunem, mit einer Klemmspange hochgestecktem Haar. In der Hand hielt sie einen Putzlappen. »Ich bin eine Freundin von ihr, Paige Tallman«, sagte sie. »Ich wohne hier zur Untermiete.«

»Seit wann?«

»Heute Morgen. Sie wusste, dass ich eine Wohnung suche, und hat mich angerufen und gefragt, ob ich ihre wollte. Ich habe sofort zugegriffen, aber du meine Güte, das ist vielleicht ein Dreckloch. Ich glaube nicht, dass sie jemals geputzt hat.«

»Wo ist sie hin – und für wie lange?«

»Unbefristet, und wohin, wollte sie mir nicht sagen. Sie meinte, es wäre besser für mich, wenn ich's nicht wüsste. Ich soll ihre Brief- und Paketpost aufheben, bis sie mir weitere Anweisungen zukommen lässt.«

»Und die Miete?«

»Ich habe ihr zwei Mieten in bar gegeben, und für den Rest des Jahres hat sie vordatierte Schecks. Was danach ist, weiß ich nicht.«

»Ganz schön Hals über Kopf, was?«

Jetzt wurden die Augen der Frau misstrauisch. »Wer sind Sie, und was wollen Sie von ihr?«

Ich wiederholte meinen Namen, nannte meinen Beruf.

»Jody hat mit einem Fall zu tun, an dem ich gerade arbeite, und sie ist möglicherweise in Gefahr. Ich muss sie finden.«

Paige Tallman nickte, besorgt, aber nicht überrascht. »So was hab ich schon befürchtet. Da waren heute ein paar Botschaften auf dem Anrufbeantworter – unter anderem auch welche von Ihnen –, die klangen, als sei sie irgendwie in Schwierigkeiten. Und heute Morgen hat sie sich echt seltsam benommen, ist durch die Wohnung gerannt und hat Zeug in Koffer geschmissen. Sie hat weder aufs Telefon noch auf die Türklingel reagiert.«

»Wann ist sie gegangen?«

»So etwa um zwölf. Hatte es tierisch eilig, hier rauszukommen. Sie hat einen Haufen Zeug hier gelassen. Ich soll es in Kartons packen und aufbewahren.«

»Ist sie mit dem Auto weggefahren? Geflogen?«

»Sie hat kein Auto. Ich hab gehört, wie sie ein Taxi rief – vermutlich zum Flughafen.«

Das hieß wahrscheinlich, dass ich ihre Spur verfolgen konnte. Die Chefin meines Reisebüros hatte mir verschiedene Möglichkeiten verraten, den Fluggesellschaften Informationen zu entlocken.

Ich fragte: »Und sie hat ganz bestimmt nicht angedeutet, wo sie hinwollte?«

»Nein. Sie hat gesagt, so könnte mich niemand zwingen, es zu verraten.«

Was aber nicht hieß, dass es niemand versuchen würde. Möglich, dass Paige Tallman Böses bevorstand. »Hören Sie, Miss Tallman, die Situation gefällt mir nicht. Vielleicht sollten Sie noch nicht gleich einziehen.«

»Bin schon drin. Ich habe meine Sachen heute Nachmittag aus dem Möbellager geholt. Nachdem ich nach der Trennung von meinem Freund fünf Monate bei meiner

Schwester auf dem Klappbett übernachtet habe, ist das hier der Himmel auf Erden, trotz Drecks und allem. Außerdem kann ich auf mich aufpassen.«

Die Tallman schob trotzig das Kinn vor, und ich merkte jetzt erst, wie jung sie noch war – ein-, zweiundzwanzig, älter nicht. Jung und großspurig wie ich vor zwanzig Jahren und genau der Typ, sich in ähnliche Schwierigkeiten zu bringen, wie ich sie mir aufgehalst hatte.

»Wechseln Sie wenigstens die Schlösser aus«, riet ich ihr.

»Kein Geld.«

Sie wusste nicht, wer oder was ihr da möglicherweise ins Haus stand, aber ich wusste es ja auch nicht. Vielleicht gab es gar keine ernsthafte Bedrohung; vielleicht war die Houston schlicht paranoid. Trotzdem, ich konnte Paige Tallman nicht einfach dem Risiko aussetzen.

Ich gab ihr meine Karte. »Ich biete Ihnen einen Deal an. Wenn Sie von Jody hören, versuchen Sie herauszubekommen, wo sie steckt, und lassen Sie es mich wissen. Dafür schicke ich eine Freundin vorbei, die auf Wohnungssicherheit spezialisiert ist. Sie wird eine Alarmanlage installieren, kostenlos.«

Paige Tallman sah auf die Karte. »Danke, Miss McCone! Was für ein Tag. Schon das zweite Mal heute, dass genau die richtige Person im richtigen Moment vorbeikommt.«

»Und meine Freundin wird dafür sorgen, dass morgen nicht die falsche Person vorbeikommt.«

Nachdem ich mich von Paige Tallman verabschiedet hatte, nahm ich die Treppe zum Stockwerk darüber und betrat mit Hilfe meines Schlüssels Rogers Apartment. Hier war es sehr kalt, als ob sich die Kälte sämtlicher Nächte seit seinem Tod summiert hätte, bis die Tageswärme nicht mehr dagegen ankam. Es roch nach frischer Farbe und Möbelpolitur, aber darunter lag der Geruch von Dreck und Gammel. Einbildung vermutlich, weil ich wusste, was sich in den Schränken verbarg.

Bei meinem letzten Besuch hatte ich bemerkt, dass das Telefon hier noch immer funktionierte; mein Handy-Akku war inzwischen ganz leer, und ich wollte Sue Hollister, meine auf Wohnungssicherheit spezialisierte Freundin, sofort anrufen. Sue war zu Hause und bereit, gleich morgen früh vorbeizukommen. Ich bat sie, die Rechnung an die Detektei zu schicken, und gab ihr die Nagasawa-Aktennummer als Buchungszeichen.

Dann knipste ich eine kleine Lampe im Wohnzimmer an und setzte mich aufs Sofa, um dem Schweigen zu lauschen.

Als ich im letzten Herbst auf der Suche nach meinen leiblichen Eltern gewesen war, hatte mich Hy eine nützliche Technik gelehrt: den Pausen in dem, was die Leute sagten, den Leerstellen zwischen den Wörtern nachzuhorchen. Dem Ungesagten. Ich hatte das noch nie mit einer materiellen Umgebung ausprobiert, aber ich vertrat schon seit langem die Ansicht, dass einem ein Ort viel über das verraten kann, was sich dort abgespielt hat, wenn man nur geduldig ist und ihm die Chance dazu lässt. Also wartete ich jetzt, dass mir diese Wohnung irgendeinen Hinweis gab.

Von draußen kamen die üblichen Großstadtgeräusche: Sirenen, Hundegebell, eine brüllende Stimme unten auf der Straße, Reifenquietschen, eine wild gewordene Alarmanlage. Aber die Schallisolierung war offenbar ganz gut, denn das alles wirkte sehr fern.

In der Küche machte der Kühlschrank tickende Geräusche. Dann kamen ein Rauschen und Gurgeln. Irgendetwas mit dem Kühlaggregat, was eine teure Reparatur oder gar die Anschaffung eines neuen Kühlschranks bedeutete. Meiner machte das auch in Abständen, und es deprimierte mich jedes Mal.

Der Wind war jetzt noch stärker geworden. Er pfiff durch das schlecht schließende Fenster in der rückwärtigen Wand. Ein Oberlicht ächzte Unheil verkündend, und ein Stückchen Verputz neben dem Rahmen löste sich und zerbarst auf dem Fußboden.

Ich stellte mir vor, wie Roger nach San Francisco zurückkam, einen Traumjob ergatterte, mit Aktienoptionen rechnete, sich eine lichtdurchflutete Wohnung kaufte. Doch dann entpuppte sich der Traumjob als Albtraum, aus den Optionen wurde nichts, das Apartment offenbarte sich als instandsetzungsbedürftig –

Nein. Einen Job kann man kündigen, um sich einen neuen zu suchen. Instandsetzungsarbeiten kann man aufschieben oder durch ein Darlehen finanzieren. So etwas ist kein persönliches »Versagen«. Solche Dinge sind keine »Umstände«, die einen dazu treiben, von einer Brücke zu springen.

Ich horchte weiter. Ticken. Gurgeln. Pfeifen. Ächzen. Knacken. Dazwischen war noch etwas, etwas Subtiles, das ich nicht recht zu fassen –

Das Telefon schrillte.

Mein Herzschlag beschleunigte sich, ich sprang auf, schnappte mir den Hörer und meldete mich mit überraschungsheiserer Stimme.

»Na, wieder im Gespräch mit den Toten?« Es konnte ein Mann oder auch eine Frau sein, es klang, als wäre die Sprechmuschel mit irgendetwas bedeckt. »Das ist gar nicht gut. Wir sollten lieber eine neue Verabredung treffen.«

»Wer ist da?

Schweigen. Vorsicht? Überraschung?

Am anderen Ende wurde unsanft eingehängt.

Zum Glück hatte Roger ein topmodernes Telefon. Ich drückte die Rufnummernanzeige, sah, dass die Nummer des Anrufers mit denselben Ziffern begann wie Rogers Nummer. Ganz in der Nähe demnach.

»McCone«, sagte Adah Joslyns schläfrige Stimme, »vor morgen kann ich's nicht machen. Eigentlich sollte ich es gar nicht machen.«

»Ich bitte ja nicht oft um einen Gefallen.« Ich sah sie vor mir, meine Freundin von der Mordkommission des SFPD, in ihrem kuscheligen Bett mit meinem Mitarbeiter Craig Morland und ihrem ungemein fetten Kater Charley. Wärme und Gemütlichkeit – deswegen wollte sie den Check nicht durchlaufen lassen.

»Hör auf, einen auf bescheiden zu machen! Passt nicht zu dir.«

Ich wartete einfach nur ab, während sie sich darüber ereiferte, dass ich nicht die mindeste Scheu hätte, sie mitten in der Nacht aus dem Bett zu holen, wenn ich etwas wollte. Adah, die ihre Fähigkeiten oft herabsetzte, indem sie behauptete, ihre steile Karriere rühre nur daher, dass sie – als Halbschwarze, Halbjüdin und Frau – für das Police Department eine dreifache Alibifunktion erfülle, war eine hervorragende Polizistin und eine noch bessere Freundin, wenn auch manchmal ein bisschen brummig.

»Okay«, sagte sie schließlich, »fünfzehn Minuten. Aber das ist das letzte Mal, McCone. Hörst du? Das allerletzte Mal!«

»Münzfernsprecher«, sagte Adah etwa zehn Minuten später. »Eingangshalle des Redwood-Fitnesscenters, in der –«

»Brannan.«

»Wenn du's weißt, warum weckst du mich dann?«

»Ich weiß, wo der Laden ist, aber nicht, welche Nummer sein Münzfernsprecher hat.« Das Fitnesscenter war direkt nebenan. Der Anrufer oder die Anruferin hatte hier oben Licht gesehen.

Adah schnaubte verächtlich. »*Du* weißt, wo ein Fitnesscenter ist? Wann waren wir das letzte Mal schwimmen?«

»Wir gehen nächste Woche, versprochen.«

»Na, sicher. Weißt du, McCone, du und deine Crew dort im Piergebäude, ihr seid so ein Haufen.«

Ich trommelte auf dem Hörer herum, weil ich endlich auflegen wollte. »Was soll das heißen?«

»Na ja, du weckst mich mitten in der Nacht, nachdem ich ewig nicht einschlafen konnte, weil mein Liebster sich mit deinem Büroleiter irgendwo voll laufen lässt –«

»Craig ist mit Ted unterwegs?«

»So ist es. Neal hat anscheinend heute Nachmittag seinen Job hingeschmissen. Es sind wohl harte Worte gefallen. Also hat Ted jetzt Angst, nach Hause zu gehen, und er und Craig ziehen durch die Kneipen.«

Toll. Jetzt musste ich mir Sorgen um Neal machen, der allein und unglücklich zu Hause saß, während Ted, der nichts vertrug, mit Craig zechte, der seinerseits eine Menge vertrug und ihn vermutlich zu spektakulären Exzessen verleiten würde. Na ja, das war ihr Problem – im Moment jedenfalls.

Das Fitnesscenter war rund um die Uhr geöffnet, und die großen Fenster zum Gehweg waren hell erleuchtet. Drinnen betätigten sich etwa ein Dutzend Personen in hautengem Spandex an diversen Folterinstrumenten, und in ihren Gesichtern stand die grimmige Entschlossenheit, es zu einem perfekten Körper zu bringen. Ich habe noch nie verstanden, wieso irgendjemand wollen sollte, dass jeder Passant an seinen schweißtreibenden Anstrengungen teilhaben kann – macht man so was nicht besser für sich? –, aber die meisten Fitnesscenter scheinen diese Form der Gratiswerbung zu favorisieren.

Die Eingangshalle war leer, die hufeisenförmige Rezeption nicht besetzt. Der Münzfernsprecher befand sich in einer Nische zwischen den Eingängen zum Damen- und zum Herrenumkleideraum. Ich ging hin und sah nach: nichts, was darauf hindeutete, dass hier vor kurzem jemand telefoniert hatte. Ich ging zum Eingang des Trainingsraums und musterte die Leute drinnen. Sie waren alle ganz auf ihre Geräte konzentriert und bemerkten mich gar nicht.

Na ja, was hatte ich erwartet? Der Anrufer oder die Anruferin war ja wohl kaum im Gebäude geblieben, um ein bisschen Bauchmuskeltraining zu machen.

Eine schwarze Frau mit rötlichem Haar kam durch eine Tür hinterm Empfangstresen, auf der »Büro« stand. »Kann ich Ihnen helfen?«, fragte sie.

»Vielleicht. Eine Freundin hat mich vor etwa einer halben Stunde vom Münztelefon hier angerufen. Ich sollte sie hier treffen, sehe sie aber nirgends. Könnte sie noch woanders sein als im Trainingsraum?«

»Ist sie Mitglied?«

»Ich nehm's an.«

»Wie heißt sie?«

»Äh, Jody Houston.« Da sie nebenan wohnte, war sie

vielleicht sogar Mitglied; wenn ja, würde die Frau mir vielleicht erlauben, mich ein bisschen umzugucken.

Sie ging an ihren Computer und tippte den Namen ein. »Tut mir Leid, ist hier nicht verzeichnet.«

»Haben Sie sie vielleicht telefonieren sehen?«

»Ich habe heute Abend gar niemanden am Münztelefon gesehen, aber ich war auch zwischendurch im Büro, also hab ich's vielleicht nicht mitgekriegt.«

Ich sah auf die Wegweiser zum Pool, zu den Squashplätzen und der Saftbar. »Kann ich –?«

»Sorry. Nur für Mitglieder.«

»Verstehe. Trotzdem vielen Dank.«

»Ich hoffe, Sie finden Ihre Freundin.«

Im Hinausgehen dachte ich über den Anruf nach. Eine implizite Drohung, vermutlich an Jody Houston adressiert, denn die hatte mir ja gesagt, sie habe einen Schlüssel zu Rogers Apartment. Jemand beobachtete das Haus, hatte das Licht gesehen. Aber warum ein Münzfernsprecher in der unmittelbaren Nachbarschaft, was die Houston ebenso leicht an der Nummer hätte ablesen können wie ich?

Natürlich – das war Teil der Drohung: *Ich bin ganz in der Nähe. Ich finde dich jederzeit.*

Auf dem Anrufbeantworter bei mir zu Hause waren drei Botschaften, zwei davon nicht weiter überraschend, die dritte aufregend.

Mein Bruder John: »Wollte nur mal hören, wie's dir geht. Als du letzte Woche abgeflogen warst, hab ich kapiert, dass du nur so geredet hast, weil du sauer auf Joey bist. Und weißt du was? Ich bin auch sauer auf ihn. Das müssen wir bereden.«

Heute Abend nicht mehr, John.

Neal: »Du hast vermutlich schon gehört, dass ich gekündigt habe. Ich bin für diesen Job nicht gemacht, und ich hätte wissen sollen, dass ich nicht mit Ted zusammenarbeiten kann. Tut mir Leid wegen meiner ganzen Missgeschicke. Wenn du weißt, wo er steckt, sagst du mir Bescheid?«

Gleich, Neal.

JD Smith: »Okay, Shar, ich hab dir einen tollen Vorschlag zu machen. Also nimm ab … Hörst du mit? Nein, sonst würdest du jetzt abnehmen. Warum bist du nicht zu Hause, verdammt noch mal? Na gut, bis morgen früh kann es wohl warten. Wir treffen uns um neun zum Frühstück im Miranda's. Mein Plan wird dir gefallen.«

Donnerstag, 19. April

Ein zufälliger Passant hätte das Miranda's für einen ganz gewöhnlichen Hafenimbiss gehalten. Mit seiner grau verwitterten Bretterverschalung und seinen salzverkrusteten Fenstern schwankte es auf seinen Pfeilern über dem brackigen Baywasser, krallte sich mühsam am Mainstream-San-Francisco fest. Wie seine benachbarten Verwandten, das Boondocks und Red's Java House, stand es bereits auf der Liste der bedrohten Arten der Stadt.

Sanierungspläne für diverse Teile der alten Hafengegend hatten schon manch altehrwürdiges Etablissement in akute Gefahr gebracht. Die Projekte reichten vom Wünschenswerten bis zum Absurden: Zu Letzterem gehörte etwa ein San-Francisco-Themenpark à la Disney, samt Erdbebensimulation und einem schwimmenden ›Titanic‹-Nachbau in Originalgröße. Solcher Wahnsinn konnte jeden Ort jederzeit treffen, daher meine Sorge um einige meiner Lieblingslokale.

Zum Glück verfügte das Miranda's über Ressourcen, die seine Überlebenschancen erhöhten: den ungemein beliebten Wirt Carmen Lazzarini, hervorragendes Essen dank dessen neuer Frau, Fans in der Kommunalpolitik und in der Hafenkommission. Während ich in einer Fenstersitznische auf JD wartete, sah ich einen einflussreichen Stadtrat, einen prominenten Schauspieler und einen Richter am Appellationsgericht Spiegeleier mit Haschee verdrücken. Der Tresen war belagert von Leuten, die Kaffee tranken und auf einen freien Tisch warteten. Als mich gerade Schuldgefühle überkamen, weil ich eine ganze Sitznische mit Beschlag belegte, kam JD herein und strebte auf mich zu, wobei er dem Stadtrat im Vorbeigehen auf die Schulter klopfte.

»Dieser Verkehr!«, rief er aus, während er sich auf die Sitzbank mir gegenüber fallen ließ und aus seinem Regenmantel schlüpfte. »Nichts als Idioten am Steuer. Warum verlernen die Kalifornier das Fahren, sobald es regnet?«

»Keine Ahnung. Wir müssten doch eigentlich Experten darin sein, bei den Monsunregen, die wir in letzter Zeit hatten.«

»Parken ist auch unmöglich.« Er studierte die Speisekarte und legte sie dann beiseite. »Da sehne ich mich richtig nach meiner Jugend zurück, als es noch jede Menge Parkplätze gab und die Autofahrer im alten Süden noch höflich waren.«

»Du bist aus Savannah weggegangen, weil du's dort langweilig und erstickend fandest.«

»Stimmt. Ich bin in den Westen gegangen, weil ich ein aufregenderes Leben gesucht habe, und das hab ich auch gefunden – Staus, flächendeckende Stromausfälle, hohe Elektrizitätsrechnungen und jetzt auch noch Regen, wenn die feuchte Jahreszeit eigentlich vorbei sein sollte. Wie sagen die Chinesen? ›Mögest du in interessanten Zeiten leben.‹«

Carmen erschien persönlich, in eine fleckige Schürze gehüllt, um unsere Bestellung aufzunehmen. Der massige Mann – dessen eigentlicher Vorname, wie ich nach beträchtlichem Recherchieren herausgefunden hatte, Orlando war – hatte, seit er seine zweite Frau, Cissy, kennen gelernt hatte, eine Art Metamorphose durchgemacht. Unter der Schürze trug er ein türkises Seidenhemd und eine schicke Westernkrawatte; Haarimplantate sprenkelten seinen Schädel wie Setzlinge ein Gemüsebeet. Ich konnte nicht umhin, sie zu beäugen und mich zu fragen, ob sie je wachsen würden. Carmen kriegte es mit, und ich guckte verlegen weg.

JD, Reporter bis ins Mark, hatte keine solchen Skrupel. Er fragte: »Wie machen sich die Dinger, Carmen?«

»Jeden Tag ein paar Härchen mehr.«

»Wissen Sie, Ihre Erfahrung gäbe eine interessante Story ab, würde anderen Männern Hoffnung machen.«

»Meinen Sie?«

»Klar. Ich könnte ja drüber schreiben, den Fortschritt dokumentieren. Wir könnten es als Serie an ein Online-Mag verkaufen, dann wären Sie im gesamten Internet. Tolle Werbung für das Lokal.«

»Ich weiß nicht, JD.« Carmen sah auf die Leute, die immer noch auf einen Tisch warteten. »Wir haben so schon mehr Gäste, als wir verkraften können, und wenn die Hafenkommission uns auch momentan noch nicht an die Baufritzen verscherbelt, werden sie uns doch bestimmt kein grünes Licht für eine Erweiterung geben.«

»Na ja, denken Sie trotzdem mal drüber nach.«

»Okay, mach ich. Also, zum Frühstück kann ich das Denver-Omelett empfehlen.«

JD verzog das Gesicht. »Orangensaft, englisches Muffin, aber ohne Gelee.«

Carmen schnaubte verächtlich. »Warum Sie überhaupt frühstücken, versteh ich nicht.«

Als er sich zum Gehen wandte, sagte JD: »Hey, und Sharons Bestellung?«

Carmen drehte sich um und zwinkerte mir zu. »Zwei Eier, beidseitig gebraten, doppelte Portion Speck, Haschee.«

JD blinzelte verdutzt. »Isst du das immer?«, fragte er mich.

»Außer, sie haben frittiertes Hühnersteak und Eier spezial.«

»Weißt du nicht, dass dich dieses Zeug umbringen kann?«

»Ach, ich komme ja nicht jeden Tag her. Wenn ich keine Frühstücksverabredung habe, begnüge ich mich meistens mit Kaffee und Tomatensaft.«

»Ein Wunder, dass du noch lebst.«

»Ich habe Schlimmeres überlebt. Leute, die mich endgültig aus der Welt schaffen wollten. Frühstück kann mich nicht schrecken. Also, dein Plan, wie du mich bei –«

Er hob warnend die Hand. »Keine Namen. Ich habe da was vor, und ich will nicht, dass es auffliegt, weil jemand unser Gespräch mithört.«

»Okay, erzähl.«

Er beugte sich über den Tisch, und sein Grinsen enthüllte kleine weiße Zähne. Ich musste an Glenns »Wolfsgesicht« denken. JD glich einer weniger gefährlichen Spezies – einem Frettchen vielleicht –, aber auch ihn verwandelten seine Jagdinstinkte. Ich fragte mich, welchem Geschöpf ich wohl ähnelte, wenn ich auf Beutezug war.

»Du und … die Leute dort, ihr werdet ein Spielchen spielen, und ich bin der Beobachter«, sagte er.

»Was für ein Spielchen?«

»Pass auf, was ich ihnen vorgeschlagen habe: Sie konstruieren ein Rätsel eigener Wahl, in ihren Räumlichkeiten. Du gehst hin und hast einen Tag, um es zu lösen. Ich werde diesen Wettstreit des Scharfsinns für ihre Lokalprominenzserie festhalten.«

»Und darauf sind sie eingegangen?«

»Klar. Warum nicht?«

»Ich weiß nicht. Das klingt irgendwie –«

»Albern. Weiß ich. Aber es ist ja auch eine alberne Publikation. Egal, so kommst du in die Räumlichkeiten, kannst dich dort frei bewegen, ohne Verdacht zu erregen, und hast außerdem massig Zeit, die Akteure kennen zu lernen.«

Albern hin oder her, sein Plan hatte einiges für sich.

»Und der Werbeeffekt ist auch nicht zu verachten«, setzte JD hinzu.

»Nichts da«, sagte ich. »Der Artikel darf nicht wirklich erscheinen.«

»Warum nicht?«

»Es geht hier um Ermittlungen in einer wichtigen Sache. Die darf ich nicht gefährden.«

Er dachte darüber nach. »Na gut«, sagte er nach einer Weile. »Ich schätze, ich könnte Probleme haben, den Artikel fertig zu kriegen. Oder ihn einfach so miserabel schreiben, dass sie sich weigern, ihn zu bringen. So viel zahlen sie sowieso nicht.«

»Ich will dich gern entschädigen –«

»Nicht nötig.« Er musterte mich mit zusammengezogenen Augenbrauen. »Vorgestern Abend hast du gesagt, das Ergebnis dieser Ermittlungen hätte vermutlich Nachrichtenwert.«

»Ja. Es wird auf einen Zivilprozess wegen fahrlässiger Tötung rauslaufen, in einer Sache, die bereits einige Wellen geschlagen hat.«

»Fahrlässige Tötung?« Er guckte verdutzt, lächelte dann. »Jetzt hab ich's – der junge Nagasawa.«

Ich fixierte ihn mit steinernem Blick.

»Schon gut.« Er hob defensiv die Hände. »Ich sage nichts mehr. Wir spielen das Spiel so, wie du willst. Aber denk dran – die Story kriege ich.«

»Abgemacht. Also, wann soll dieses Spiel steigen?«

»Morgen. Wir sollen heute um halb sechs bei Max Engstrom sein, um die Details durchzusprechen.«

Ich hatte für den Freitag keine festen Pläne, und heute war mein letzter Termin um fünfzehn Uhr. Ich notierte mir die Adresse von *InSite* und erklärte JD, wir würden uns dort treffen.

Um vier war ich wieder in meinem Büro und hörte noch einmal die Highlights meiner Gespräche mit Rogers Freunden und Bekannten ab.

Kelley Waterson, arbeitslose Systemanalystin: »Wir waren so eine Clique, die nach der Arbeit zusammen rumhing. Wir hatten alle die totalen Karrierejobs, wir würden so reich werden wie Bill Gates. Richtig? Denkste! Aber damals boomte der Dotcomsektor noch, und wir rissen uns alle den Arsch auf für Aktienoptionen, deshalb ließen wir gern noch ein bisschen Dampf ab, wenn wir dann schließlich Feierabend machten. Wir trafen uns im Kodiak Rick's, dieser Billardkneipe an der Third Street, machten ein paar Spiele, als Auftakt des Abends. Einmal war eine der Frauen noch nicht da, und da habe ich Rog gefragt, ob ich mal sein Handy benutzen könnte, um sie anzurufen und ihr zu sagen, wir hätten beschlossen, als Nächstes in einen der Clubs zu gehen. Aber er sagte, lieber nicht, weil es ein Firmenhandy sei und Max Engstrom die Auflistung der Anrufe dazu benutzen würde, zu kontrollieren, was seine Leute nach Feierabend machten. Wenn das nicht eine krasse Verletzung der Privatsphäre ist!«

Matt Oppenheim, Webpage-Designer: »Rog und ich haben manchmal zusammen Krafttraining in dem Fitnesscenter gleich bei ihm nebenan gemacht. Meistens mitten in der Nacht, weil wir beide abgefahrene Arbeitszeiten hatten. Sie glauben ja gar nicht, wie viele Leute, die sich fit halten wollen, morgens um drei dort im Club sind. Na, jedenfalls, eines Nachts fiel mir auf, dass er blaue Flecken am Oberarm hatte. Als ich ihn fragte, woher, tat er es achselzuckend ab, sagte, das wüsste er auch nicht, er sei eben tollpatschig und würde sich dauernd irgendwo stoßen. Aber er war gar kein Tollpatsch. Beim nächsten Mal bemerkte ich Kratzer, die aussahen wie von Fingernägeln, und ich bestand darauf, dass er mir sagte, was da los gewesen war. Er sagte schließlich, dass es im Büro ernsthaft Streit gegeben hätte und er mit einer der VIPs aneinander geraten sei. Also, ich habe ja schon in allen möglichen Büros gearbeitet und alle möglichen Arten von Hickhack gesehen, aber das fand ich doch unglaublich. Ich meine, körperliche Auseinandersetzungen sind doch einfach inakzeptabel, egal, unter welchen Umständen. Ich hab ihm geraten, seinen Anwalt zu konsultieren, und er hat gesagt, er würde sich's überlegen. Da Sie mich jetzt nach diesen Sachen fragen, schätze ich mal, dass er's nicht getan hat.«

David Kong, Investment-Banker: »Verletzung der Privatsphäre? Na, und ob. *InSite* betreibt das im großen Stil. Die stellen ihren Leuten Handys, Kreditkarten und Internetzugang und sagen ihnen, sie sollen das alles ruhig auch für private Zwecke verwenden. Dann nutzen sie ihre Macht als diejenigen, die zahlen, um die aufgeschlüsselten Telefonrechnungen und die Kreditkartenauszüge durchzuchecken und sich von dem Internet-Server Informationen über den E-Mail-Verkehr zu holen. Ich nehme mal an, in Ihrem Beruf wissen Sie wohl, wie viel man aus solchen Daten über einen Menschen erschließen kann. Und formal ist das noch nicht mal illegal, weil das Magazin ja offiziell der Kunde ist … Warum tun die so was? Ich würde sagen, das ist ein Kontrollding. Engstrom und seine Kompagnons, das sind totale Kontrollfreaks.«

Fiona King, Krankenschwester am San Francisco General Hospital: »Roger Nagasawa suchte mich auf, nachdem eine Kollegin von ihm zu uns in die Notaufnahme gebracht worden war, wegen akuter Dehydratation, verursacht durch eine Überdosis Abführmittel. Roger glaubte, das Zeug sei ihr bei einer Firmenparty heimlich in die Drinks gemixt worden. Ich erklärte ihm, die Frau habe diesen Verdacht auch geäußert, und fragte ihn, ob sie zur Polizei oder zu ihrem Rechtsanwalt gegangen sei. Er sagte, sie habe Angst, ihre Arbeitgeber zur Rede zu stellen oder Anzeige zu erstatten. Daraufhin haben wir uns angefreundet, Roger und ich. Er war so ein mitfühlender, sensibler Mensch. Wir haben uns ein paar Mal getroffen, aber … na ja, er war der Mein-Glas-ist-halb-leer-Typ, und für mich ist das Glas immer halb voll.«

Suzy Bivens, Barfrau im Kodiak Rick's: »Total übermüdet, das waren sie alle, aber auch ganz schön manisch – vor allem, als dann der NASDAQ fiel und sie zugucken konnten, wie ihre Portfolios schrumpften und ihre Arbeitsplätze immer unsicherer wurden. Und dann waren da die armen Hunde, solche wie Roger, der nicht mal ein Portfolio hatte, weil das Mag ihm zwar Aktienoptionen statt normaler Bezahlung versprochen hatte, daraus aber nie was geworden war. Als dann die Internetblase platzte, wurde die Stimmung hier im Lokal ganz schön finster und blieb es auch. Die Stammgäste kommen zwar nach wie vor, aber es ist nicht mehr dasselbe und wird's auch nie mehr sein. Aber um auf Ihre Frage zurückzukommen, diese Leute waren alle Wracks, aber die von *InSite* waren mit Abstand am schlimmsten dran.«

Liz Lyman, Consultant: »Consultant ist die Bezeichnung für jemanden, der entlassen wurde, als alles den Bach runterging, und keinen neuen Job gefunden hat. So viel zu mir. Also, ehrlich gesagt, ich will über das letzte Jahr gar nicht reden, ich kann nur sagen, es war schrecklich. Und was Roger Nagasawa und *InSite* angeht: Das war eine fatale Kombination. Die Top-Leute dort sind nicht gerade Typen, die es leiden können, wenn jemand ihnen die Stirn bietet. Aber Roger war nun mal dazu erzogen worden, gegen Dinge zu kämpfen, die er für Unrecht hielt, und das kam gar nicht gut an. Es gab Schreiereien, körperliche Auseinandersetzungen. Es war grässlich.«

Emily Kurland, Venture-Capitalist. »Wissen Sie, wie die Presse uns inzwischen nennt? *Vulture-Capitalists*. Geierkapitalisten. Mann, wie ich diesen Ausdruck hasse! Ich habe einen Haufen Geld geerbt, und ich stecke es in Firmen, die soziales Verantwortungsgefühl haben und von denen ich glaube, dass sie der Welt was Gutes tun. Natürlich erwarte ich eine Rendite, wenn ich was investiere, und deshalb stehe ich hundertpro hinter jeder Firma, die ich finanziere. Ich habe doch kein Interesse dran, sie eingehen zu sehen, ihre Knochen blank zu picken. Sorry, ich ereifere mich hier, und Sie wollten doch was über Rog wissen. Wir haben uns immer im Kodiak Rick's getroffen. Er war ein richtig netter Typ. Ziemlich oft deprimiert, weil er bei dem Magazin für sich keine strahlende Zukunft mehr sah. Aber er war gescheit, hatte so viel auf dem Kasten, wenn er nur was draus gemacht hätte. Ich war immer hinter ihm her, dass er mir doch ein finanzierungswürdiges Konzept vorlegen soll, damit er was Selbstbestimmtes machen kann. Aber dort bei *InSite* war irgendwas faul, und er war wild entschlossen, dagegen anzugehen ... Nein, ich habe keine Ahnung, was. Aber ich weiß, dass Roger einen hoch entwickelten Gerechtigkeitssinn hatte. Er war ein Streiter für das Gute, und wenn es eine Möglichkeit gab, Unrecht abzustellen, dann war er entschlossen, sie zu finden.«

Ich schaltete das Aufnahmegerät aus und ging zu dem Sessel am Fenster. Er war ein Relikt aus meinen Anfangsjahren bei der All-Souls-Anwaltskooperative, und ich hatte ihn in einer Anwandlung von Sentimentalität ins Piergebäude mitgenommen. In diesem Sessel hatte ich einige meiner besten Gedanken entwickelt, und wenn er auch noch so hässlich und durchgesessen war, wollte ich mich doch nicht von ihm trennen. Außerdem hatte ein schicker, handgewebter Überwurf sein Erscheinungsbild enorm gehoben.

Also, dachte ich, was hatte ich jetzt, nach drei Tagen Ermittlungsarbeit?

Aussagen, dass die VIPs bei *InSite* die Privatsphäre ihrer Beschäftigten verletzt und diese psychisch und physisch misshandelt hatten. Aussagen, dass Roger entschlossen gewesen war, gegen dieses Unrecht anzugehen. Aber alles nur Hörensagen, nicht gerichtstauglich. Ich brauchte einen unmittelbaren Zeugen dieser Schikanen, jemanden, der bereit war, vor Gericht auszusagen. Und selbst dann noch würde Glenn plausibel machen müssen, dass die Schikanen schwerwiegend genug gewesen waren, um Roger in den Selbstmord zu treiben. Keine leichte Aufgabe, aber Glenn genoss solche Herausforderungen.

Ich hatte alle potenziellen Zeugen auf Glenns Liste befragt. Jetzt war es Zeit, die *InSite*-Leute selbst anzugehen.

Ich war schon fast zehn Jahre nicht mehr in dem kleinen Stadtviertel namens Dogpatch gewesen – seit Freunde ihre Wohnung in einem heruntergekommenen Altbau dort hatten aufgeben müssen, weil dieser entmietet worden war. Die wenigsten Leute in San Francisco kennen diese Gegend, und selbst die Bewohner sind sich nicht einig, wie sie zu ihrem Namen kam. Manche behaupten, sie heiße nach dem Hinterwäldlernest in dem Comic *Li'l Abner*; andere meinen, das fünf mal fünf Blocks große Areal sei einst das Revier wilder Hunderudel gewesen. Jedenfalls ist es eine seltsame Nische, nur wenige Blocks vom Pac Bell Park und vom neuen Mission-Bay-Komplex: New-Economy-Firmen in ausgebauten Fabrikgebäuden neben alten Arbeiterhäuschen und -kneipen. Außerdem ist es meines Wissens der einzige Stadtteil, der sich einer eigenen Biersorte rühmen kann. Und er beherbergt die älteste noch in Betrieb befindliche Schiffswerft der Staaten sowie ein Clubhaus der Hell's Angels. Die Bewohner sind stolz auf die farbige Geschichte ihres Viertels, dessen Zuckerraffinerien, Schießpulverfabrik, Walfangstation und Hüttenwerke einst das Wirtschaftsleben der Stadt dominierten.

Auf dem Weg zum *InSite*-Sitz in einem ehemaligen Fabrikgebäude an der Illinois Street bemerkte ich, dass hier offenbar umfangreiche Baumaßnahmen im Gange waren. Eine Zeile von Holzhäuschen wurde gerade abgerissen, und viele weitere Grundstücke waren bereits kahl. Luxuskarossen und Edelgeländewagen parkten zwischen klapprigen alten Limousinen und Transportern. Als ich den altehrwürdigen Dogpatch-Saloon passierte, sah ich eine Frau mit

Aktenköfferchen und Handy am Ohr einem Mann in Werftarbeiterkluft die Tür aufhalten – ein freundliches Aufeinandertreffen von Alt und Neu.

Als ich an der Laderampe des *InSite*-Gebäudes parkte, lehnte JD bereits an der Hauswand. Der morgendliche Regen hatte gegen Mittag nachgelassen, und JD trug jetzt statt des Regenmantels einen zitronengelben Pullover, der sich heftig mit seinem roten Haar biss. Während er auf mich zukam, entdeckte ich in einer Asphaltritze einen Penny, las ihn auf und wedelte triumphierend damit, ehe ich ihn einsteckte.

JD grinste. »Das machst du immer noch.«

»Bringt Glück. Davon kann man nie genug haben, und ich schon gar nicht.« Ich finde dauernd Münzen auf der Straße und stecke sie in die Taschen irgendwelcher Kleidungsstücke – wo sie dann bleiben, bis sie in der Waschmaschine herausfallen.

»Na ja, vielleicht nützt er uns ja dort was.« Er deutete mit dem Daumen auf das Gebäude.

»Hoffen wir's.« Ich wollte auf die Glastür mit dem Logo des Magazins – einer Hand, die ein Vergrößerungsglas über den Namen hielt – zugehen, aber JD hielt mich zurück. »Von jetzt an kein Wort, das unsere wahren Absichten verraten könnte, auch wenn niemand in der Nähe ist.«

»Du willst doch nicht sagen, dass die Räume verwanzt sind?«

»Bei Max Engstrom muss man mit allem rechnen.«

»Jemand hat mir erzählt, er sei ein Kontrollfreak. Sammelt er Informationen, um seine Angestellten unter Druck zu setzen?«

»Vermutlich.«

Wir traten durch die Tür in einen Vorraum mit Linoleumfliesen und einer weiteren massiven Tür in der gegenüberliegenden Wand. An der Seitenwand befanden sich eine Wechselsprechanlage, eine darüber angebrachte Überwachungskamera und das Bedienungselement einer Alarmanlage. Keine übertriebenen Sicherheitsmaßnahmen in dieser Gegend. JD drückte auf einen Knopf und sagte etwas. Ein Summer ertönte, wir drückten die Tür auf und fanden uns mitten im absoluten Chaos.

Telefone klingelten, Faxe und Computer piepten, Stimmen redeten laut durcheinander oder schrien sogar. Etwa fünfzig leger gekleidete Menschen füllten den großen Raum, und die meisten waren in Bewegung – gingen auf und ab, gestikulierten, sprangen von ihren Schreibtischstühlen auf oder ließen sich hineinfallen. Ihre kriegsschiffgrauen Stahlschreibtische waren in Dreierreihen aufgestellt; es gab weder Trenn- noch Stellwände, an Intimsphäre war nicht zu denken. Der Boden war mit zerknülltem Papier, Schokoriegelverpackungen und sonstigem Abfall übersät; auf den Schreibtischen drängten sich Akten, Notizblöcke, Kaffeetassen und die Überreste von Mahlzeiten. Mir war ganz schwummrig von dem Krach und dem Mix von chinesischem, mexikanischem, italienischem und gutem alten amerikanischen Bratfett. Helles Neonlicht kam von Röhrenlampen, die an Ketten von der Decke hingen.

Ich wäre binnen einer Stunde verrückt geworden, hätte ich an einem solchen Ort arbeiten müssen.

Ein paar Leute nickten JD zu, als wir hereinkamen, aber die meisten beachteten uns gar nicht. Er berührte mich am Arm und zeigte auf eine Treppe im hinteren Teil des Raums, die zu einer Art Galerie emporführte, wo verglaste Büros einen Überblick über den Hauptraum boten. Ein Mann – mittelgroß, untersetzt, mit Halbglatze – stand in einem davon und winkte uns.

»Max«, sagte JD.

Ich folgte ihm an den Schreibtischen vorbei, die Treppe hinauf und durch einen kurzen Flur in einen schmalen Gang hinter den Büros. Max Engstrom erwartete uns vor seiner Bürotür. Er war älter, als ich gedacht hatte – in den Fünfzigern –, und wirkte trotz seiner Durchschnittsstatur mächtig. Seinen großen Kopf umgab ein grauer Haarkranz, der in einen adrett gestutzten Bart überging; die Falten, die von seinem Mund ausstrahlten, bildeten ein merkwürdiges Riefenmuster; die Augen unter den dicken Brauen wirkten schlau.

»Mr. Smith«, sagte er, wobei er JD zunickte. »Und das ist wohl die berühmte Privatdetektivin Sharon McCone.«

Ich streckte ihm die Rechte hin, aber er nahm meine beiden Hände und sah mir aufmerksam ins Gesicht. Versuchte, die Kontrolle an sich zu reißen, indem er einen simplen Händedruck verweigerte. Und taxierte mich. Dieser erste Eindruck würde darüber entscheiden, ob er JDs Spielgeschichte weiter für bare Münze nahm. Ich erwiderte den Druck seiner Finger, lächelte mädchenhaft – soweit man das mit einundvierzig kann – und sagte: »Berühmt, Mr. Engstrom? Das bezweifle ich. Aber ich werde es sein, wenn Ihr Magazin JDs Story bringt.«

Mit dieser Reaktion hatte er nicht gerechnet. Er ließ meine Hände los, unterdrückte ein Stirnrunzeln. »So spricht eine Frau, die von *People* porträtiert wurde?«

»Wenn Sie den Artikel gelesen haben, werden Sie sicher verstehen, dass ich das bereue. Auf den Fotos sah ich aus wie eine Gangsterbraut, und im Interview kam ich als ziemliche Idiotin rüber.«

»Na ja, ich kann Ihnen versprechen, bei uns wird weder das eine noch das andere passieren. JD ist einer unserer besten Freelancer, und Sinn und Zweck von *InSite* ist es, attraktive Menschen und Dinge so vorteilhaft wie möglich zu präsentieren.«

Engstrom führte uns jetzt in sein Büro, einen kleinen Raum, voll gestopft mit Mobiliar im Missionsstil; ein Chefsessel war zur Glasfront gedreht – ein hervorragender Ort, um zu beobachten, was dort unten vor sich ging.

Engstrom sah mich hinabschauen und sagte: »Dieses Gebäude war mal eine Textilfabrik. Beim Umbau haben wir diese Galerie beibehalten; hier saß früher das Aufsichtspersonal, das die Näherinnen überwachte. Ich habe mir unzählige Stunden damit vertrieben, das bunte Treiben meiner Leute zu beobachten.«

Seine Augen waren an dem väterlichen Lächeln nicht beteiligt.

»Sie scheinen ganz schön lebhaft«, sagte ich.

»Sie sind wie eine Horde Kindergartenkinder – gescheite, talentierte und kompetente Kindergartenkinder.« Er bedeutete uns, auf dem unbequem aussehenden Sofa Platz zu nehmen, und drehte sich mit seinem Stuhl zu uns. »Wir hier bei *InSite* sind alle der Meinung, dass der Arbeitsplatz ein Ort sein soll, wo man sich wohl fühlt – ein zweites Zuhause. Das fördert die Kreativität. Und was an Kreativität nicht in die Arbeit einfließt, das geht in die Spiele. Deshalb hat uns JDs Idee zu diesem Spiel so gut gefallen.«

»Was für Spiele spielen Sie noch?«

»Ach, ein gutes Beispiel sind die Wasserpistolen. Jemand von der Technik kam bei einem Räumungsverkauf günstig an Dutzende dieser Dinger und verteilte sie an alle, die welche wollten. Die begannen, ihre Aggressionen abzubauen, indem sie jeden, der sie ärgerte, beschossen. Binnen weniger Tage war die gesamte Belegschaft bewaffnet und mit von der Partie. Überraschungsangriffe und Vergeltungsaktionen sind jetzt an der Tagesordnung.«

»Interessant«, sagte ich und versuchte, meinen Abscheu zu verbergen. Es gab zu viele Fälle, in denen Angestellte wirklich auf Kollegen geschossen hatten. Die Wasserpistolen mochten ja eine therapeutische Funktion haben, aber für mich waren sie nur einen kleinen Schritt von echten Waffen entfernt.

Engstrom fuhr fort: »Wir sind hier alle eine große Familie. Lange Arbeitstage und auch das eine oder andere Wochenende sind nötig, um das Magazin aktuell zu halten – der Inhalt wechselt zum Teil täglich. Wir benutzen eine Menge Freelance-Material« – er nickte zu JD hinüber –, »aber auch das gilt es zu redigieren, zu illustrieren und so weiter. Und die Technikleute haben rund um die Uhr Rufbereitschaft, falls es Probleme gibt. Die meisten von uns kommen aus der Tagespresse, so wie JD, deshalb machen wir eher eine Tageszeitung als ein Magazin im herkömmlichen Sinn.«

Von unten kam jetzt Gejohle. Engstrom drehte sich zur Glasfront, und JD und ich standen auf, um runterzugucken. Zwei Männer kamen herein, der eine mit einem Getränkekasten auf der Schulter, der andere mit Plastiktüten bepackt. Die Belegschaft scharte sich um sie, geleitete sie in den Teil des Raums unter der Galerie.

»Cocktailzeit«, sagte Engstrom und drehte sich wieder zum Schreibtisch. »Bei uns wird tüchtig gearbeitet, aber auch tüchtig gefeiert. Die Firma bezahlt eine tägliche Happy Hour. Da gibt es die jeweils aktuellen Cocktails und Snacks. Diese Woche sind es White Hot Zombies.«

»Was in aller Welt ist das?«, fragte JD.

»Keine Ahnung. Ich für mein Teil halte mich an Martini. Aber was ich sagen will, ist, dass wir unsere Leute gut behandeln. Wir stellen ein Frühstück bereit, das eine Catering-Firma bringt, und zahlen jede Art von Bringdienst, wenn sie zum Essen nicht nach Hause können. Unser Spesenrahmen ist großzügig. Wir stellen Handys, Internetzugang und in manchen Fällen sogar Computer für den häuslichen Gebrauch. Bei uns kann man Haustiere und Kleinkinder mitbringen – wenn auch im Moment nur ein Kind in der Krabbelstube ist und kein Haustier im Büro, weil die Dogge des Reiseressortchefs eine heftige Abneigung gegen das Lhasa-Mistvieh der Essen-und-Trinken-Redakteurin entwickelt hat.«

»Das Lhasa-*was*?«, fragte JD.

»Der Hund hat einen miesen Charakter.«

Nach allem, was ich im Lauf des Tages über *InSite* gehört hatte – ein Thema, worüber in Roger Nagasawas Kreisen jeder Bescheid zu wissen schien –, klangen Engstroms Worte, als ob er uns – und vielleicht auch sich selbst – einreden wollte, dass das hier eine angenehme Arbeitsatmosphäre war. Ich sah mich in diesem Verdacht bestätigt, als er plötzlich aufstand und die Rouleaus an der Glasfront herunterließ. Er setzte sich wieder hin, fummelte an irgendetwas unter seinem Schreibtisch herum – den Bedienungsknöpfen für die Abhörvorrichtungen, die er laut JD an den Arbeitsplätzen installiert hatte? – und erklärte: »Was ich jetzt sage, ist rein intern, JD.«

»Verstehe.«

»Und Sie, Sharon – kann ich mich auf Ihre Diskretion verlassen?«

»Natürlich.«

»Ihr Spiel kommt mir noch aus einem zweiten Grund gelegen. Irgendjemand in unserer kleinen Familie hier ist illoyal. Irgendjemand hier handelt nicht im Interesse des Magazins. Das ist mir in den letzten Monaten klar geworden, und wer immer diese Person ist – es gilt, sie zu identifizieren und ihr das Handwerk zu legen. Ich möchte, dass Sie, Sharon, das versuchen, während unser Spiel läuft.«

Ich sah zu JD hinüber, der interessiert guckte. »Wie kommen Sie darauf, dass jemand von Ihren Leuten illoyal ist?«, fragte ich.

»Wichtige Unterlagen sind verschwunden – Material für exklusive Storys, an denen unsere Leute arbeiten. In einem Fall erschien sogar ein besonders guter Artikel in leicht abgeänderter Version in einer Konkurrenzpublikation. Rechnungen lösten sich in Luft auf und wurden nicht bezahlt, bis drohende Mahnungen kamen. Geräte, die am Vortag noch tadellos liefen, fielen aus. E-Mails und Voice-Mail-Botschaften sind untergegangen.«

»Und Sie sind sich ganz sicher, dass da ein Insider am Werk ist?«

»Es muss jemand sein, der Zugang zu unseren Räumlichkeiten hat und anderer Leute Passwörter herausfinden kann. Letzte Woche hat jemand die Alarmanlage außer Funktion gesetzt, indem er Leitungsdrähte in einer Verteilerdose gelöst hat.«

»Haben Sie einen bestimmten Verdacht?«

»Nein. Es ist ein schrecklicher Gedanke, dass es jeder von meinen Leuten sein könnte.«

»Haben Sie diese Dinge der Polizei gemeldet?«

»Ich ziehe es vor, das unter Ausschluss der Öffentlichkeit klären zu lassen.«

JD sagte: »Heißt das, selbst wenn Sharon den Schuldigen findet, wird darüber nichts in meinem Artikel stehen?«

»Wenn es drinstünde, würde ich ihn nicht veröffentlichen, und ich würde auch dafür sorgen, dass er nirgendwo sonst erscheint. Ist das klar?«

JD hob die Hände. »War ja nur eine Frage.«

Ich sagte: »Soll ich das so verstehen, dass Sie mich engagieren wollen?«

»Ich würde doch meinen, die Werbewirkung, die Ihnen unsere Story bringt, ist Entgelt genug.«

»Natürlich.« Gut, dass er so dachte, denn es würde Glenns Prozess kompromittieren, wenn ich irgendwelches Geld von dem Magazin annähme. »Kommen wir zu den konkreten Einzelheiten«, sagte ich.

»Du liebe Güte«, brummelte JD, als wir zwei Barhocker im Dogpatch Saloon erklommen, »konnte Engstrom sich kein besseres Spiel einfallen lassen? Rausfinden, wer von seinen Leuten einen unvollendeten Roman in der verschlossenen Schreibtischschublade liegen hat! Also wirklich, weiß dieser Trottel denn nicht, dass jeder Journalist heimlich einen Roman schreibt?«

»Auch du?«

»Auch ich.« Er rief dem Barmann unsere Bestellung zu und wich meinem Blick aus, indem er finster auf die aufgereihten Flaschen hinter der Bar starrte.

»Und worum geht es da?«

»Um hundertacht Seiten.«

»Du weißt, was ich meine.«

»Okay, es geht um meine Kindheit im tiefen Süden. Und es ist ein blödes Nabelschau-Machwerk. Ich werde es nie vollenden und erst recht nie einen Verlag dafür finden.«

»Ach.«

»Aber noch mal zu unserem Spiel. Das ist so simpel, dass du's in ein paar Stunden rausgefunden hast.«

»Nicht, wenn ich noch all den anderen Dingen nachgehen soll, während ich dort bin. Ich frage mich, ob die Vorfälle, von denen er sprach, irgendwas mit Roger Nagasawas Selbstmord zu tun haben?«

JD zuckte die Achseln und griff nach dem Drink, den der Barkeeper vor ihn hingestellt hatte.

»Kennst du viele von den anderen Freelancern, die für *InSite* arbeiten?«, fragte ich.

»Klar. Ich sagte ja schon, dort läuft das so, dass man in den Räumen rumhängt, den VIPs um den Bart geht und wartet, dass einem ein Auftrag in den Schoß fällt.«

»Kennst du eine Webdesignerin namens Jody Houston?«

»Hab ein paar Mal mit ihr geredet.« Er zog die Augenbrauen hoch. »Warte mal – waren sie und Nagasawa nicht zusammen?«

»Nur befreundet, sagt sie jedenfalls. Ich habe am Dienstag in seiner Wohnung kurz mit ihr gesprochen.« Ich erzählte ihm von Jody Houstons Anruf bei Daniel Nagasawa. »Und jetzt hat sie ihre Wohnung einer Freundin vermietet und ist verschwunden.«

»Komischer Zufall.«

»Was?«

»Erinnerst du dich, dass ich dir von einer Risikokapitalmanagerin namens Tessa Remington erzählt habe?«

»Klar.«

»Na ja, ich wollte dir gestern Abend die wichtigsten Facts über sie mitteilen, bin aber dann irgendwie davon abgekommen. Vor ein paar Monaten ist sie plötzlich verschwunden. Hat das Gebäude der Remington Group am späten Nachmittag verlassen, um zur Vorstandssitzung einer Non-Profit-Organisation zu gehen, der sie angehört, ist aber nie dort angekommen. Ihr Mann hat am nächsten Morgen die

Polizei benachrichtigt, und weil sie nicht irgendjemand ist, sind sie gleich aktiv geworden, haben aber keine Spur von ihr entdecken können.«

»Glauben sie, dass sie freiwillig abgetaucht ist oder dass da was faul ist?«

»Keine Ahnung, aber die Ermittlungen sind inzwischen eingestellt. Ihr Verschwinden ist für *InSite* ein echtes Problem, wie Max mir erzählt hat, als ich ihn wegen unseres Spiels angerufen habe. Die Remington wollte *InSite* eine große Finanzierungsrate überweisen, kam aber nicht mehr dazu, und jetzt hat dort niemand die Befugnis, es zu tun. Die Reserven von *InSite* schwinden rapide dahin.«

»Aber sie wirtschaften immer noch ziemlich großzügig.«

»Na klar. Image ist für diese Leute alles. Die haben aus dem Dotcomcrash nichts gelernt.«

»Hat die Polizei irgendeine Theorie, was mit der Remington passiert sein könnte?«

»Keine, die sie der Presse mitteilt.«

Zwei Personen, die mit *InSite* zu tun hatten, waren verschwunden – die eine freiwillig, die andere möglicherweise nicht. Hatte Tessa Remington je – so wie Jody Houston – geäußert, dass sie um ihr Leben fürchtete?

Wieder im Piergebäude, rannte ich die Treppe hinauf, weil ich es eilig hatte, im Netz nach Zeitungsartikeln über Tessa Remingtons Verschwinden zu suchen. Aber aus einem der Büros, die sich meine Mitarbeiter teilten, drang Tastengeklapper. Ich ging nachsehen, wer da so spät noch arbeitete.

Julia Rafael saß über ihre Computertastatur gebeugt, einen Bleistift hinterm Ohr, die Zungenspitze zwischen den Zähnen. Als ich neben sie trat, vertippte sie sich und hieb fluchend auf die Löschtaste. »Im Tippen bin ich hundsmiserabel«, sagte sie.

»Ich kann's selbst nicht so toll. Was ist das?« Ich zeigte auf den Bildschirm.

»Bericht über den Blödmann-Fall.«

»Blödmann?«

»So nenn ich diesen Blyman. Der Typ ist echt ein Idiot. Hat sich null Mühe gemacht, seine Spuren zu verwischen. In einer Viertelstunde haben Sie's auf Ihrem Schreibtisch.« Sie versuchte, ihren Erfolg cool herunterzuspielen, aber der Stolz leuchtete ihr aus den Augen.

»Gratuliere! So gut war ich bei meinem ersten eigenen Fall nicht.«

»Na ja, wie gesagt, der Typ ist ein Volltrottel.«

»Lust, es mal mit jemand Schlauerem aufzunehmen?«

»Klar.«

»Ich bin in meinem Büro. Wir reden drüber, wenn Sie mir das da bringen.« Ich hielt kurz inne. »Es sei denn, Sie haben heute Abend was anderes vor.«

»Nein, hab nichts vor. Ich rufe meine Schwester an, sag ihr, ich komme später. Sie hütet den Kleinen.«

Julia war allein erziehende Mutter eines achtjährigen Sohnes. »Aber ich will Sie nicht davon abhalten –«

»Hey, *no problema*. Tonio ist gern bei Maria – sie lässt ihm alles durchgehen.«

»Dann bis gleich.«

Während ich auf die Verbindung zum Online-Archiv des *Chronicle* wartete, dachte ich an meine erste Begegnung mit Julia Rafael. Sie war zum Vorstellungsgespräch gekommen, auf meine Anzeige vom Januar hin: Privatermittler-Trainee gesucht, Berufserfahrung nicht erforderlich. Womit ich meinte, dass der oder die Betreffende zu dem bescheidenen Anfangshonorar einsteigen würde, das ich mir leisten konnte, und dass ich ihm oder ihr von vornherein meine Ermittlungsmethoden und – wichtiger noch – mein Berufsethos vermitteln würde.

Der Tag, an dem Julia ihren Vorstellungstermin hatte, war verregnet. Sie hatte nicht daran gedacht, eine Kopfbedeckung aufzusetzen, und der Schirm war ihr im Bus gestohlen worden. Ihr Haar war triefnass, und der Regen war durch ihren billigen Mantel gedrungen, sodass ihr beigefarbener Hosenanzug stellenweise feucht war. Ich war augenblicklich beeindruckt von ihrem Auftreten, der Art, wie sie nur knappe Erklärungen abgab, mich ihren Mantel an die Heizung hängen ließ und ein Handtuch für ihr Haar entgegennahm.

Ihre Bewerbungsunterlagen waren von brutaler Offenheit: Sie hatte zwei Jugendstrafen abgesessen, beide für Drogendelikte. Während der zweiten Haftzeit hatte sie ihren Schulabschluss gemacht. Nach ihrer Haftentlassung mit zwanzig hatte sie ihren ersten Job als Motelzimmermädchen verloren, weil sie einem zudringlichen Gast eine geknallt hatte. Aus ihrem zweiten Job im Lebensmittelgeschäft von Verwandten war sie geflogen, weil ihr Freund sich angewöhnt hatte, dort herumzulungern und zu klauen. Dann hatte sie bei einem staatlich finanzierten Jugendhilfeprogramm einen Job gefunden, der darin bestand, mit gefährdeten Jugendlichen zu arbeiten, was ihr Leben zum Positiven gewendet hatte. Doch zwei Monate bevor sie auf meine Annonce reagiert hatte, waren dem Programm – wo sie inzwischen vier Jahre tätig gewesen war – die Mittel gestrichen worden.

Ich fragte mich, warum sie beschlossen hatte, die Sache

mit den Haftstrafen offen zu legen. Über Jugendstrafen wird keine Auskunft erteilt, um den Betroffenen die Chance zu geben, noch einmal neu anzufangen. Auf meine Frage sagte sie lediglich: »Wenn Sie mich nehmen, würde es womöglich doch irgendwann rauskommen, und dann würde ich als Lügnerin dastehen. Außerdem ist das jetzt vorbei.«

»Okay, erzählen Sie mir, warum Sie gerade diesen Job wollen.«

»Ich denke, in Ihrem Beruf kann man Leuten helfen. Das war's, was mir an meinem letzten Job so gefallen hat. Und außerdem«, setzte sie mit einem kleinen Lächeln hinzu, »haben Sie geschrieben, dass man keine Erfahrung braucht, und Erfahrung hab ich nun mal nicht viel, jedenfalls keine gute.«

Und ihre Erfahrungen waren in der Tat sehr schlecht gewesen, das wurde mir klar, als ich sie bei einer Tasse Kaffee ein wenig auszuhorchen begann. Sie war bei Watsonville in Santa Cruz County geboren, wo ihr Vater auf den Artischockenfeldern arbeitete. Als sie fünf war, zog er mit der Familie – seiner schwangeren Frau und vier Töchtern – in den Mission District von San Francisco, um dort mit einem Cousin ein Restaurant aufzumachen. Das Restaurant ging Pleite, die Familie geriet in einen Strudel aus Arbeitslosigkeit, häuslicher Enge, Alkoholismus und körperlicher Misshandlung. Mit zwölf hatte Julia auf der Straße gedealt und sich prostituiert. Mit dreizehn war sie das erste Mal verhaftet worden. Mit sechzehn hatte sie zwei Abtreibungen hinter sich gehabt, mit siebzehn dann einen Sohn zur Welt gebracht, über dessen Erzeuger man nur spekulieren konnte. Sie hatte ihn zu Verwandten in Salinas gegeben, als sie wieder ins Jugendgefängnis musste.

»Warum haben Sie dieses Kind nicht auch abgetrieben?«, fragte ich.

»Weil ich inzwischen erwachsen war und Gefühle hatte. Ich war zwar nicht unschuldig, aber das Kind war es doch. Schien mir nicht recht, es zu töten. Und dann lief es so, dass Tonio mein Leben in Ordnung brachte.«

Fotos von ihrem Kleinen halfen ihr über die Zeit im Jugendgefängnis. Als sie wieder nach San Francisco zurückkam, schaffte sie es, ihre Verhältnisse zu ordnen, ihren Sohn zu sich zu holen und anzufangen, das Leben einer allein erziehenden Mutter zu führen.

»Verstehen Sie mich nicht falsch«, erklärte sie. »Ich bin nicht die perfekte Mom. Ich mache immer noch gern einen drauf. Wenn meine große Schwester – die schon von zu Hause weg war, als alles den Bach runterging – nicht bei mir im Haus wohnen würde, dann würde ich's wohl nicht schaffen. Aber ich tue mein Bestes. Ich muss es schaffen, wegen Tonio. Ich seh's so, dass wir uns gegenseitig das Leben gerettet haben.«

Am Ende des Gesprächs hatte ich gedacht, dass Julias Selbstdarstellung irgendwie etwas zu offen – ein bisschen kalkuliert – wirkte, aber neben ihr erschienen mir die übrigen Bewerber einfach farblos. Ehrlichkeit, die eigenen Fehler betreffend, und der Wille, gegen Widrigkeiten anzukämpfen, hatten mich immer schon beeindruckt, und wenn sie auch eine kleine Schauspielerin war, umso besser in diesem Metier. Bisher hatte sie sich überaus gelehrig gezeigt, und jetzt hatte ich das Gefühl, dass sich meine Investitionen in sie zu rentieren begannen.

Ich fand die Remington-Story schließlich im *Chronicle* vom sechzehnten Februar. Ich erfuhr nicht viel Neues, lediglich das Datum ihres Verschwindens – der vierzehnte

Februar –, den Namen ihres Mannes – Kelby Lincoln, Direktor einer Firma namens Econium Measures – und dass die Polizei die Öffentlichkeit aufgerufen hatte, die Augen nach ihrem weißen BMW-Cabrio, Kennzeichen 2 KCV 743, offen zu halten. Dem Artikel beigefügt war ein Foto der Vermissten: eine Frau meines Alters, mit kurzem, glatt gestyltem Blondhaar und klassischen Zügen. Ihr Gesicht strahlte Selbstsicherheit und Unerschütterlichkeit aus.

Vierzehnter Februar. Valentinstag. In dieser Nacht hatte sich Roger umgebracht. Zufall oder –?

»Sharon?« Julia stand in der Tür, in der Hand ihren ersten Bericht.

»Kommen Sie rein«, sagte ich. »Wir gehen das jetzt durch, und dann setze ich Sie an Ihre nächste Aufgabe. Eine Personensuche. Nach einer Frau namens Jody Houston.«

Freitag, 20. April

Es regnete in Strömen, als ich um acht Uhr in Dogpatch ankam. Ich sprintete von meinem MG zum Eingang des *InSite*-Gebäudes, trat durch die Eingangstür und zog meinen durchweichten Regenmantel aus, ehe ich mich über die Sprechanlage meldete. Es war doch schon Spätfrühling, zu spät für diese Art Wetter, verdammt noch mal!

Als ich die zweite Tür passierte, sah ich, dass im Raum dahinter das gleiche Chaos herrschte wie am Vortag. Ein paar Leute standen in einer Reihe wie ein formelles Empfangskomitee, Max Engstrom an der Spitze. Von JD war nichts zu sehen. Engstrom trat vor, nahm mir den nassen Mantel ab und hängte ihn über einen in der Nähe stehenden Stuhl. Dann nahm er meine beiden Hände und sagte: »Kommen Sie, Miss McCone, das Spiel beginnt.«

Ich zuckte bei dieser Sherlock-Holmes-Imitation innerlich zusammen, antwortete aber: »Ja, Mr. Engstrom, es kann beginnen.«

»Darf ich vorstellen: einige unserer Mitspieler – und meine Top-Leute.« Er reichte mich an seine Nachbarin weiter, eine Frau von meiner Größe und Statur. »Dinah Vardon, unsere Webpotentatin.«

Die Vardon nickte und drückte mir kräftig die Hand. Rogers einstige große Liebe war eine blasse, strenge Schönheit, mit dunklem, straff zurückgestecktem Haar. Ihr Mund war schmallippig und humorlos, die grauen Augen glänzten kalt; sie erinnerten mich an Kiesel auf dem Grund eines Flusses, über die das Wasser ohne jede Regung hinweggleitet. Sie war ungeschminkt und ganz in Schwarz – Tunikapullover, Jeans, Stiefel. Sie sagte nichts, aber ich spürte, dass sie mich von Kopf bis Fuß musterte und diesen ersten Eindruck speicherte, um bei Bedarf darauf zurückzugreifen. Ich verstand jetzt, warum JD sie zum Fürchten fand.

Die Vardon reichte mich an ihren Nachbarn weiter. Engstrom sagte: »Jorge Amaya, unser Geschäftsführer.«

Amaya – rundgesichtig, schwarzhaarig, in einem teuren dunklen Anzug – lächelte mich an, und seine dunklen Augen funkelten fröhlich. »Wir werden also heute Spielchen miteinander spielen, Miss McCone. Wunderbar!« Der spanische Akzent gab seinen eher förmlichen Worten etwas Melodiöses. Er ergriff meine Hand, drückte sie neckisch und zwinkerte mir zu. Als ich zurückzwinkerte, schien er freudig überrascht.

Während ich die Reihe entlanggereicht wurde, fuhr Engstrom mit der Vorstellung fort und nannte zugleich die selbst kreierten Jobtitel: Lifestylistin (Heim und Wohnen); Szenescout (Kultur); Gastrocriticastro (Restaurantkritiker); Kultmamsell (Essen und Trinken); Jetman (Reise) und Sherlock (Recherche). Als ich über die schrägen Titel lächelte, sagte er selbstgefällig: »Dass die Leute ihre Positionen selbst benennen können, sorgt ebenfalls für ein angenehmes Arbeitsklima.«

Am Ende der Vorstellungsarie zog Engstrom eine Trillerpfeife aus der Tasche und ließ drei schrille Pfiffe ertönen. Offenbar sein übliches Mittel, sich Gehör zu verschaffen, denn im Raum wurde es auf der Stelle still.

»Mal herhören, Leute«, rief er. »Das berühmte Spiel wird jetzt eröffnet. Das hier ist Sharon McCone, die Meisterdetektivin. Sie hat bis Mitternacht Zeit, um aufzudecken, wer von euch das unvollendete Romanmanuskript in der Schublade hat. Macht es ihr so schwer wie möglich, aber denkt an die eine Grundregel: Ihr dürft nicht lügen. Ihr könnt ausweichen, ihr die Antwort verweigern, sie in die Irre führen, aber ihr müsst bei der Wahrheit bleiben. Also, Leute, an das Spiel und an die Arbeit!«

Die Belegschaft musterte mich noch einen Moment, dann wandte sich jeder wieder seiner Tätigkeit zu.

Hinter uns flog die Tür auf, und JD stürmte herein. »Sorry, dass ich zu spät komme, Max. Ich –«

»Ich habe kaum damit gerechnet, dass Sie pünktlich sein würden, also haben wir schon mal ohne Sie angefangen. Bis jetzt sind wir genau im Plan.«

JD schälte sich aus seinem Regenmantel und drapierte diesen über den Stuhl, über den Engstrom bereits meinen gehängt hatte. Er trug wieder diesen zitronengelben Pullover; im Neonlicht biss er sich noch heftiger mit seinen Haaren. JD zog ein Aufnahmegerät und einen Notizblock aus seiner Aktenmappe und fummelte mit einer Kassette herum. Während er sich bereitmachte, sagte ich zu Engstrom: »JD behauptet, dass jeder Journalist an einem Roman schreibt. Kann es sein, dass alle hier unvollendete Manuskripte in der Schublade haben?«

Er lächelte. »Aha, Ihre erste Frage, und ich darf nicht lügen. Nein. Aber an dem, was JD sagt, ist durchaus etwas dran. Selbst ich habe mal so ein Unding in der Mache gehabt – bis ich es dann verbrannt habe. Es gab einiges Gerangel darum, wer die zu ermittelnde Person in unserem Spiel sein durfte. Schließlich wurden Strohhalme gezogen.«

»Dann sollte ich jetzt wohl besser anfangen.«

»Betrachten Sie unsere Büros bis Mitternacht als Ihre Jagdgründe.« Er machte eine ausholende Armbewegung und wandte sich zum Gehen.

Bruce Dunn, der Gastrocriticastro, spielte das Spiel mit Leidenschaft. Er blockte all meine Fragen ab, legte eine Serie falscher Fährten und erklärte, ich solle mit Max Engstrom reden, der sein Romanmanuskript, entgegen seinen Behauptungen, nicht verbrannt habe. Als ich sagte, das hieße ja, dass Engstrom gegen die Grundregel des Spiels verstoßen hätte, beschied mich Dunn, Max sei sein eigenes Gesetz und ein geborener Lügner. »Das ist nun mal seine Natur.« Trotz seines scherzhaften Tons hörte ich doch eine Antipathie gegen den Chefredakteur heraus.

Die Lifestylistin, Lia Chen, war ernsthaft sauer, weil ich sie bei der Arbeit störte. »Das hier ist eine Firma, kein Themenpark – und Max müsste das wissen!« Dann begann sie von ihrem soeben erschienenen *Feng-Shui*-Buch zu reden und fragte JD, ob er es in seinem Artikel erwähnen könne. Er gab eine unverbindliche Antwort, sie wandte sich mürrisch wieder ihrem Schreibtisch zu und brummelte etwas von Max und seinen hirnrissigen Einfällen. Eine Angestellte, die offenbar nicht gut auf ihren Boss zu sprechen war, und sicher eine gute Informationsquelle, was die Situation hier im Hause anbelangte.

Courtney DeAngelo, das Moneymonster, hatte etwas gegen den Titel, der ihr von Engstrom verpasst worden war, nachdem sie sich geweigert hatte, sich selbst einen auszudenken. »Was soll das? Ich bin Buchhalterin, Himmelherrgott. Ich versuche, eine ausgeglichene Bilanz aufrechtzuerhalten und Gläubiger abzuwimmeln. Bei unserem momentanen Cash-Flow-Problem sollten sie weniger für Edelfressalien ausgeben. Und für Mad Russians oder was immer es diese Woche zu trinken gibt. Dann könnte ich vielleicht den Reinigungsservice bezahlen.« Ich setzte sie auf meine Liste potenzieller Informanten.

Ein Typ von der Technik unterbrach seine Bemühungen, einen fehlerhaften Link von der Website des Magazins zu der eines Werbekunden in Ordnung zu bringen, um mir von der Krimirätsel-Kreuzfahrt in die Karibik zu erzählen, die er alljährlich unternahm. »Ich warte das ganze Jahr darauf, und dann komme ich heim und warte wieder.« Ob er mit der Arbeit hier bei *InSite* zufrieden sei? »Solange ich an Problemen herumknacken kann, bin ich zufrieden. Außerdem ist das Essen hier toll. Essen ist mir wichtig.« Zur Unterstreichung tätschelte er seinen beachtlichen Bauch. Ein möglicher Verdächtiger im Rahmen des Spiels, aber keine brauchbare Informationsquelle.

Kat Donovan alias Sherlock war eine nervöse Person. Als ich mich ihrem Schreibtisch näherte, versperrte sie mir den Blick auf ihren Computerbildschirm und versetzte das Gerät in den Schlafmodus. Sie habe eigentlich keine Zeit für Spielchen, erklärte sie mir. Sie sei ohnehin schon mit der Arbeit hinterher. Ich zog mich höflich zurück und fragte mich, ob sie ihren Schreibtisch leer zu kriegen versuchte, weil sie in den Urlaub wollte; ich hatte gerade noch eine Liste mit Billigflügen auf ihrem Bildschirm gesehen.

Ich arbeitete mich systematisch durch das untere Geschoss und hatte um zehn Uhr bereits eine längere Liste von deutlich unzufriedenen Mitarbeitern, die ich vielleicht dazu bringen konnte, offen über Rogers Zeit hier im Hause zu reden. Unter der Galerie war jetzt ein Frühstücksbuffet aufgebaut. Etliche Leute hatten es schon aufgesucht und sich

Teller und Kaffeetasse an den Schreibtisch mitgenommen. Ich beschloss, mich eine Weile hinzusetzen und die Bürodynamik zu beobachten.

Das Angebot war beeindruckend: süße Brötchen, Brot, Bagel, Lachs, Obst, Saft, Kaffee, Tee. Und doch konnte das Moneymonster den Reinigungsdienst nicht bezahlen. Ich machte mir ein Lachssandwich und versorgte mich mit Obst und Kaffee, während JD, der hinter mir hergezockelt war und sich ostentativ Notizen gemacht hatte, eine Grimasse schnitt und sich ein kleines Gläschen Saft nahm. Als wir an einem der kleinen Tische neben dem Buffet saßen, sagte er: »Ich finde es immer wieder faszinierend, wie du dich voll stopfst.«

Ich schluckte einen Happen Lachssandwich. »In meinem Beruf tut man gut daran, zu essen, wenn es sich anbietet. Man weiß nie, wann man das nächste Mal dazu kommt.«

»Und wenn du nicht arbeitest?«

»Dann muss ich die ausgefallenen Mahlzeiten wettmachen.«

»Verstehe.«

»Miss McCone?« Jorge Amaya stand neben mir, eine Kaffeetasse in der Hand. »Darf ich mich zu Ihnen setzen?«

»Aber natürlich.« Ich rückte ein Stück, und JD holte noch einen Stuhl.

Amaya setzte sich und lächelte mich an. »Wie gefällt Ihnen unser kleines Spiel?«

»Bis jetzt ganz gut.«

»Max hat mir erzählt, was Sie hier wirklich suchen – unseren Saboteur.« Als ich nicht gleich antwortete, setzte er hinzu: »Aha, kein Kommentar. Aber Sie haben doch wohl hoffentlich keine Bedenken, mir als dem Geschäftsführer Ihre Resultate mitzuteilen.«

»Ich habe noch keine Resultate.«

»Und eine Meinung?«

»Auch nicht.«

»Max und ich haben über diese beunruhigenden Vorfälle gesprochen, und ich habe meine eigene Meinung dazu. Er misst diesen Dingen zu viel Bedeutung bei. Es ist ganz normal, dass in einem Betrieb Geräte streiken und Dateien verloren gehen. Meinen Sie nicht?«

»Mag sein. Wenn ich's recht verstehe, wurden Sie von der Remington Group hier eingesetzt, nachdem sich die Gesellschaft entschlossen hatte, in *InSite* zu investieren?«

Der Themenwechsel schien ihn aufzuschrecken. »... Das ist richtig.«

»Sie haben schon andere Firmen an die Börse geführt, sind sozusagen Experte für diesen Prozess?«

»Korrekt.«

»Wie geht das vor sich?«

»Das ist keine exakte Wissenschaft. Genau wie Menschen sind auch Unternehmen höchst unterschiedlich. Nehmen wir mal *InSite*. Als sich die Remington Group dafür zu interessieren begann, war es eine kleine Klitsche, aber mit einem soliden Businessplan und einer guten Geschäftsidee. Meine Funktion war es, einen größeren Package-Deal auf die Beine zu stellen, der für Aktionäre attraktiv wäre. Remington gab die erste Kapitalspritze, dann versuchte ich, die Firma auf die nächste Stufe zu hieven. Aber das Abonnentenprogramm, das ich eingeführt habe, schlug nicht recht an, und bis jetzt konnten wir die großen Werbekunden noch nicht interessieren. Die Kapitalvernichtung war extrem hoch, als die Mezzanin-Finanzierung erfolgte –«

»Die was?«

Er lächelte, als sei ich ein niedliches, aber nicht sonderlich gescheites Kind. »Die Zwischenfinanzierung. Eine zweite Kapitalspritze. Danach kamen Tessa Remington und ich überein, das Wachstum des Magazins zu drosseln und den Abschwung auszusitzen. Und in diesem Stadium sind wir jetzt.«

Ich sah zu JD hinüber. Er ließ verstohlen das Band mitlaufen. »Ist es für das Magazin ein Problem, dass Tessa Remington verschwunden ist?«

Amaya zögerte, presste die Lippen aufeinander. »Woher wissen Sie von ihrem Verschwinden?«

»Aus dem *Chronicle.*«

JDs Kassette war voll und blieb mit einem Klicken stehen. Amaya sah erbost auf das Aufnahmegerät und wedelte unwirsch mit der Hand. »Lassen Sie das. Das hier ist eine private Unterhaltung.« Zu mir gewandt, sagte er: »In Ihrem Beruf haben Sie es doch sicher oft mit verschwundenen Personen zu tun. Sagen Sie –« Sein Blick schwenkte zu Dinah Vardon, die eben an unseren Tisch gekommen war. »Ah, Dinah«, sagte er mit einem aufgesetzten Lächeln. »Wir sprechen gerade von Miss Remington.«

Sie sah ihn an – ein lebloser, nicht entzifferbarer Blick.

Amaya schien davon nicht weiter irritiert. »Vielleicht möchten Sie sich an unserem Gespräch beteiligen.«

»Ich würde mich gern mit Miss McCone und Mister Smith unterhalten, ja, aber Max bittet Sie in sein Büro.«

Der Geschäftsführer stand auf und nickte uns zu. »Wir setzen die Unterhaltung später fort, aber wenn unser hoch geschätzter Chefredakteur meine Gegenwart wünscht, muss ich gehorchen.«

Vardons Blick folgte Amaya zur Treppe. Jetzt bemerkte ich in ihrem Gesichtsausdruck eine komplexe Regung – Ärger und Verachtung, aber noch etwas anderes, das ich nicht benennen konnte. Sie setzte sich auf den Stuhl, den er geräumt hatte, und seufzte tief. »Wenn Jorge sich nicht ausdrücklich von Max' Nonsense-Titeln ausgenommen hätte, wäre er *El Maestro de Toroshit*. Nun, amüsieren wir uns?«

Ich sagte: »Sie scheinen ja nicht viel von dieser Übung zu halten.«

»Es geht nicht darum, was ich davon halte. Wenn JDs Story mehr Abonnenten anlockt oder mehr Werbekunden bringt, dann machen wir Geld und schaffen endlich diesen Börsengang, mit dem sie uns die ganze Zeit Feuer unterm Hintern machen. Dann bin ich zufrieden.«

»Sie haben Aktienoptionen?«

»Jede Menge.«

»Haben alle Beschäftigten welche?«

»Nur Max' unmittelbarer Hofstaat. Lassen Sie das beiseite, JD, ja? Das Problem ist, dass die Belegschaft zu schnell gewachsen ist und weder Max noch Jorge willens war, den Kuchen in einen Haufen winziger Stückchen zu zerteilen. Also verlassen sie sich darauf, dass die Leute jung und naiv sind und frühestens bei der Erstemission merken, dass sie verarscht worden sind und sich für nichts und wieder nichts den Arsch aufgerissen haben.«

»Und das macht Ihnen nichts aus?«

»Warum sollte es mir etwas ausmachen? Ich habe auch keine Lust, mein Kuchenstück mit jemand anderem zu teilen.«

Ein wahrhaft mitfühlender Mensch, diese Dinah Vardon, aber warum sollte sie auch anders sein als die anderen Überlebenden des Hottech-Crashs? Würde ich unter diesen Umständen anders denken? Ich wollte es gern glauben, aber wer konnte das schon sagen?

Ich sagte: »Mr. Amaya sprach gerade von Tessa Remingtons Verschwinden. Was wissen Sie darüber?«

Etwas flackerte in Dinah Vardons Augen auf, aber wieder konnte ich es nicht identifizieren. »Sehr wenig, außer dass sie die Firma in einer unhaltbaren Position zurückgelassen hat. Ich wüsste gern, was für ein Spiel sie spielt.«

»Sie nehmen also an, dass sie freiwillig verschwunden ist?«

»Aber sicher. Ich kenne doch Tessa, sie ist hinterlistig und manipulativ und würde alles tun, um Kohle zu machen. Würde mich nicht überraschen, wenn sie auf irgendeiner Offshore-Insel säße, wo sie reichlich Geld ins Trockene gebracht hat, um dort zu warten, bis es Zeit für ihren nächsten Zug ist.«

»Und worin bestünde dieser nächste Zug?«

»Das kann ich Ihnen nicht sagen. Ich bin nicht so ein Finanzgenie wie sie. Aber eins weiß ich: Wenn sie nicht bald wieder auftaucht, können wir alle unsere Bewerbungsunterlagen auf Vordermann bringen.«

»So schlimm steht es?«

»So schlimm steht es, und ich habe schon zu viel gesagt.« Sie stand auf und sagte zu JD: »Wenn davon auch nur ein einziges Wort durchsickert, sind Sie ein toter Mann, Smith.«

»Die ist wirklich ein ganz schönes Kaliber«, sagte ich zu JD, als die Vardon außer Hörweite war.

»Ich wüsste schrecklich gern, wie sie so geworden ist.«

»Rogers Bruder Harry sagte etwas von schwierigen Herkunftsverhältnissen und der grimmigen Entschlossenheit, nach oben zu kommen, aber das allein erklärt es noch nicht. Ich habe in der Detektei eine neue Kraft, die jede Horrorstory, die die Vardon aufzufahren wüsste, mit Leichtigkeit toppen könnte, aber im Vergleich zu ihr ist Julia ein Engelchen.«

Er sah auf die Uhr. »Na ja, wir können nicht den ganzen Vormittag hier herumsitzen und die Psyche der Webpotentatin enträtseln. Was jetzt?«

»Ich will noch mal bei Engstrom reinschauen, mir ein paar Informationen über die Leute holen, die ich als potenzielle Unruheherde klassifiziert habe. Ich weiß nicht, warum, aber ich habe das Gefühl, dass diese Vorfälle und das Verschwinden der Remington etwas mit Rogers Selbstmord zu tun haben.«

Auf halber Treppe ging mir auf, dass ich JDs Ermahnung, innerhalb des Gebäudes nichts zu sagen, was den wahren Zweck meines Hierseins verraten könnte, in den Wind geschlagen hatte. Wenn nun die Gegend um das Buffet verwanzt war und Engstrom jedes Wort mitgehört hatte? Doch zu meiner Erleichterung war der Chefredakteur gerade mitten in einer Auseinandersetzung; ich hörte es, als wir in den Gang einbogen.

»Verdammt noch mal, Jorge, das ist *mein* Magazin. Ich habe es gegründet, ich habe es durch die mageren Jahre gebracht. Wir machen es auf meine Art oder gar nicht.«

Ich packte JD am Arm, zog ihn zurück. Zeigte zum anderen Ende des Flurs, wo die zierliche Lia Chen, die Lifestylistin, stand und lauschte.

Amaya argumentierte mit der Stimme der Vernunft. »Wir ertrinken in unbezahlten Rechnungen. Das Equipment ist total veraltet. Die Website-Links funktionieren kaum je. Alles, was wir an realen Werten besitzen, ist dieses Gebäude hier – und das bringt so gut wie nichts –«

»Wir haben talentierte Leute. Wir haben ein Ziel. Das sollte doch auch etwas zählen.«

Die Chen sah auf, bemerkte uns und zog sich in eins der Büros zurück.

»Bedauerlicherweise, Max, gelten Talent und Ziele in der Finanzwelt wenig. Wir haben keine Wahl –«

»Quatsch! Wir haben eine Wahl, und die treffe ich – *großer Gott*!«

Ein durchdringendes Geräusch hatte Engstrom unterbrochen. Jetzt ertönte es wieder. Joiink-joiink-joiink, wie der Alarm in einem Film über einen Gefängnisausbruch.

JD rief: »Feuer!«

Zwischen den schrillen Tönen hörte ich ein Zischen, dann legte die automatische Sprinkleranlage los.

»Scheiße!« JD packte meine Hand und zog mich in Richtung Treppe. Er stürmte durch die Tür und zerrte mich hinter sich her. Unten standen die Leute entweder reglos da und guckten in das Sprühwasser empor, oder aber sie rafften ihre Sachen zusammen und strömten zu den beleuchteten Ausgangsschildern an den Schmalseiten des Gebäudes. Ich riss mich von JD los, als er die ersten Treppenstufen hinuntereilte.

Kein Rauch. Keine Flammen. Nicht mal ein Hauch vom Geruch eines schmorenden Kabels.

Schritte polterten hinter mir heran. Max Engstrom und Jorge Amaya stürzten die Treppe hinunter, packten mich und zogen mich mit.

»Halt!«, schrie ich. »Da ist kein Feuer! Das ist ein Fehlalarm.«

Engstrom blieb stehen, ließ mich los und nickte, aber Amaya schleifte mich weiter in Richtung Hinterausgang. Der Boden war glitschig, wir schlitterten die letzten Meter, stürzten dann durch eine Tür hinaus in einen Hinterhof, wo es noch heftiger regnete als drinnen.

Menschen wimmelten durcheinander, redeten aufgeregt aufeinander ein, ohne den strömenden Regen zu bemerken. Engstrom kam heraus und lehnte sich keuchend gegen die Außenwand des Gebäudes. Amaya hatte mich losgelassen, und als ich mich nach ihm umsah, war er verschwunden.

Die Feuerwehr kam schnell, sperrte den ganzen Block der Illinois Street ab und evakuierte den Hinterhof. JD und ich standen am Absperrband und sahen zu, wie die Feuerwehrleute in das Gebäude eindrangen. Es regnete unvermindert weiter, aber die meisten Leute waren schon so klatschnass, dass es sie nicht mehr kümmerte.

»Mein Lieblingspullover«, sagte JD betrübt und zupfte an der voll gesogenen Wolle. »Nur gut, dass ich mir sicherheitshalber gleich zwei gekauft habe.«

»Du hast zwei von den Dingern?«

Zum Glück registrierte er meine Verblüffung nicht. »Wenn ich was finde, was mir gefällt, kauf ich's immer gleich zwei Mal.«

Der Mann war eindeutig farbenblind.

Nach einer Weile fuhr das Gros der Feuerwehrleute wieder weg, und der Leiter des Löschzugs nahm Max Engstrom mit ins Gebäude. Jorge Amaya, der an der Laderampe herumgestanden hatte, folgte ihnen.

JD sagte: »Jetzt wird Max dich wohl wirklich anheuern wollen.«

»Das brächte mich in eine ziemlich peinliche Situation. Sich durch eine List Zugang zu ihren Büros zu verschaffen ist eine Sache, sie als Klienten anzunehmen eine ganz andere.«

»Na ja, dann überleg dir schon mal eine Ausrede, wieso es nicht geht.«

»Zu viel zu tun. Das ist immer eine gute Begründung.« Aber würde mir Engstrom glauben, nachdem ich bereit gewesen war, einen ganzen Tag auf ein Spiel zu verwenden, nur für ein bisschen Gratiswerbung? Ich quälte mich eine Weile mit diesem Gedanken herum, dann mit der Frage, ob ich Glenns Prozess gegen *InSite* womöglich schon kompromittiert hatte. Als Engstrom schließlich wieder herauskam, war ich gerade bei der Tatsache, dass ich an diesem Vormittag herzlich wenige Informationen gesammelt hatte.

Der Chefredakteur kam mit düsterer, abwesender Miene auf uns zu. Dann sprach er JD an. »Ihnen ist doch klar, dass aus dem Spiel nichts mehr wird. Natürlich zahlen wir Ihnen ein Ausfallhonorar.«

»Wir könnten doch nächste Woche noch mal –«

»Ich fürchte, nein. Es ist ein enormer Schaden entstanden; wahrscheinlich müssen wir das Magazin einstellen.« Zu mir sagte er: »Danke für die Zeit, die Sie investiert haben, Sharon. Tut mir Leid, dass es nun nicht klappt. Und Ihre Ermittlungsdienste brauche ich jetzt wohl auch nicht mehr.« Noch ehe einer von uns fragen konnte, was denn den Fehlalarm ausgelöst hatte, ging Engstrom schon wieder davon.

Als er außer Hörweite war, sagte ich: »Ich verstehe ja, dass so ein Schaden demoralisierend ist, aber er scheint völlig am Boden.«

»Vielleicht wegen irgendwas, was ihm der Feuerwehrmann gezeigt hat. Ich habe einen Freund in der Feuerwehrkommission, den kann ich danach fragen.«

»Ja, tu das. Und falls jemand von deinen Informanten eventuell etwas über Tessa Remingtons oder Jody Houstons

Verschwinden in Erfahrung bringen könnte, dann frag auch danach.«

»Setzt du mich auf deine Gehaltsliste?«

»Nein, aber wenn wir beide zusammenarbeiten, könnte für dich eine Wahnsinnsstory dabei herauskommen.«

JDs Augen verengten sich nachdenklich.

»Wie oft warst du schon für den Pulitzer-Preis vorgeschlagen?«, fragte ich.

»Zwei Mal.«

»Aller guten Dinge sind drei.«

Es war jetzt fast Mittag, und der Tag, der so viel versprechend begonnen hatte, lag in gähnender Leere vor mir. Da ich damit gerechnet hatte, bis Mitternacht bei *InSite* zu sein, hatte ich keine Termine gemacht, und in der Detektei stand auch nichts Dringendes an. Ich sagte mir, ich könnte mir ja eine kleine Auszeit gönnen und meine Gedanken zum Fall Nagasawa sortieren, während ich ein bisschen Hausarbeit machte. Zu Hause warteten eine Tonne Dreckwäsche und zwei Katzen, die wegen des Regens sicher unleidlich und zuwendungsbedürftig waren. Da waren Botschaften auf dem Anrufbeantworter, die abzuhören ich hinausgeschoben hatte. Ungebetene E-Mails, die beantwortet oder gelöscht werden mussten. Wollmäuse in den Ecken. Echte Mäuse im Kriechkeller …

Ich fuhr zu Hause vorbei, um mir trockene Sachen anzuziehen, und machte mich dann auf den Weg zum Piergebäude.

Nicht viel los hier. Teds Neon stand in seiner Parkbox, und ich erwog kurz, in Teds Büro zu gehen und ihn zu fragen, wie es um ihn und Neal stand, befand dann aber, dass ich nicht die Energie dazu hatte. Ted hatte gestern nicht über die abrupte Kündigung seines Partners reden wollen, und langjährige Erfahrung hatte mich gelehrt, dass er sich mir anvertrauen würde, wenn er so weit war, aber nicht vorher.

Ich stieg die Treppe hinauf, ging den Steg entlang und winkte Craig Morland zu, der auf dem Fußboden seines Büros Liegestütz machte. Craig war ein Fitness-Fanatiker, trainierte für den alljährlichen Stadtmarathon und hatte Adah dazu gebracht, mit ihm Sport zu machen. Wenn sie es jetzt noch schaffen würden, Charley auf Diät zu setzen … Vor zwei Wochen hatte mir Craig erzählt, der Tierarzt habe den Kater für »offiziell übergewichtig« erklärt.

Auf meinem Schreibtisch lag nur ein Telefonzettel. Paige Tallman hatte angerufen, die Freundin, die Jody Houstons Wohnung übernommen hatte. Ich wählte ihre Nummer, und sie nahm beim ersten Klingeln ab.

»Ich habe gestern Abend von Jody gehört«, sagte sie. »Sie wollte nicht sagen, wo sie ist, nur dass sie heil dort angekommen sei, abgesehen davon, dass eine ihrer Reisetaschen verloren gegangen war und die Fluggesellschaft sie immer noch nicht gefunden hatte.«

»Hat sie sonst noch was gesagt?«

»Nur gefragt, ob jemand was von ihr wollte. Ich habe nichts von Ihnen gesagt.«

»Danke. Wie macht sich die Alarmanlage?«

»Super. Ich wollte mich noch mal dafür bedanken, dass Sie Ihre Freundin vorbeigeschickt haben. Sie hat mir ein paar Sicherheitstipps gegeben, und jetzt ist mir schon viel wohler.«

»Gut.«

»Ich hab Jody gesagt, ich fänd's nicht so toll, dass sie mich hier in einer gefährlichen Situation zurückgelassen hat und dass ich mir deshalb eine Alarmanlage zugelegt hätte. Ich hab's so hingestellt, als hätte ich sie selbst bezahlt.«

»Und wie hat sie reagiert?«

»Ziemlich defensiv, und dann hat sie gesagt, sie müsse Schluss machen.«

»Na ja, Sie wissen ja, wo Sie mich erreichen, falls sie noch mal anruft.« Ich beendete das Gespräch, rief dann Ted über die Sprechanlage. »Ist Julia im Haus?«

»In der Mittagspause.«

»Wenn sie zurückkommt, sag ihr bitte, ich will sie sprechen.«

Die Nagasawa-Akte lag auf meinem Schreibtisch. Am hinteren Deckel klemmten Teds Transkripte meiner gestrigen Befragungen. Ich begann sie durchzugehen, Stellen mit Textmarker zu markieren, auf der Suche nach neuen Ermittlungsansätzen. Heute Abend würde ich im Kodiak Rick's vorbeischauen, der Bar, wo Rogers Freunde und Kollegen nach der Arbeit abhingen. Mal sehen, ob da noch andere Leute waren, die ihn kannten und vielleicht bereit waren, mit mir zu reden. Jetzt würde ich erst mal diejenigen *InSite*-Beschäftigten kontaktieren, die vermutlich nicht allzu loyal waren. Ich hoffte, sie ein bisschen darüber aushorchen zu können, wie Roger bei dem Magazin behandelt worden war. Besonders interessierte mich Lia Chen, die heute Morgen Engstroms Auseinandersetzung mit Amaya belauscht hatte.

Ich nahm eine Personalliste mit Adressen und Telefonnummern heraus, die mir Engstrom gestern gegeben hatte, und markierte die Leute, die ich sehen wollte. Dann begann ich, sie durchzutelefonieren. Nirgends nahm jemand ab. Vielleicht waren sie ja alle noch im Büro und versuchten, ihre abgesoffenen Workstations zu retten. Schließlich gab ich es auf und zog mich in meinen Sessel zurück, um eine Runde vor mich hin zu brüten.

»Sharon?« Julia Rafaels Stimme, voller unterdrückter Erregung. »Ich habe was über Jody Houston herausgefunden.«

»Schnappen Sie sich einen Stuhl und erzählen Sie.«

Sie ließ sich in einen Stuhl fallen und fingerte nervös an ihrer Fallakte herum.

»Okay«, sagte sie. »Wie Sie mir geraten haben, hab ich als Erstes die Vielfliegerprogramme der Airlines angerufen, bin die Einträge in den Gelben Seiten nach den großen Fluggesellschaften durchgegangen. Aber als ich bei Air France war, ist mir eingefallen, dass ich mich wohl auf die Gesellschaften konzentrieren sollte, die eher kurze Flüge von SFO, Oakland und San Jose aus anbieten. Ich meine, die Houston hat ja nicht viel Gepäck mitgenommen, da wollte sie doch wohl nicht weit weg, stimmt's?«

Nicht unbedingt, aber offenbar hatte sich ihre Logik bewährt. »Erzählen Sie weiter.«

»Na ja, das hat die Aktion auch nicht besonders abgekürzt. Ich hab's probiert und probiert, bis ich bei United angelangt war. Die hatten eine Vielfliegernummer für sie im Computer.«

»Und darüber sind Sie an die Information gekommen. Wo ist sie hingeflogen?«

Sie runzelte die Stirn. »Wollen Sie gar nicht wissen, wie ich's gemacht habe?«

Sie ihren Triumph ein paar Minuten auskosten zu lassen würde niemandem wehtun, und ihre Vorgehensweise durchzusprechen war Teil ihrer Ausbildung. »Doch, natürlich. Wie denn?«

»Ich hab gesagt, ich hätte meine Vielfliegerkarte verloren

und wüsste die Nummer nicht mehr. Ich hätte nichts Schriftliches zum Nachgucken, weil ich es mir zur Regel gemacht hätte, solche Sachen gleich in den Papiermüll zu tun. Aber jetzt müsste ich wissen, ob ich genügend Meilen hätte, um zur Beerdigung meiner Tante nach Texas zu fliegen. Ich habe ziemlich fix und fertig getan, und die Frau hatte Mitleid mit mir, also hat sie die Meilen nachgeguckt. Neunundzwanzigtausendzweihundertunddrei.«

»Und dann?«

»Na ja, ich sage: ›Das klingt irgendwie nicht richtig. Ist der Flug letzte Woche nach L.A. da schon drin?‹ Und sie sagt: ›Nach L.A. ist da nichts, aber wir haben den Flug vom Mittwoch nach Portland.‹ Da ist sie, die Houston. In Portland oder Umgebung.«

»Das ist ja toll, Julia!« Ich war schon an meinem Schreibtisch, blätterte in den Gelben Seiten nach der Rubrik Fluggesellschaften.

Julia kam hinter mir her. »Ich hab nicht zu dick aufgetragen oder so?«

»Nein. Ich glaube, Sie haben sehr gute Instinkte, wie weit Sie wem gegenüber gehen können. Versuchen Sie sich mal hieran.« Ich warf ihr das Telefonbuch zu. »Rufen Sie bei United an, fragen Sie nach der Stelle für verloren gegangenes Reisegepäck. Ich weiß von einer Informantin, dass die Reisetasche der Houston nicht in Portland angekommen ist und bis gestern Abend auch nicht gefunden war. Was fragen Sie?«

»Äh ... Ich sage, ich bin sie, und ... ich sage, ich will mich vergewissern, dass sie die richtige Zustelladresse für die Tasche haben, weil sie nämlich bis jetzt noch nicht angekommen ist. Aber was ist, wenn sie inzwischen zugestellt wurde?«

»Macht nichts. Sagen Sie einfach, da muss irgendein Irrtum vorliegen –«

»Und ich möchte das mit der Adresse trotzdem sicherstellen. Wenn sie nach einer Gepäcknummer fragen, zieh ich meine Hab-ich-verloren-Nummer ab.«

Sie war gut – und tatsächlich, wie ich vermutet hatte, eine kleine Schauspielerin. Ich gab ihr den Hörer.

Sie wählte und spielte ihre Rolle, als täte sie so etwas seit Jahren. Als sie auflegte, reichte sie mir den Zettel, auf dem sie die Adresse notiert hatte.

Beach Street zweiunddreißig, Eagle Rock, Oregon.

Julia sagte: »Sie haben gesagt, die Tasche sei in Omaha gefunden worden und müsste morgen früh dort sein.«

Merkwürdig. Eine Reisetasche von mir war auch schon einmal in Omaha gelandet. Vielleicht war Nebraska ja das Purgatorium für verlorene Gepäckstücke.

Eagle Rock, Oregon. Ich rief Ted über die Sprechanlage und bat ihn, im Atlas nachzugucken. Eine halbe Minute später sagte er: »Das liegt an der Küste, etwa zwei Stunden südwestlich von Portland.«

Ich überschlug die Entfernung, verglich die Flugzeit der Zwo-fünf-zwo-sieben-Tango mit der eines Linienfluges. »Buche mir den erstbesten Flug nach Portland«, trug ich Ted auf.

Es war Freitagabend, deshalb hatte ich vor zwanzig Uhr keinen Flug mehr nach Norden gekriegt. Der Himmel war dunkel, aber klar, als ich Portland verließ, der zweispurige Highway gut markiert und griffig unter den Reifen meines Mietwagens. Etwa auf halber Strecke zur Küste, da, wo die Route 18 von der 99W abgeht, sah ich die Abfahrt McMinnville, und es versetzte mir einen Stich. Dort hatte Joey ein paar Jahre in einem Restaurant gearbeitet – vermutlich seine längste Anstellung –, und ich hatte ihm immer wieder versprochen, ihn zu besuchen und die – wie er es nannte – Weltklasseküche zu kosten. Aber ich hatte es nie getan, und jetzt war es dafür – wie für so vieles, was ich versprochen hatte – zu spät.

Als ich mich den Küstenbergen näherte, peitschten hohe Zirruswolken wie Rossschwänze über den Mond. Die Straße durchschnitt eine Wiese, mäanderte durch Wald, stieg an, fiel dann wieder ab. Dort, wo sie auf den Küstenhighway 101 stieß, sah ich mich mit einer massiven, unbeweglichen Nebelwand konfrontiert. Ich guckte auf den Meilenzähler und bog nach Norden ab, passierte langsam die an der Küste verstreuten kleinen Ortschaften: Neskowin, Oretown, Pacific City. Dann hielt ich Ausschau nach dem alten hölzernen Wasserturm, der, wie mir der aus dieser Gegend stammende Mann am Mietwagenschalter erklärt hatte, das Wahrzeichen von Eagle Rock war. Plötzlich ragte er dunkel und massiv aus dem Nebel.

Als ich mich dem Turm näherte, sah ich eine lange Reihe von Briefkästen, die an einem roh gezimmerten Holzgestell angebracht waren. Dahinter schirmten hohe Holzzäune, größtenteils von Ranken überwuchert, die Häuser zur Straße hin ab. Mächtige Bäume – irgendeine Kiefernart – bildeten einen Baldachin über einem unbefestigten Sträßchen, das in die Siedlung führte. Ich zog links rüber, hielt vor den Briefkästen und stieg aus meinem Mietwagen.

Die Briefkästen waren in Form und Größe ganz unterschiedlich: die Standardausführung der Post; Vogelhäuschen, Blechröhren, Leuchtturmnachbildungen. Manche waren mit Blumen oder abstrakten Mustern bemalt, andere verrostet und verwittert. Lücken in der Reihe deuteten auf Ferienhäuser hin, wo keine Post zugestellt wurde, und der Platz von Beach Street zweiunddreißig war leer. Ich nahm meine Taschenlampe heraus und guckte nach Namen: Die paar, die da aufgemalt waren, sagten mir nichts. Dann stieg ich wieder ins Auto und machte mich auf die Suche nach der Beach Street.

Die Häuser, die ich passierte, waren klein und überwiegend mit Brettern oder verwitterten Schindeln verkleidet. In einigen wenigen Fenstern sah ich schummriges Licht. Manche Häuschen hatten umzäunte, schmucklose Höfe, die meisten aber üppige Vorgärten, die von dem feuchten Klima profitierten. Die Quersträßchen waren nur dürftig gekennzeichnet, die Schilder verblasst und rostzerfressen. Ich leuchtete sie, langsam dahinschleichend, mit der Taschenlampe an und fand schließlich die Beach Street – einen kurzen Häuserblock, der an einer steinernen Befestigungsmauer zum Meer hin endete. Es erwies sich als unmöglich, die Hausnummern vom Wagen aus zu erkennen, also parkte ich unter den überhängenden Ästen einer Zypresse am hinteren Ende der Straße und suchte zu Fuß weiter. Der Nebel war hier so dicht, dass er das Brandungsgeräusch dämpfte. In einem Hof bellte ein Hund, als ich vorbeiging, und ein paar Blocks weiter antwortete ihm ein anderer.

Nummer zweiunddreißig war ein fahles, holzverkleidetes Haus mit einem wild wuchernden Vorgarten und einem Carport auf der einen Seite. In der Einfahrt stand ein Wagen: ein Ford Taurus, das neueste Modell, mit einem Aufkleber der Mietwagenfirma Enterprise am Heck. Ich checkte die Türen, die sich als verriegelt erwiesen, notierte mir dann das Kennzeichen.

Die Büsche im Garten waren Rhododendren, die dicht

an dicht standen und mich um einiges überragten. Ich arbeitete mich hindurch, bis ich die Vorderfront des Hauses sehen konnte. Im Erdgeschoss ein erleuchtetes Fenster mit heruntergelassenem Rouleau; im Obergeschoss ein Schlafzimmerfenster mit Licht hinter Vorhängen. Im trüben gelben Schein einer nackten Glühbirne über dem Eingang sah ich einen Umschlag zwischen Fliegentür und Rahmen stecken. Ich stieg die Stufen hinauf, schnappte ihn mir und zog mich wieder in die Büsche zurück. Der Umschlag enthielt eine Fünfdollarnote und einen mit Jody Houston unterschriebenen Zettel: »United Airlines – Bitte Tasche hier abstellen.«

Ich erwog die Möglichkeiten, zwängte mich dann durch die Büsche zurück und ging wieder zu meinem Wagen. Holte meine eigene Reisetasche und trug sie über den Fußweg zur Haustür der Houston, wobei ich den Kopf gesenkt hielt. Falls die Houston aus dem Fenster guckte, würde sie mich nicht erkennen, sondern logischerweise annehmen, ich sei die Botin der Fluggesellschaft. Ich klopfte laut an. Zuerst geschah gar nichts, aber nach etwa einer Minute hörte ich Bewegung und erratisches Atmen jenseits der Tür.

»United-Gepäckdienst, Miss Houston«, rief ich. »Danke für das Trinkgeld, aber ich brauche Ihre Unterschrift.«

Stille, dann die Stimme der Houston direkt hinter der Tür. »Ich hab doch den Zettel unterschrieben. Reicht das nicht?«

»Tut mir Leid, aber Sie kennen doch die Bürokratie – Formulare und noch mal Formulare. Wenn ich Ihre Unterschrift nicht hier auf der gestrichelten Linie stehen habe, bin ich dran.«

Resigniertes Seufzen. »Na gut.«

Eine Kette klimperte. Ich setzte die Tasche ab und wappnete mich. Die Verriegelung wurde gelöst, die Tür öffnete sich, und ich warf die Houston förmlich über den Haufen. Sie taumelte rückwärts gegen den Pfosten einer steilen Treppe, blass und mit schreckgeweiteten Augen. Dann schlug sie sich die Hand vor den Mund und sank auf die unterste Treppenstufe. Aus ihrer Kehle kam ein Wimmern.

Ich tastete nach einem Lichtschalter, knipste die Deckenlampe an. Blieb auf Distanz und sagte: »Keine Angst. Ich tue Ihnen nichts.«

Erleichterung löste langsam ihre Züge, und nach ein paar Sekunden nahm sie die Hand vom Mund. Sie hatte sich die Unterlippe blutig gebissen. »Ich … kenne Sie doch. Sie sind …?«

»Sharon McCone. Wir haben uns neulich in Rogers Apartment getroffen.«

»Oh … klar.«

»Ich habe mit Daniel Nagasawa gesprochen. Er hat mir von Ihrem Anruf erzählt. Ich habe Sie die ganze Zeit zu erreichen versucht.«

Das Blut von ihrer Lippe rann ihr jetzt übers Kinn. Sie wischte es mit den Fingern weg, putzte sich die Finger an der Jeans ab. »Wie haben Sie mich gefunden? Niemand weiß, wo ich bin, nicht mal die Freundin, der ich meine Wohnung vermietet habe.«

»Ich bin Privatdetektivin. Verschwundene Personen zu finden gehört zu meinem Beruf.« Ich reichte ihr meine Karte.

Sie steckte sie in die Tasche, ohne draufzugucken. »Was wollen Sie von mir?«

»Reden. Ich möchte Ihnen helfen.«

»Helfen? Oh, klar. Als ob Sie meine Situation jucken würde.«

»Mich ›juckt‹ die Situation jeder unschuldigen Person, die solche Angst hat, dass sie ihr ganzes Leben stehen und liegen lässt und die Flucht ergreift.«

Ihre Augen zuckten nervös hin und her. »Ich kann selbst auf mich aufpassen.«

»Das glaube ich nicht. Schauen Sie sich doch an: Sie haben sich vor Angst fast in die Hose gemacht, als ich durch die Tür gestürmt bin. Sie sind jetzt wie lange hier? Seit Mittwochabend? Ich wette, Sie haben weder die Wäsche gewechselt noch sich die Haare gewaschen oder gebadet. Waren Sie überhaupt schon mal aus dem Haus? Haben Sie genügend Lebensmittel hier?«

»Ich war draußen, verdammt noch mal! Ich habe genug zu essen!« Sie fuhr sich durchs kurz geschorene Haar und fuhr mit piepsiger Stimme fort: »Mir geht es gut.«

»Jody, ich meine es ernst, wenn ich sage, ich will Ihnen helfen.«

»Wieso sollte ich Ihnen glauben?«

»Weil Sie im Moment keine große Alternative haben.«

Die Houston führte mich nach hinten in die Küche – einen winzigen Raum mit einer Frühstücksecke, bestehend aus einem Tisch und fest installierten Sitzbänken am Fenster zum Garten. Ehe wir uns setzten, verfrachtete sie zwei volle Einkaufstüten auf die Arbeitsplatte beim Kühlschrank und warf mir dabei einen Blick zu, der besagte: »Sehen Sie – ich war draußen, ich habe zu essen.«

Weitere Rhododendren waren dicht ans Küchenfenster herangewuchert, schlugen im aufkommenden Wind gegen die Scheibe. Die Houston erschauerte und ließ das Rouleau herunter. »Diese Büsche sind echt unheimlich«, sagte sie. »Wie Hände, die durchs Fenster greifen wollen.«

»Wessen Haus ist das?«

»Das meiner Großtante. Jedenfalls war's ihrs. Sie ist neunundachtzig und im Altersheim in Portland. Letztes Jahr hat sie mir das Haus überschrieben.«

Was bedeutete, dass man es über das Katasteramt als ihres ausfindig machen konnte. Ich musste sie hier wegschaffen.

»Okay«, sagte ich, »reden wir von Roger und dem, was Sie in die Flucht geschlagen hat.«

Sie spielte nervös mit den Händen, verschränkte die Finger, löste sie wieder. Schließlich begann sie zu sprechen – stockend, mit Unterbrechungen, weil sie jedes Mal verstummte, wenn ein reales oder eingebildetes Geräusch sie erschrocken zusammenfahren ließ. Der Wind fegte um das Häuschen; die Zweige scharrten übers Fensterglas; Balken ächzten und stöhnten. Sie saß auf der Kante der Bank, bereit, beim kleinsten Anlass aufzuspringen. Ich hatte kaum je einen so verängstigten Menschen befragt.

Angefangen, sagte sie, hatte alles an einem kalten, stürmischen Tag im November letzten Jahres, als sie und Roger sich in ihrer Wohnung verkrochen, Pizza bestellt, einen Joint geraucht und Chianti getrunken hatten. Das Gras und der Wein hatten seine übliche Zurückhaltung gelockert, und er hatte, ganz gegen seine Gewohnheiten, über seinen Job geredet.

»Er erzählte, dass Dinah Vardon und er eine handfeste Auseinandersetzung gehabt hatten und Max Engstrom ihm gedroht hatte, ihn zu feuern. Nicht Dinah, nur Rog, obwohl sie ihn angegriffen hatte.«

»Hat er Ihnen erzählt, worum der Streit ging?«

»Er hatte sich für eine Frau von der Technik eingesetzt, die von Dinah zu Tränen gedemütigt worden war. Er hatte sie – Dinah – ein Monster genannt, und sie war auf ihn losgegangen und hatte ihn übel zerkratzt. Rog war stinkwütend auf sie und die anderen VIPs beim Mag, hat gesagt, er würde an die Presse gehen, publik machen, wie sie mit ihren Leuten umspringen. Ich hab ihm gesagt, da soll er mal besser hieb- und stichfeste Beweise sammeln, weil es auch bei der Presse so ist, dass eine Krähe der anderen kein Auge aushackt.«

Drei Tage vor Weihnachten hatte Roger plötzlich mit Sekt, Kaviar und Hummerschwänzen vor Jody Houstons Wohnungstür gestanden. Er hatte gesagt, er wolle feiern, dass er jetzt einen Weg gefunden habe, die nötigen Beweise zusammenzukriegen, um die Schikanen bei *InSite* öffentlich zu machen. Jody war wegen seiner manischen Art beunruhigt gewesen, hatte dann aber mitgefeiert.

»Er wollte mir nicht sagen, was genau er vorhatte – nur dass er sie alle drankriegen würde. Vieles, was er an dem Abend sagte, war mir ziemlich schleierhaft. Mit Rog war es immer, als ob er in einem Geheimcode reden würde, und manchmal musste ich mich richtig anstrengen, um zu kapieren, was er meinte. Sein Hirn funktionierte irgendwie anders als meins – einer der Gründe, warum ich ihn nie hätte lieben können. Ich meine, man muss doch wenigstens verstehen können, was der Mensch, den man liebt, redet.«

Zu Beginn des neuen Jahres, fuhr Jody fort, habe sie Roger zum Essen eingeladen. Da sei er wieder total daneben, gereizt und mit sich selbst beschäftigt gewesen. Als sie ihn gefragt habe, was denn sei, habe er das Ganze zuerst als Einbildung ihrerseits abgetan. Als der Abend fortgeschritten und der Wein reichlich geflossen sei, habe er dann aber gestanden, dass sein Vorhaben, die Schikanen bei *InSite* öffentlich zu machen, in der Sackgasse stecke.

»Er hatte irgendwelche Sachen rausgefunden, aber wenn er sie zusammensetzen wollte, kam einfach nichts Logisches dabei raus. Und er war irgendwie auf die falsche Bahn geraten, hatte jemanden gezwungen, was Unrechtes für ihn zu tun, und jetzt stand die Karriere der betreffenden Person auf dem Spiel.«

»Genaueres hat er nicht gesagt?«

»Nein. Rog konnte ganz schön geheimniskrämerisch sein. Ich hab ihm gesagt, vielleicht sollte er's einfach aufgeben und sich nach einem neuen Job umschauen. Aber er hat gesagt, das könnte er nicht. Wenn er was angefangen hätte, könnte er's nicht einfach hinschmeißen.«

»Und was geschah dann?«

»Ich hab alles vermurkst.«

Später im Januar war Roger dann optimistischer geworden. Er hatte Jody erklärt, er habe bei *InSite* etwas zum Himmel Stinkendes entdeckt – etwas viel Schlimmeres als nur die miese Behandlung der Beschäftigten – und es sei nur eine Frage der Zeit, bis er die Beweise hätte, um es publik zu machen. Wieder hatte er nichts Genaueres sagen wollen, nur dass es eine große Sache sei. Er hatte ihr die verschiedenen Möglichkeiten dargelegt und gesagt, er wolle am liebsten an die Printmedien gehen, da es schwer sei, so etwas an eine Online-Publikation oder gar ans Fernsehen zu verkaufen. Der *Chronicle*, hatte er befunden, sei der ideale Ort.

»Hat er sich dort mit irgendjemandem in Verbindung gesetzt?«

»Nicht dass ich wüsste. Mir war, ehrlich gesagt, bei der ganzen Sache ziemlich unwohl. Er war total besessen davon, sich an diesen Leuten zu rächen, und ich habe mich gefragt, wie viel von all dem vielleicht nur seiner Phantasie entsprungen war.«

Am letzten Freitag im Januar hatte Jody einen Anruf von Max Engstrom bekommen, sie möge doch bitte in sein Büro kommen, um über ihren letzten Freelance-Auftrag zu sprechen. Dort lehnte er dann, in Anwesenheit von Jorge Amaya und Lia Chen, ihre Graphiken zu einer Story über den kalifornischen Wohnungsmarkt mit der Begründung ab, sie entsprächen nicht den Qualitätskriterien des Magazins.

»Ich war stinksauer. An meiner Arbeit gab es nichts auszusetzen. Ich hatte mich ziemlich abmühen müssen, um was zustande zu bringen, das visuell interessant war, und hatte deshalb länger gebraucht als geplant. Und ich war auf ihren Scheck angewiesen, um ein paar überfällige Rechnungen zu bezahlen. Zuerst hab ich versucht, vernünftig zu argumentieren, aber Max hat mir überhaupt nicht zugehört.«

Während der Besprechung hatte Engstrom die meiste Zeit mit dem Rücken zu Jody dagestanden und aus seinem Bürofenster auf den Bienenkorb im Erdgeschoss hinuntergestarrt. Jorge Amaya hatte seine Fingernägel inspiziert und verlegen gegrinst. Lia Chen hatte sich gewunden und niemandem in die Augen geguckt. Als Engstrom Jody mit einer herrischen Handbewegung entlassen und erklärt hatte, für ihn sei die Sache entschieden, war ihr der Kragen geplatzt.

»Mir sind einfach die Pferde durchgegangen. Ich hab ihn angepfiffen, hab gesagt, das Problem des Magazins sei es, dass die Leute an der Spitze sich einen Dreck um die Beschäftigten und Freelancer kümmern würden – ja, dass sie Spaß daran hätten, sie zu verletzen und zu demütigen. Max hat erklärt, dafür hätte ich keine Beweise, und da habe ich gesagt, die Kratzer, die Dinah Vardon Rog beigebracht hätte, seien ja wohl Beweis genug. Und dann habe ich den größten Fehler meines Lebens gemacht.«

»Nämlich ...?«

»Ich habe gesagt, sie täten gut daran, Dinah dazu zu bringen, nicht noch mal ihre Krallen gegen Roger auszufahren, und auch den anderen zu sagen, sie sollten sich vorsehen, denn Rog und ich hätten Beweise für alles, was bei *InSite* lief, und könnten sie böse in die Pfanne hauen. Und dann bin ich rausgestapft.«

Am Abend hatte Jody Roger gebeichtet, was sie gesagt hatte. Er war zuerst schockiert gewesen, hatte sich aber schnell wieder gefangen und die Sache heruntergespielt. Sie hatte vorgeschlagen, er solle doch, wenn ihn jemand fragte, sagen, das seien nur leere Drohungen von ihr, und er hatte gesagt, so werde er es machen. Und außerdem werde er beim Sammeln der letzten Beweise besonders vorsichtig sein.

»Aber nach diesem Abend war zwischen uns alles anders. Er ging mir aus dem Weg. Wenn wir uns zufällig trafen, war er höflich, aber er lehnte immer ab, wenn ich ihn auf einen Drink oder zum Essen einladen wollte. Dann, am Valentinstag, stand er so gegen zehn Uhr abends plötzlich vor meiner Tür. Ich dachte, er wollte sich dafür entschuldigen, dass er mich die ganze Zeit ignoriert hatte, aber er fragte nur, ob er von meinem Computer aus ein paar E-Mails verschicken könnte, sein Server sei zusammengebrochen. Er war fünf oder zehn Minuten in meinem Arbeitszimmer, dann bedankte er sich und ging. Ich wollte ihm zuerst nachgehen, ihm eine Flasche Wein zum Valentinstag bringen. Ich meine, unsere Freundschaft war mir wichtig. Irgendwie hing ich sehr an ihm, auch wenn ich nicht in ihn verliebt war. Aber dann dachte ich, ach, scheiß drauf. Er hat mich nur benutzt, weiter nichts. Also bin ich nicht raufgegangen, und so um halb zwölf hörte ich den Lift von seinem Stockwerk runterfahren. Und am nächsten Morgen war es in den Fernsehnachrichten: Roger Nagasawa, Sohn des prominenten …«

»Hey, nicht weinen.«

»Kann nicht anders.«

»Diese E-Mails, hat er die auf Ihrem Computer gelassen oder gelöscht?«

»Er hat sie gelöscht … Oh, Gott, ich weiß nicht, was ich tun soll!«

»Inwiefern?«

»Ich weiß nicht, wem ich trauen soll.«

»Versuchen Sie's mit mir.«

»Aber woher soll ich wissen …? Ich stecke in schlimmeren Schwierigkeiten, als Sie sich vorstellen können.«

»Dann brauchen Sie meine Hilfe, um da rauszukommen.«

»… Okay. Gut. Aber bevor ich noch irgendwas sage, muss ich Ihnen was zeigen. Ich hol's eben. Es ist oben.«

Sie stand auf und ging den Flur entlang. Ich wartete, lauschte den Windböen und dem Klappern der Fenster. Ein Dachbalken knackte laut, und ich sah ängstlich an die Decke. Als die Houston nach ein paar Minuten immer noch nicht zurück war, ging ich ihr hinterher.

Das Obergeschoss bestand aus einem einzigen Raum mit einem Mansardenfenster zur Straße. Das Fenster war offen, die Houston verschwunden.

Samstag, 21. April

Die weißen Gardinen bauschten sich, und ich spürte Nebelfeuchte im Gesicht. Irgendwo im Untergeschoss schlug eine Uhr – ein Mal, zwei Mal, zwölf Mal im Ganzen.

Punkt Mitternacht.

Ich lief ans Fenster und schaute hinaus. Von der Houston keine Spur. Ein Fallrohr führte dicht am Schrägdach der Eingangsveranda vorbei; von dort konnte man sich ohne weiteres zu Boden lassen. Ich rannte die Treppe hinunter und nach draußen. Der Taurus stand immer noch in der Einfahrt.

Was war hier abgelaufen?

Die Houston war zuerst nicht bereit gewesen, mir zu trauen, aber dann hatte ich das Gefühl gehabt, sie überzeugt zu haben. Was konnte sie, verängstigt, wie sie war, dazu gebracht haben, zu Fuß in die Nacht hinaus zu flüchten – ausgerechnet in dem Moment, als sie kurz davor stand, mir ihre Ängste anzuvertrauen und die Hilfe zu bekommen, die sie brauchte?

Ich starrte ins Schattendunkel, dann auf den Erdboden. Irgendetwas stimmte hier nicht. Die Reisetasche, die ich aus meinem Wagen geholt hatte, um mich als Botin der Fluggesellschaft auszugeben, stand nicht mehr dort, wo ich sie abgesetzt hatte, ehe ich durch die Tür gestürmt war. Ich spähte ins Gebüsch, ging den Fußweg entlang und suchte beide Seiten ab. Nichts. Hatte die Houston sie mitgenommen?

Die kleine Mikrofasertasche, die sich immer im Kofferraum meines MG befand – für den Fall, dass ich wie heute in irgendwelchen Ermittlungsangelegenheiten überraschend verreisen musste –, enthielt nichts Wichtiges. Toilettenzeug, eine Jeans, T-Shirt und Unterwäsche zum Wechseln, ein Trikotkleid und Schuhe für nahezu jede Gelegenheit. Das kleine Klarsichtfach enthielt meine Geschäftskarte, und in einer Seitentasche steckten ein paar kursorische Ermittlungsnotizen, die ich im Flugzeug gemacht hatte. Das war alles.

Ich kehrte ins Häuschen zurück, verriegelte die Tür und ging wieder nach oben. Prüfte die Aussicht vom Fenster. Die Houston hatte den Vorgarten und den größten Teil der Straße sehen können. Hatte sie dort draußen jemanden entdeckt? War sie zu oder vor dieser Person geflohen? Auf dem Fußboden standen ein Koffer und eine große Leinentasche, beides noch weitgehend unausgepackt. Was die Houston herausgenommen hatte, hing über einem Korbstuhl. Das Bettzeug war zerwühlt; Jody hatte mit ihren Dämonen gekämpft. Ich sah das Gepäck durch, fand aber nichts von Belang.

Im Untergeschoss gab es ein kleines Bad; auf der Ablage lag ein Sammelsurium von Toilettengegenständen herum. Neben der im Ladegerät steckenden elektrischen Zahnbürste stand ein Fläschchen mit verschreibungspflichtigen Pillen: Ambien, ein leichtes Schlafmittel. In einem ansonsten leeren Kulturbeutel fand ich eine Packung Antibabypillen. Denkbar, dass die Houston noch einmal zurückkommen würde, um diese Medikamente zu holen; vielleicht beobachtete sie ja das Häuschen, wartete, dass ich davonfuhr.

In der Küche öffnete ich das Fenster der Frühstücksecke einen kleinen Spalt. Dann machte ich alle Lichter aus, ging zur Vordertür hinaus, stieg in meinen Mietwagen und fuhr los. Drei Grundstücke weiter kreuzte eine Alley die Beach Street; die Häuser bis dorthin waren verrammelt und dunkel. Ich fuhr zwei Blocks weit, parkte an der Befestigungsmauer zum Meer, schlug zu Fuß einen Bogen zurück zu der Alley und folgte ihr bis zur Beach Street. In keinem der Häuser, an denen ich vorbeikam, ging Licht an; nirgends bellte ein Hund; ich sah niemanden auf der Straße. An der Beach Street schlich ich durch die hinteren Gärten der Nachbarhäuser zu Jodys Grundstück und schlüpfte durch die Büsche zu dem Fenster, das ich offen gelassen hatte. Schob das Fenster hoch und kletterte hinein.

Im Häuschen war es so still, dass ich die Uhr vorn im Wohnzimmer ticken hörte. Durch das offene Fenster oben war Kälte bis ins Erdgeschoss gedrungen; im Luftzug lag der Geruch von kalter Asche, Trockenfäule und Schimmel. Ich schloss das Küchenfenster und tastete mich leise durch den Gang nach vorn. Die Uhr schlug die halbe Stunde.

Als ich in der Diele anlangte, hatten sich meine Augen bereits an das Dunkel gewöhnt. Zu meiner Linken führte die Treppe nach oben, und jenseits der Treppe war ein Bogendurchgang, vermutlich zu einem Wohnzimmer. Ich betrat den Raum, erkannte die Lehne eines Sofas und einen bauchigen Ofen. Die Uhr – verschnörkelt und hässlich – stand auf einem runden Tisch am Fenster. Ich ging hin und spähte durch die heruntergelassene Jalousie. Nichts als die wackelnden Rhododendrenzweige und der Taurus in der Einfahrt.

Ich beschloss, mir die gesteppte Tagesdecke zu holen, die ich oben auf dem Bett gesehen hatte, und auf dem Sofa zu kampieren, für den Fall, dass Jody zurückkam. Doch zwischen Sofa und Ofen rutschte ich aus. Auf den Dielen war etwas Glitschiges. Ich bückte mich. Es roch –

Wie Blut.

Ich kramte in meiner Umhängetasche nach der Taschenlampe, leuchtete hin. Es war Blut, unverkennbar, und zwar eine ganze Menge. Klebrig, halb geronnen. Ich schwenkte den Lampenstrahl im weiten Bogen und sah Wischspuren im Staub auf den Dielen, als ob jemand etwas Schweres über den Boden geschleift hätte ….

Ich folgte den Spuren in die Diele, bis an die Stelle, wo sie endeten. Unter der Treppe war eine Holzwand. Schwarze Eisenangeln und ein Riegel zeigten eine Tür an. Ehe ich den Riegel berührte, zog ich mir den Sweatshirtärmel über die Hand, um keine Fingerabdrücke zu hinterlassen.

Es war ein kleines Kabuff mit schräger Decke. An Wandhaken hingen Mäntel, Kopfbedeckungen und Schirme. An der Rückwand waren Pappkartons gestapelt, und vor den Kartons lag ein Mann. Ihn umgab eine absolute Stille – Totenstille. Der Flickenteppich, auf dem er hierher geschleift worden war, war über seinen Kopf geworfen, und er trug –

Diesen Pullover kannte ich. Oder jedenfalls seinen Zwilling, der von der Sprinkleranlage bei *InSite* und dann vom Regen draußen durchweicht worden war.

Zuerst konnte ich mich nicht rühren. Dann kniete ich mich, gegen Übelkeit ankämpfend, hin und zog den Teppich von seinem Kopf. Die widerspenstigen Haare um seinen Wirbel zitterten. Ich fühlte seine Halsschlagader, fand keinen Puls. Er war bereits kühler als normal, aber noch nicht kalt. Ich drehte ihn um, starrte in leere Augen, die schon glasig waren. Vorn auf dem Pullover war geronnenes Blut.

Ich schloss die Augen, fand aber auch im Dunkel keinen Trost. Ich legte ihn so hin, wie er gelegen hatte, deckte den Teppich wieder über seinen Kopf und erhob mich. Schwindel überkam mich; ich wankte zur Treppe und sank auf die unterste Stufe.

Warum, JD? Warum? Was hast du hier gewollt?

Natürlich lag die Antwort auf der Hand. Ich hatte ihn gebeten, sich wegen der beiden verschwundenen Frauen umzuhören. Er hatte seine Informanten kontaktiert, war auf eine Spur gestoßen – vermutlich, weil jemand von Jodys Häuschen wusste – und noch vor mir hierher geflogen, auf der Jagd nach einer Story. Was zwischen ihm und der Houston abgelaufen war und warum sie ihn umgebracht hatte – darüber konnte ich nicht einmal spekulieren. Das wusste nur Jody, und die war jetzt wieder auf der Flucht.

Ich hatte ihr abgenommen, dass sie um ihr Leben fürchtete. War auf ihre nervösen Seitenblicke und ihr Zusammenschrecken hereingefallen. Hatte es für echte Panik gehalten, während sie mir in Wirklichkeit nur etwas vorspielte, bis ihr eine Möglichkeit eingefallen war, aus dem Haus zu fliehen. Angst hatte die Houston nur davor gehabt, dass ich die Leiche in ihrem Schrank entdecken könnte.

Die Leiche eines Mannes, mit dem ich fast zehn Jahre befreundet gewesen war.

Wir hatten uns auf einer Party bei einem gemeinsamen Freund kennen gelernt, und als ich ihm ein Kompliment wegen eines Features machte, das mir vor kurzem aufgefallen war, war er vor Freude ganz rot geworden und hatte ausgerufen: »Niemand achtet je darauf, von wem Artikel sind. Kein Mensch!« Und ich hatte gesagt: »Ich schon.«

Einmal hatte er mich zu einer Undercover-Reportage über Schnorrer mitgenommen. Wir hatten fünf Dollar und zweiundsechzig Cent ergattert und anschließend für Pizza und Cola ausgegeben.

Alljährlich hatte er mich zum Spendensammeln für ein von ihm unterstütztes Alphabetisierungsprojekt rekrutiert. Wir hatten immer gewitzelt, dass ich vom Schnorren mehr verstand als vom Fundraising.

Vor zwei Jahren hatte er mich, weil er von seiner eigentlich vorgesehenen Begleiterin versetzt worden war, zu *der* Wohltätigkeitsveranstaltung der Stadt mitgenommen, dem Black & White Ball. Wir waren uns den ganzen Abend gegenseitig auf den Füßen herumgetrampelt.

Im letzten Herbst hatte er Hy und mich in Touchstone besucht, und wir hatten eine Tour per Boot gemacht, um Wale zu beobachten. Noch keine Viertelstunde von Point Arena entfernt, hatte JD angefangen, sich zu übergeben. Im kommenden Herbst hatte er es noch einmal versuchen wollen, mit Medikamenten gegen Seekrankheit –

Ich schloss die Augen, und heiße Tränen quollen zwischen meinen Lidern hervor. Ein Schluchzen kam aus meiner Kehle, erstickt und jämmerlich in dem leeren Haus. Es dauerte ein paar Minuten, bis ich mich wieder so weit unter Kontrolle hatte, dass ich mein Handy herausnehmen und die Polizei rufen konnte.

»Das kompliziert die Dinge beträchtlich«, sagte Glenn Solomon. »Verstehen Sie mich nicht falsch. Ich fühle durchaus mit Ihnen, was den Tod Ihres Freundes betrifft, zumal er so dicht auf den Suizid Ihres Bruders folgt. Aber ich muss die Situation aus der Sicht meines Klienten betrachten.«

Es war kurz vor dreiundzwanzig Uhr, und wir saßen an einem großen Edelstahltisch in der Küche von Glenns Wohnung am Russian Hill. Im Gegensatz zu seiner Kanzlei, die voller antiker Mahagonimöbel und Orientteppiche war, um selbst auf den nervösesten Mandanten eine beruhigende Wirkung zu haben, war diese Wohnung ultramodern und schick, geprägt von den kühnen, kräftigen Farben und klarlinigen Möbeln, die das Markenzeichen seiner Frau, der Innenarchitektin Bette Silver, waren.

Glenn griff zur Fernbedienung und stellte den unter einen Hängeschrank montierten Fernseher an – einen von insgesamt drei Apparaten in dem großen Raum. Ein Lokalnachrichtensprecher mit gelacktem Haar war am Reden. Seine Miene war ernst, aber aus seinen Augen blitzte jene Fröhlichkeit, die eine saftige Story bei diesen Leuten hervorruft. Dann kam ein Foto von JD, und ich guckte auf die vor mir ausgebreiteten Akten.

»Sie haben die Story von ihrem Studio in Portland übernommen«, erklärte Glenn. »Morgen wird sein Bild auf der Titelseite des *Chronicle* sein, nebst Kommentaren seines Ex-Chefredakteurs, diverser Kollegen, seiner Grundschullehrerin und des Hundes der Familie. Sie tragen gern dick auf, wenn einer der ihren ins Gras beißt.« Er guckte zu mir herüber, sah meinen Schmerz. »Sorry. War ganz allgemein gesprochen.«

Die Stimme des Nachrichtensprechers dröhnte weiter, aber ich hörte nur Phrasenfetzen: »... in einer abgelegenen Ortschaft an der Küste von Oregon ... altgedienter Reporter ... zwei Mal für den Pulitzer-Preis nominiert ... von einer Besucherin in dem Haus gefunden, vor dem sein Mietwagen parkte ... genaue Personenbeschreibung der Hauseigentümerin Jody Houston, die sich in der Gegend aufgehalten haben soll ... sachdienliche Hinweise bitte an ...«

Glenn stellte den Fernseher ab. »Gut, dass das Sheriff's

Department dort oben bereit war, Ihren Namen rauszuhalten, aber es wird nicht lange dauern –«

»Hören Sie, können wir jetzt bitte diese Akten durchgehen?« Meine Stimme war rau von unterdrückten Emotionen.

Glenn hörte es. »Natürlich. Rekapitulieren Sie einfach von Anfang an.«

Ich blätterte mich durch die Dokumente und Transkripte, resümierte das Wichtigste und schloss mit meinem gestrigen Gespräch mit der Houston. Als ich fertig war, stand Glenn auf, holte eine Flasche Cognac und stellte sie, zusammen mit zwei Cognacschwenkern, zwischen uns. »Schlussfolgerungen?«, fragte er.

»Ein paar. Vorläufiger Natur. Erstens glaube ich, dass mir die Houston, was Roger angeht, die Wahrheit gesagt hat, wenn auch nicht die ganze.«

Er zog skeptisch eine Augenbraue hoch, während er uns einschenkte.

»Sie war in Panik, weil sie JDs Leiche im Kabuff liegen hatte – viel zu panisch, um sich eine solche Geschichte aus den Fingern zu saugen. Also erzählte sie mir Teile dessen, was sie wusste, in der Hoffnung, dass ich mich damit zufrieden geben und verschwinden würde.«

»Ein Körnchen Wahrheit dürfte wohl wirklich dran sein.«

»Mehr als nur ein Körnchen. Es passt zu Dingen, die mir andere Leute über Roger erzählt haben. Hören Sie mal.« Ich blätterte bis zur ersten von mehreren Heftklammern, die ich an bestimmte Seiten gesteckt hatte. »Ich zitiere wörtlich aus den Aussagen seiner Freunde und Bekannten. ›Rog war im Grunde ein feiner Kerl. Hochanständig. Einmal hat er mir erzählt, er wollte immer schon jemand sein, der für das

Gute eintritt. Danach hat er auch gehandelt. Er ist sogar einmal im Monat Blut spenden gegangen. Wer tut das schon?‹« Ich blätterte zur nächsten Heftklammer. »›Er kam mir immer so naiv vor. Aber auf eine sympathische Art. So leicht schockiert von Sachen, die andere als Selbstverständlichkeit nehmen, zum Beispiel von nicht ganz astreinen Geschäftspraktiken. Und wenn er den Schock verwunden hatte, wurde er wütend.‹ Und eine andere Bekannte sagt: ›Als ich ihn das erste Mal traf, wirkte er ziemlich depressiv, aber im letzten Herbst hat er sich verändert, wirkte die meiste Zeit, als ob er high wäre. Vielleicht hat er Prozac genommen?‹«

»Hat er?«, fragte Glenn.

»Laut seinem Arzt und dem Autopsiebericht nicht. Ich glaube, es war eine natürliche Euphorie, weil er sich entschlossen hatte, den hohen Tieren bei *InSite* eins auszuwischen. Hier ist eine bezeichnende Aussage: ›Ob Roger schon länger depressiv war, bevor er sich umgebracht hat? Ich schätze, schon. Ich meine, sind nicht alle Selbstmörder depressiv? Aber er war nicht so depressiv, dass sich jemand von uns Sorgen gemacht hätte. Er wirkte so .... na ja, mir fällt nur das Wort zielstrebig ein. Als ob er vielleicht seine Angelegenheiten geordnet hätte oder was.‹ Und das hier ist noch aufschlussreicher: ›Ja, Rog war gegen Ende echt still und irgendwie ganz auf seine Sachen konzentriert. Als ob er einen Plan gehabt und ihn minutiös durchgeführt hätte. Aber als ich ihn das letzte Mal sah, vor seinem Haus, an dem Abend, an dem er dann von der Brücke gesprungen ist, da wirkte er ... na ja, traurig. So richtig tieftraurig, wie Leute sind, wenn sie das Gefühl haben, dass all ihre Träume geplatzt sind. Ich meine nicht das Zehn-Millionen-Dollar-Haus oder den neuen Benz oder die Yacht – das Zeug, dem die Silicon-Valley-Tycoone von gestern hinterhertrauern. Was Rog verloren hatte, war viel mehr als Geld. Vielleicht hatte er ja das Gefühl, sich selbst verloren zu haben.‹«

Ich klappte die Akte zu, wartete auf Glenns Kommentar.

»Okay«, sagte er, »das stützt tendenziell, was Ihnen die Houston erzählt hat. Und es zeigt einen anderen Roger als den, den ich kannte. Ich habe beispielsweise, ehe ich sein Tagebuch las, nicht geahnt, dass ihn die Idee des Selbstmords immer schon fasziniert hat.«

»Davon haben seine Eltern auch nichts geahnt.«

Glenn schloss die Augen, zitierte aus dem Gedächtnis: »›Die Umstände. Das Versagen. Ich wollte, ich könnte das alles rückgängig machen.‹« Als er mich wieder ansah, waren seine Augen feucht.

Ich umfasste seine Hand, und nach einigen Sekunden legten sich seine Finger um meine. Wie oft hatte er diese Worte gelesen? Er musste seinen Patensohn sehr gern gehabt haben.

Nach einer Weile sagte er: »Ich verstehe, worauf Sie hinauswollen, meine Liebe. Rogers Leben war nicht annähernd so gelaufen, wie er es sich vorgestellt hatte. Die Frau, die er liebte, liebte ihn nicht. Er war desillusioniert und von vielen Menschen enttäuscht und angewidert. Bei der Attraktion, die der Selbstmord auf ihn ausübte, war er die logische Konsequenz.«

Ich nickte.

»In der letzten Woche habe ich die Literatur über den *Karoshi*-Prozess von Tokio gründlich studiert. Die Klagebegründung würde sich zwar auf Rogers Arbeitssituation, so wie Daniel und Margaret sie sehen, übertragen lassen, ist aber mit dem, was Sie herausgefunden haben, nicht vereinbar. Ich bezweifle sehr, dass ich diesen Prozess als Präzedenzfall für ein Vorgehen gegen das Magazin heranziehen könnte – oder überhaupt eine Schadensersatzklage durchbringen könnte. Aber hier geht es doch um mehr, wie sich aus der Angst dieser Houston und dem Mord an JD schließen lässt.«

»Ja.«

»Dann werden wir dranbleiben. Buddeln Sie weiter. Finden Sie heraus, was das für eine Entdeckung war, die Roger so traurig machte. Und warum diese Frau Ihren Freund umgebracht hat.« Er seufzte tief und sah jetzt sehr müde aus. »Schon spät. Ich denke, Sie bleiben heute Nacht besser hier.«

»Warum?«

»Die Presse hat Mittel und Wege, Dinge sehr schnell herauszufinden, und selbst bei den besten Polizeiorganen gibt es undichte Stellen. Womöglich kampieren bereits Reporter vor Ihrer Haustür.«

»Das lässt sich feststellen.« Ich ging zum Wandapparat und wählte die Nummer der Curleys, meiner Nachbarn, deren Tochter Michelle nach meinem Haus und meinen Katzen sah, wenn ich weg war. Michelles Mutter Trish teilte mir mit, dass Channel 7 zuerst da gewesen sei, dicht gefolgt vom Team von Channel 4, dem sie habe untersagen müssen, ihre Einfahrt zu blockieren.

»Chelle hat die Katzen in Sicherheit gebracht und das Haus verriegelt«, fügte sie hinzu. »Und sie hat ihren Spaß daran, die Reporter anzumotzen. Was brauchen Sie?«

»Nichts, vorerst. Aber ich melde mich morgen wieder. Sagen Sie Michelle vielen Dank.«

Ich legte auf, und als ich mich umdrehte, sah ich Bette Silver in die Küche kommen – eine schlanke Person mit einer Flut von weißblondem Haar, in einen leuchtend lila Kimono gewandet. Ein ähnliches Kleidungsstück in verschiedenen Grüntönen hing über ihrem Arm.

Sie sagte: »Kommen Sie, meine Liebe, ich zeige Ihnen unser Gästezimmer.«

Sonntag, 22. April

»... hat eine überraschende Wendung genommen, da es sich nach Erkenntnissen unseres Nachrichtenteams bei der Person, die Smiths Leiche entdeckte, um die in San Francisco ansässige Privatermittlerin Sharon McCone handelt. Die bekannte Detektivin, deren Fälle vielfach nicht nur ein regionales, sondern auch ein bundesweites Presseecho fanden, stand bislang für eine Stellungnahme nicht zur Verfügung. Spekulationen zufolge könnte sie mit Smith in einem Fall zusammengearbeitet haben, in den die Eigentümerin des Todeshauses, die ebenfalls in San Francisco wohnhafte Webdesignerin Jody Houston, involviert war. Was beide jedoch unabhängig voneinander in die abgelegene Ortschaft Eagle Rock geführt hat –«

»Quatsch!« Glenn stellte den Fernseher ab. »›Todeshaus!‹ ›Spekulationen!‹ Was ist aus dem guten alten Wer-was-wann-wo-Wie geworden?«

Ich antwortete nicht, starrte nur düster auf den French Toast, den Bette mir vorgesetzt hatte. Ich hatte mich darauf gefreut, fühlte mich jetzt aber nicht in der Lage, auch nur einen Bissen herunterzubringen.

Glenn ging sein Frühstück mit einem Appetit an, den die Empörung nur zu steigern schien. »Wenn man keine Nachrichten hat, erfindet man welche – das ist doch heutzutage die Grundregel. Gucken Sie sich doch mal an, wie sie diese Stromkrise aufgeblasen haben. Mich rufen Leute aus aller Welt an, um mich zu fragen, ob ich jetzt bei Kerzenschein lese wie Abe Lincoln. Ich sage dann, die Einzigen, die hier umnachtet sind, sind die, die nicht glauben, dass das eine Verschwörung der Elektrizitätsgesellschaften ist, um die Strompreise hochzutreiben und ihre Taschen zu füllen.«

»Beruhige dich, Schatz«, sagte Bette. »Die Folgen der Deregulierung –«

»Pah!«

Ich sagte: »Na ja, ich versuche jetzt, Energie zu sparen.«

»Weil Sie – wie Bette und ich – Gemeinsinn haben. Aber auf jeden von uns kommen ein Dutzend Leute, die das einen feuchten Kehricht kümmert. Und die Lichter brennen ja noch, oder?«

»Die Blackouts –«, hob Bette an.

»Treten nur dann ein, wenn die Stromgesellschaften unter Beschuss stehen und fürchten, ihr Ding nicht durchziehen zu können. Eine Verschwörung, ganz schlicht und einfach.«

Bette verdrehte die Augen. Glenn wartete immer noch darauf, dass endlich die Wahrheit über die Kennedy-Morde und zahllose weitere Geschehnisse ans Licht käme, und sie war seine Tiraden gewohnt.

Statt ihn auf dieser Schiene fortfahren zu lassen, sagte ich: »Bei dem Medieninteresse an meiner Person – wie soll ich da in dieser Sache weiterermitteln? Inzwischen lauern sicher schon Reporter beim Piergebäude und rings um mein Haus.«

»Schlagen Sie Ihr Quartier vorübergehend woanders auf. Hier sind Sie herzlich willkommen. Stimmt's, Bette? Wir haben jede Menge Platz, Fax, Computer –«

»Nein. Ich habe mit einer ganzen Reihe Leute über Roger gesprochen. Es wird nicht lange dauern, bis die Presse das spitzkriegt – und auch, dass ich für Sie arbeite.«

»Dann gehen Sie zu Freunden. Was ist mit Ricky Savage und seiner Frau? So ein Superstar hat doch bestimmt erstklassige Security.«

»Ich bin nicht bereit, Menschen, die ich mag, in meine Ermittlungen hineinzuziehen. Und wenn sie noch so gut abgeschirmt sind.«

»Verständlich. Ein Hotel? Nein, da ist das Entdeckungsrisiko zu groß. Was ist mit Ihrem anderen Haus – Touchstone?«

»Glenn, Touchstone liegt über drei Stunden von hier, in Mendocino County. Da müsste ich hin und her fliegen –«

»Stimmt. Was dann?«

»Ich habe da eine Idee.«

Jahrelang hatte Renshaw und Kessell International im Firmengebäude in der Green Street eine Gästesuite unterhalten, für Klienten, die sich aus irgendeinem Grund gefährdet fühlten. Seit Hy Teilhaber der Firma war, operierte er mehr von der hiesigen Filiale als von der Zentrale in La Jolla aus, und er hatte in dem ausgebauten Lagerhaus am Fuß des Telegraph Hill Sicherheit zur obersten Priorität erhoben. Nachdem das Gebäude im letzten Herbst von einem fahrenden Auto aus beschossen worden war, was zwar keinen Blutzoll gefordert, dem in der Suite untergebrachten Klienten und den RKI-Leuten aber einen beträchtlichen Schock versetzt hatte, war Hy zu dem Entschluss gekommen, den Unterschlupf an einen schwerer auszumachenden Ort zu verlegen.

Als ich meinen MG in der Garage des RKI-Apartmenthauses, Ecke Twenty-eighth Avenue und Balboa, abgestellt hatte und durch die Tür zur Eingangshalle trat, dachte ich, wie klug es doch von Hy gewesen war, gerade diese Gegend zu wählen. Das hier war sicher nicht die Umgebung, in der man den von Kidnappern bedrohten Direktor eines multinationalen Konzerns oder den abgesetzten Präsidenten eines Dritte-Welt-Landes und seine Entourage vermuten würde.

Der Richmond District, wie diese Gegend heißt, lag lange abseits des Mainstream-San-Francisco. Ursprünglich vor allem von russischen Einwanderern bewohnt – und mit einer ganzen Reihe orthodoxer Kirchen bestückt –, wurde er im Lauf der Zeit von verschiedenen ethnischen Gruppen übernommen, insbesondere von Asiaten. Doch mit dem Zusammenbruch der UdSSR schwoll der Zustrom russischer Immigranten wieder an, da aus Osteuropa abwandernde Familien zu ihren Verwandten in Kalifornien stießen.

Trotz der kulturellen Vielfalt gilt dieses Viertel allgemein als eine eher öde, neblige Gegend, wo alte Leute mitten im Sommer mit Mantel, Hut und Schal herumlaufen. Cafés, Clubs und schicke Restaurants konnten hier nicht Fuß fassen. Die Geschäfte bedienen nur die Grundbedürfnisse. Hierher verirren sich keine Sightseeing-Busse. Hier ist einfach nichts los, und das macht Richmond zum idealen Standort für einen sicheren Unterschlupf.

Ich hatte von Glenns Wohnung aus in der Green Street angerufen und gefragt, ob alle drei Apartments belegt seien. Nein, beschied man mich, im Apartment im ersten Stock wohne derzeit ein Klient, aber der zweite Stock sei frei. Ich sagte, Mr. Ripinsky habe mich autorisiert, dort unterzuschlüpfen, wenn Platz sei, und der Mann in der Telefonzentrale fragte nicht weiter nach. Er wusste von Hys und meiner Beziehung: Ich ging im Firmengebäude aus und ein und setzte oft ihre Leute für Aufgaben ein, auf die sie sich besser verstanden als meine eigenen.

Das Haus stammte aus den dreißiger Jahren, und die Eingangshalle – mit rissigem gelbbraunen Putz, abgetretenem Teppichboden und schartiger Holzvertäfelung – war seit den Sechzigern nicht mehr renoviert worden. Dieses nobel-vergammelte Flair war Absicht, und kaum jemand hätte die gut getarnten Überwachungskameras und kugelsicheren Scheiben bemerkt. Nur die Monteure hätten das Gewirr von Leitungen aufzuspüren vermocht, das die Alarmanlagen, Bewegungsdetektoren und Abhörvorrichtungen speiste. Die Glasscheibe einer Tür gegenüber vom Garagenzugang war mit verschossenem, geblümtem Chintz bespannt, aber als ich die Tür öffnete, stand ich vor einer Batterie von Monitoren, die eines gut gesicherten Gefängnisses würdig gewesen wäre.

Allen Lu, der die Monitore überwachte, sah auf und nickte mir zu. Er war legerer gekleidet als die Leute drüben in der Green Street, aber sein rotbraungrauer Blazer – die Uniform des gemeinen RKI-Personals – hing griffbereit über einer Stuhllehne, für den Fall, dass höherer Besuch kam.

»Hey, Miss McCone«, sagte er. »Die drüben haben mir schon gesagt, dass Sie kommen.« Lus Augen huschten wieder zu einem der Monitore, wo ein stattlicher Mann mit zerrauftem Haar in einem Zimmer auf und ab wanderte und hektisch an einer Zigarette zog. Normalerweise hätte Allen den Bildschirm verdunkelt, sobald jemand hereinkam, aber für die RKI-Leute gehörte ich quasi zur Familie. Ich sagte: »Nervöser Gast, was?«

»Mr. Jones ist ganz schön von der Rolle. Wenn er sich nur mal hinsetzen würde. Macht *mich* ganz kribblig.«

Es hatte keinen Sinn zu fragen, wer »Mr. Jones« war oder warum er hier wohnte. Allen wusste sicher nur, welche Art Gefahr ihm drohte. Bei RKI erfuhr jeder nur das, was er unbedingt wissen musste. Ich sagte: »Welches Apartment kann ich nehmen?«

»Eins der beiden im Zwoten. Sie rauchen nicht, oder?«

»Nein.«

»Das vorne raus ist Nichtraucher. Ist ein bisschen laut wegen der Buslinie, aber besser als der abgestandene Qualm.«

»Dann nehme ich es.«

»Brauchen Sie volle Überwachung?«

»Nein.« Ich wollte nicht, dass er und seine Leute jede meiner Bewegungen verfolgten. »Ich bin nur hier, um den Presse- und Fernsehleuten zu entgehen.«

»Oh, klar. Hab die Frühnachrichten gesehen. Also nur die Eingänge und Flure. Falls jemand auftaucht, wie sollen wir mit ihm verfahren?«

»Herausfinden, wer er ist, und ihn dazu bringen, sich hier nicht mehr blicken zu lassen. Alles Weitere entscheide ich dann.«

»Wird gemacht.« Er wandte sich wieder seinem Monitor zu. »Mr. Jones« goss sich gerade ein Glas Whiskey ein. »Immer mit der Ruhe, Junge«, murmelte Allen. »Ist doch erst zwanzig nach eins.«

Während die Fassade und der Eingangsbereich des Hauses in der Twenty-eighth Avenue absichtlich verlottert waren, hatte man die Apartments selbst aufs Luxuriöseste renovieren lassen. Die Bewohner waren in der Regel reiche und mächtige Leute; wenn sie sich, zusätzlich zur eingeschränkten Bewegungsfreiheit, nicht komfortabel untergebracht fühlten, konnte das den Umgang mit ihnen beträchtlich erschweren. Die Philosophie von RKI lautete: Satte und zufriedene Klienten sind besser als hungrige und gereizte.

Ich war nicht mehr hier gewesen, seit der Innenarchitekt Blankovollmacht erhalten hatte, also nahm ich mir erst einmal ein paar Minuten, um das Apartment zu erforschen. Zwei große Schlafzimmer und ein vom Flur abgehendes Bad, Erstere in beruhigenden Blau- beziehungsweise Grüntönen, Letzteres in blitzend weißem Marmor, mit Massagewanne und Duschkabine. Michelle Curtis hatte mir eine Reisetasche gepackt, und ihre Mutter hatte sie mir an einem Treffpunkt im Golden Gate Park, nahe den Portals of the Past, übergeben. Ich stellte sie aufs Bett im blauen Zimmer und folgte dem Flur in den vorderen Teil des Apartments.

Beige Wände in Wohn- und Esszimmer, mit warmem gebrannten Umbra abgesetzt, und ein ebenfalls umbrafarbener, hochfloriger Teppichboden. Große Multimediaanlage und bequeme Ledersitzmöbel, um es sich vor dem gemauerten Kamin gemütlich zu machen. Ein Refektoriumstisch, der problemlos zehn Personen Platz bot. Die Küche war klein, aber wohl ausgestattet und bestückt. Ich inspizierte den Kühlschrank und bemerkte mit Wohlgefallen mehrere Flaschen Sauvignon Blanc vom Annapolis-Weingut in den Küstenbergen, rund fünfundvierzig Meilen südlich von Touchstone. Alles wie zu Hause …

Als ich wieder durchs Esszimmer kam, lockten mich Stimmen von draußen ans Fenster. Dreißig bis vierzig Asiaten in dunklen Anzügen und pastellfarbenen Hemden standen, Kuchenteller und Kaffeetassen balancierend, auf dem Bürgersteig gegenüber. Ich musterte das Schild an der Hauswand mit zusammengekniffenen Augen, konnte die Worte CHINESISCHE BAPTISTENGEMEINDE ausmachen. Obwohl mich San Francisco – mit seiner Provinzialität, seinem miserablen öffentlichen Nahverkehr, seinen dreckigen Straßen und seinen oft kindisch zankenden Kommunalpolitikern – mindestens einmal am Tag in den Wahnsinn treibt, bezaubert es mich doch immer wieder durch seine Art, allen Klischees zu trotzen. JD hätte diese Szene begeistert –

JD. Er hatte den Nonkonformismus und die Vielfalt dieser Stadt genossen. Er hatte überall Freunde, Bekannte und Informanten gehabt, vom Golden Gate bis zur Dale City Line und darüber hinaus: Menschen aller Altersstufen und ethnischen Hintergründe, aller Berufe und Lebensformen. Gestern hatte ihm irgendeiner dieser Menschen etwas erzählt, was ihn nach Eagle Rock, Oregon, getrieben hatte. Ich versuchte, mich an unsere Gespräche zu erinnern, und erstellte eine Liste von Personen, die es anzurufen galt. Doch zunächst wählte ich Adah Joslyns Nummer.

»Das Police Department hat mit dem Fall Smith nichts zu tun«, sagte Adah. »Das Sheriff's Department von Tillamook County hat sich ans hiesige Sheriff's Department gewandt.«

»Das dachte ich mir schon, aber ich hatte gehofft, du wüsstest, wer –«

»›Ich bitte ja nicht oft um einen Gefallen,‹« Eine erstaunlich gelungene Parodie meiner Worte vom Donnerstagabend, aber mir war nicht nach Spötteleien, nicht mal nach gutmütigen. Als ich nicht reagierte, sagte Adah ernst: »Ich werde dort anrufen, rausfinden, wer die Ermittlungen leitet, und sagen, du würdest dich melden. Schließlich geht's um JD. Ich mochte ihn. Jeder mochte ihn.«

»Danke, Adah. Ach, übrigens, wie war denn Craigs Abend mit Ted?«

»Dir hat noch keiner was erzählt?«

»Craig habe ich nicht gefragt, und Ted war in letzter Zeit ziemlich zugeknöpft.«

»Na ja, Ted war sternhagelvoll und hat vor dem Einsteigen Craigs nagelneuen Explorer voll gekotzt.«

»Besser vor als nach dem Einsteigen, schätze ich mal.«

»Unwesentlich besser. Aber es kommt noch schlimmer. Als Craig Ted notdürftig gesäubert hatte, befand er, dass er ihn nicht nach Hause bringen konnte, weil er ihn Neal in dem Zustand nicht zumuten wollte. Also hat er ihn hierher gebracht und stattdessen mir zugemutet. Wir haben ihn mit Aspirin verarztet und auf die Couch gebettet, und es wäre alles bestens gelaufen, wenn nicht Charley seine Zuneigung zu ihm entdeckt und sich auf seinem Kopfkissen zusammengerollt hätte. Du weißt ja, Ted hat eine Katzenallergie. Also ging's ihm am nächsten Morgen noch beschissener, als er verdient hatte, und ich musste mir während des ganzen Frühstücks sein Gejammer anhören. Und jetzt will Neal ihn anscheinend nicht wieder aufnehmen, also haben wir ihn am Hals, und er macht uns beide wahnsinnig.«

Kein Wunder, dass Ted in letzter Zeit nicht sehr gesprächig gewesen war. »Das ist alles meine Schuld. Ich habe Ted grünes Licht gegeben, Neal einzustellen.«

»Aber du hast ihm kein grünes Licht gegeben, Craigs neuen Geländewagen voll zu kotzen und bei uns einzuziehen – nur deshalb rede ich überhaupt noch mit dir.«

An diesem Punkt vergleichsweise herzlichen Einvernehmens beendete ich das Gespräch und begann, JDs Freunde und Informanten durchzutelefonieren.

Thom Lynds, JDs ehemaliger Redaktionsleiter beim *Chronicle*, klang gedämpft. »Er war am Freitagnachmittag kurz hier, um meinen Computer zu benutzen. Das hat er manchmal gemacht, wenn er keine Zeit hatte, nach Hause zu fahren und seinen zu nehmen. Gott, ich fass es nicht, dass ihn jemand umgebracht hat!«

»Wann war das?«

»So zwischen drei und vier, schätze ich. Hab mir die Zeit nicht gemerkt. Woher sollte ich wissen, dass das wichtig sein könnte?«

»War er im Internet?«

»Ja.«

»Haben Sie mitgekriegt, auf welchen Seiten er war?«

»Nein. Ich war Kaffee holen, und als ich wiederkam, war er schon wieder auf dem Weg nach draußen. Sagte, er müsse einen Flieger kriegen. Wissen Sie, als er damals ins elektronische Lager übergewechselt ist, hab ich mit ihm gewettet, dass er spätestens in zwei Jahren wieder zurück sein würde. Die Wette hab ich verloren.«

Deb Schiller, seit einem Jahr JDs Freundin, hatte offenkundig geweint. »Es ist so schlimm, Sharon. Ich kann mir ein Leben ohne ihn nicht vorstellen. Und was es noch schlimmer macht, ist, dass wir uns am Freitagabend gestritten haben. Ich hatte Karten für die *Vagina Monologe* und einen Tisch im Aqua reserviert, und dann ruft er mich vom Flugzeug aus an und sagt, er kann nicht, er ist auf dem Weg nach Portland. Also hab ich ihn angeschrien wie immer, und er war total defensiv wie immer. Und da hab ich dann aufgelegt.«

»Seien Sie nicht so hart mit sich, Deb. Sie konnten ja nicht wissen, was passieren würde.«

»Das sage ich mir auch die ganze Zeit, aber es hilft nichts.«

»Hat er gesagt, warum er nach Portland wollte?«
»Eine heiße Story – was sonst?«
»Aber er hat nicht gesagt, was das für eine Story war?«
»Ich hab ihm keine Zeit dazu gelassen. Ich wollte, ich hätt's getan.«

Dave Lesser, Stadtteil- und Multiaktivist und für JD eine zentrale Quelle von Informationen darüber, wer welche Aktionen plante und warum, war wie immer ganz von seiner eigenen Wichtigkeit erfüllt und schien nicht allzu untröstlich über JDs Tod. »Ja, er hat Freitagnachmittag angerufen, wollte wissen, wie er an jemanden von der Koalition für sichere Kommunikation kommt. Ich habe ihm die Nummer der Geschäftsführerin Alana Andrews gegeben.«
»Was genau tut diese Koalition?«
»Macht Lobbyarbeit für Gesetze gegen elektronische Schnüffelei und so was. Mir ist das egal. Ich schreibe in E-Mails nichts, was die Welt nicht wissen soll. Ich habe eine einzige Kreditkarte, kaufe nie was im Internet, hüte meine Sozialversicherungsnummer, als wäre sie Fort Knox.«
»Hat JD gesagt, was er von der Koalition wollte?«
»Nein. Er hütet seine Storys wie ich meine Sozialversicherungsnummer. Ich habe ihm ab und zu eine Info zukommen lassen, er hat über die eine oder andere Sache geschrieben, für die ich eintrete, also waren wir beide zufrieden. Hey, haben Sie seinen Artikel darüber gelesen, wie die Liga der Glücklosen dem Bürgermeister tote Ratten ins Büro gelegt hat?«
Die Liga der Glücklosen war eine Organisation, die Lesser und seine Kumpane gegründet hatten, um Kommunalpolitikern Streiche zu spielen. »Nein, aber ich glaube, ich habe im *Chronicle* was drüber gesehen.«

»Tja, Sie sollten sich mal JDs Bericht in *Salon* angucken. Im Internet kann man Sachen sagen, die man in so genannten Familienblättern nicht sagen darf. Er hat den Text unseres Bekennerbriefs wiedergegeben. Total cool. Wollen Sie mal hören?«

Habe ich eine Wahl?

»Heute haben wir Ihnen das Leben gerettet. Weil wir diese ganzen Müllfresser gekillt haben.«

Welche Eloquenz.

Bei Alana Andrews war der Anrufbeantworter dran, der mir mitteilte, sie sei die nächsten zehn Tage verreist. Ich machte mir gar nicht erst die Mühe, eine Nachricht zu hinterlassen.

Jane Harris, JDs Vermieterin, klang deprimiert. »Gesehen hab ich ihn den ganzen Freitag nicht, aber am späten Nachmittag hab ich ihn oben rumpoltern hören, als ob er's eilig hätte. Dann ist er die Treppe runtergeflitzt, hat die Tür hinter sich zugeknallt, und weg war er.«

»War das Sheriff's Department schon hier?«

»Gleich heute Morgen. Sie haben die Wohnung durchsucht und einen Karton mit Sachen von ihm mitgenommen.«

»Dann ist die Wohnung jetzt versiegelt?«

»Wenn Sie ein Stück Klebeband als Siegel betrachten.«

»Tun Sie's?«

»Hören Sie, Sharon, Sie sprechen mit einem dreiundsiebzigjährigen Hippie. Inzwischen habe ich zwar gelernt, auch Leuten über dreißig zu trauen, aber gegen Autoritäten hab ich immer noch was. Wenn Sie herkommen und sich umschauen wollen, lasse ich Sie in seine Wohnung.«

Auf der Fahrt zu JDs Haus in der Waller Street im Cole Valley District, nahe den Unikliniken, klingelte mein Handy. Obwohl ich das Ding schon über anderthalb Jahre besaß, fand ich es noch immer nicht cool – oder auch nur möglich –, im Fahren zu telefonieren, also hielt ich in einer Bushaltebucht.

»Sharon?« Jody Houstons zittrige Stimme.

Ich konnte meinen Zorn nicht verhehlen, als ich fragte: »Jody, wo sind Sie?«

»Ich war's nicht. Ich habe JD nicht umgebracht.«

»Wo *sind* Sie?«

»Ich kam vom Einkaufen zurück, und da stand ein fremder Wagen in der Einfahrt. Also hab ich ein Stück weiter geparkt und mich zum Haus zurückgeschlichen, bin drumrum gegangen und hab durch die Fenster geguckt. Und da lag er auf dem Wohnzimmerfußboden.«

»Warum haben Sie nicht die Polizei gerufen?«

»Zuerst hatte ich Angst, dass die Person, die ihn umgebracht hatte, noch im Haus war. Als ich dann gemerkt habe, dass da niemand war, hatte ich Angst, die Polizei würde mir nicht glauben. Ich meine, es war doch mein Haus, und ich kannte ihn.«

»Sie hätten es mir sagen können. Ich hätte das geregelt.«

»Ich weiß, ich hätt's tun sollen, aber als ich nach oben gegangen bin, hab ich aus dem Fenster geguckt –«

Jähes Schweigen.

»Jody? Jody?«

Nichts als Knistern. Ich guckte auf das Display des Handys und las »Kein Service«. Es gibt in dieser Stadt Dutzende von Stellen, wo der Handy-Empfang wacklig bis nicht existent ist, und genau an einer solchen stand ich.

Ich habe JD nicht umgebracht.

Ich wusste nicht, ob ich ihr glauben sollte, aber ich nahm die Karte des für den Fall zuständigen Beamten beim Sheriff's Department von Tillamook County heraus und meldete Jodys Anruf.

Jane Harris war das, was ich einen nicht modernisierten Hippie nenne: graues Haar bis zur Taille, Baumelohrringe, Sandalen und Batikklamotten. In ihrer Parterrewohnung mischte sich der Duft von Räucherstäbchen mit Marihuanageruch. Sitzsäcke, Perlenvorhänge und Flower-Power-Tapeten lebten hier fröhlich fort.

Ich hatte Jane ein paar Mal bei Essenseinladungen in JDs Wohnung getroffen, und im Lauf unserer meist einseitigen Unterhaltungen hatte ich ihre Lebensgeschichte erfahren. Sie war in den fünfziger Jahren mit einem minderbedeutenden Beat-Poeten verheiratet gewesen, in den Sechzigern mit einem minderbedeutenden Rockmusiker, in den Siebzigern mit einem minderbedeutenden Maler und in den Achtzigern mit einem bedeutenden Vertreiber von Erfrischungsgetränken, der ihr so viel hinterlassen hatte, dass sie das Haus kaufen und eine humane Vermieterin werden konnte. Ihre Mieten, hatte mir JD erklärt, seien der Beweis dafür, dass ihre Lieblingsdekade in ihrem Herzen noch immer lebendig war.

Ein großmütiges Herz zweifellos. Während sie mich in ihr Wohnzimmer winkte, telefonierte sie weiter über ihr schnurloses Telefon: »Ach, machen Sie sich keine Sorgen, meine Liebe. Ich werde mich mit JDs Pfarrer in Verbindung setzen und mit ihm über den Trauergottesdienst reden. Ich kümmere mich um den Blumenschmuck und überlege mir ein paar Alternativen für den anschließenden Trauerempfang. Er hatte so viele Freunde, da brauchen wir genügend

Platz … Genau. Wenn Sie und Mister Smith hier eintreffen, brauchen Sie nur noch zu wählen.«

Eine halbe Minute später beendete sie das Gespräch und wandte sich seufzend mir zu. »Seine arme Mutter. Sie ist so am Boden zerstört, dass sie kaum noch einen klaren Gedanken fassen kann. Er war ihr einziges Kind, wissen Sie.«

»Was war das eben mit dem Pfarrer? Ich wusste gar nicht, dass JD je einen Fuß in eine Kirche gesetzt hat.«

»Die Eltern sind sehr religiös. Ihn stört es ja jetzt nicht mehr, und wenn es den Smiths ein gewisser Trost ist, kann ich mit ein paar kleinen Lügen leben.«

»Sie sind eine gute Freundin, Jane.«

»So gut auch wieder nicht. Mit JDs Durchlauferhitzer stimmte irgendwas nicht; er hat sich beschwert, dass es schweflig riecht. Aber ich habe es immer vor mir hergeschoben, den Installateur anzurufen, weil ich auf ein neues Dach spare. Jetzt komme ich mir so mies vor. Der arme Junge musste an seinem letzten Tag beim Duschen den Geruch von faulen Eiern ertragen.«

Reue …

Ich war eine nachlässige Vermieterin.

Ich habe einfach aufgelegt.

Ich habe dran gedacht, Roger hinterherzugehen, ihm eine Flasche Wein zum Valentinstag zu bringen … aber dann hab ich gedacht, scheiß drauf … Und am nächsten Morgen kam es in den Fernsehnachrichten …

Wir hatten ein gutes Verhältnis. Aber offenbar doch nicht so gut, wie ich dachte.

Es muss doch Anzeichen gegeben haben. Wir hätten Joey helfen können.

Nein. Ich war gedankenlos. Wenn es um meinen Bruder ging.

Zum Teufel mit der Reue.

Ich sagte: »Ich werde mir JDs Apartment mal ansehen.«

Sooft ich bei JD gewesen war, hatte ich gestaunt, wie er es schaffte, mit Mobiliar, das zum größten Teil von Cost Plus stammte, ein Flair schlichter Eleganz zu erzeugen. Simple Schilfmatten, Regiestühle aus Segeltuch, Rattantische und Bücherregale erhielten durch gerahmte Ausstellungsplakate bunte Akzente, und im Fenstererker wuchs ein Dschungel von tropischen Pflanzen. Durchsetzt war das Ganze mit seinen »Funden« – interessantem Müll, den er säuberte und auf extravagante Art arrangierte. Diverse Motorenteile, Stücke von Leitungsrohren, alte Werkzeuge und Flaschen wurden zu Schätzen, nachdem er sie sorgsam aufbereitet hatte. Ich stand im Wohnzimmer und befingerte ein Miniflugzeug, hergestellt aus einer Zündkerze, etwas Blech und Draht, mit dem Stanzkopf eines Lederwerkzeugs als Propeller. Er hatte es mir mehrfach schenken wollen, aber ich hatte immer dankend abgelehnt, weil ich fand, dass es bei seinem Schöpfer besser aufgehoben war. Jetzt steckte ich es in meine Umhängetasche – zur Erinnerung an ihn.

Ich folgte dem kurzen Flur zu den beiden Schlafzimmern, die rechts und links vom Bad lagen. Das eine – seins – zeigte Spuren eines hastigen Aufbruchs: ungemachtes Bett, achtlos auf einen Stuhl geworfene Kleidungsstücke – darunter der durchweichte gelbe Pullover, der Zwillingsbruder desjenigen, in dem er gestorben war –, halb offene Schubladen. Das Arbeitszimmer auf der anderen Flurseite war genauso unordentlich: auf dem Boden verstreute Bücher, Papierberge neben dem Computer. Ich setzte mich an die Workstation und schaltete den Rechner ein. Es war ein Modell, mit dem ich mich nicht auskannte, aber ich spielte eine Weile herum und schaffte es schließlich, seine neueren Dateien aufzurufen. Nichts Interessantes, bis auf ein paar Notizen zu unserem Meeting mit Max Engstrom, die er am Donnerstagabend gemacht hatte. Diese Datei hieß »Bullshit 101«. Am Freitag hatte er offenbar keine Zeit mehr gehabt, schriftlich festzuhalten, was ihn veranlasste, einen Flieger nach Oregon zu nehmen – den Fernsehnachrichten zufolge eine Maschine, die zweieinhalb Stunden vor meiner von SFO gestartet war.

Ich stellte den Computer ab und verließ das Arbeitszimmer wieder. Das Apartment lag nach Westen, und die Nachmittagssonne hatte es bereits erwärmt. Es fühlte sich noch bewohnt an, so als könnte JD jeden Moment zur Tür hereinkommen und fragen: »Was zum Teufel machst du hier, Shar?« Aber jetzt würden bald seine Eltern eintreffen, der Trauergottesdienst würde stattfinden, und sein Heim würde ausgeräumt, neu gestrichen und wieder vermietet werden. In ein paar Jahren würden sich nur noch wenige Leute daran erinnern, dass hier einmal ein talentierter Mensch gewohnt hatte, der viel zu früh gestorben war.

Ich blieb noch einen Moment im Wohnzimmer, versuchte, mich von seiner immer noch spürbaren Präsenz zu verabschieden, und wandte mich dann zur Wohnungstür. Daneben stand ein altmodischer Garderobenständer aus Holz und Messing, und daran hing der Regenmantel, den JD am Freitagmorgen angehabt hatte. Ich hatte meinen, der ja immer noch im *InSite*-Gebäude war, ganz vergessen gehabt, aber JD war offensichtlich noch mal hingegangen und hatte seinen geholt.

Ich nahm den Mantel vom Ständer. Er fühlte sich stellenweise immer noch feucht an. Ich fuhr in die linke Tasche, fand nichts als Flusen. Die rechte war voller Zettelchen. Ich zog sie heraus und inspizierte sie.

Quittung vom Miranda's, über unser Frühstück am Donnerstagmorgen; er hatte darauf bestanden, die Rechnung zu übernehmen. Parkscheine, Wochen alt und verkrumpelt. Geschäftskarte eines Personal Shoppers bei Nordstrom's. Zusammengefaltetes Blatt von einem Notizblock.

Ich strich das Blatt auf der Arbeitsfläche glatt und studierte es. Umkringelte Namen, durch Pfeile miteinander verbunden: Nagasawa, Houston, Remington, Engstrom, Vardon, Donovan, Chen. Die Namen bildeten eine Ellipse, und die Pfeile schnitten und kreuzten sich in einem wirren Muster. Darunter standen Worte und Abkürzungen mit Fragezeichen dahinter: Afton? Econ? KSK? ER? LR? TRG?

Ich starrte auf das Diagramm, bis die Striche und Kringel verschwammen, schüttelte schließlich den Kopf. JD hatte das etwas gesagt – aber was?

Auf dem Rückweg von JDs Wohnung zu meinem Wagen schaute ich zu den Parnassus Heights hinauf, wo der Uniklinik-Komplex aufragte, und dachte an Harry Nagasawa. Er interessierte mich, weil er, bei aller angeblichen Abneigung gegen seinen Bruder Roger, nach dessen Selbstmord offenbar doch ziemlich durch den Wind war. Harry hatte unser Gespräch sehr abrupt beendet, und ich war mir sicher, dass ich noch mehr aus ihm herauskriegen konnte, wenn ich es nur richtig anging. Ich beschloss, zu Fuß zu den Kliniken hinaufzugehen und festzustellen, ob er gerade Dienst hatte.

Auf den Heights war es windig, und die Parnassus Street war selbst am Sonntagnachmittag mit Bussen, Taxis und

Autos verstopft. Besucher strömten in das gelbbraune Krankenhaus, beladen mit Blumensträußen, Blumentöpfen, Geschenken und Stofftieren. Ich studierte die Hinweisschilder und nahm den Lift zur Kardiologie. Eine Schwester mit krausem schwarzen Haar saß gebeugt an einem Computerterminal hinter dem Empfangstresen. Als sie aufsah, wirkten ihre Augen müde.

»Ich suche Doktor Harry Nagasawa«, sagte ich. »Ist er heute hier?«

Erstaunen belebte ihr erschöpftes Gesicht. »Doktor Nagasawa ist hier nicht mehr tätig.«

Also waren sie hinter seinen Drogenkonsum gekommen. »Wann ist er gegangen?«

»Er wurde im Januar bis zu einer anberaumten Disziplinaranhörung beurlaubt und hat dann eine Woche später gekündigt.«

»Aber –« Was hatte er gesagt, als er zu unserem Termin im Haus seiner Eltern erschienen war? *In der Klinik war die Hölle los.* »Wissen Sie, ob er jetzt an einer anderen Klinik ist?«

»Nein, tut mir Leid. Sind Sie eine Patientin von ihm?«

»Eine alte Freundin. Können Sie mir sagen, warum er beurlaubt wurde?«

Sie sah sich um, sichtlich hin und her gerissen zwischen den Klinikvorschriften und der Versuchung zu tratschen. Beugte sich zu mir und sagte leise: »Die genauen Einzelheiten weiß ich nicht, aber es ging wohl darum, dass er sich an vertrauliche Patientenakten herangemacht hat.«

»Von Patienten, die nicht seine eigenen waren?«

»Genau. Ich habe zwei Gerüchte gehört. Das eine besagt, dass er die Akten gefälscht hat. Das andere, dass er sie an jemand Dritten weitergegeben hat. Wie auch immer, das ist eine heikle Sache, und die Klinikleitung war froh, als er von sich aus gekündigt hat.«

Ich musste daran denken, was Roger Jody erzählt hatte – dass er jemanden gezwungen habe, etwas Unrechtes zu tun, und dass jetzt die Karriere dieser Person auf dem Spiel stehe.

Harry?

»Könnten Sie irgendwie herausfinden, wessen Patientenakten das waren?«

»Wenn Sie mit ihm befreundet sind, warum fragen Sie ihn dann nicht selbst?«

»Ich wusste ja nicht mal, dass er nicht mehr hier arbeitet. Ich glaube nicht, dass er bereit wäre, darüber zu reden.«

»Tja, tut mir Leid, aber da kann ich Ihnen nicht helfen. Ist, wie gesagt, eine ganz heikle Sache, da spricht keiner drüber.«

Außer den Leuten, die diese Gerüchte verbreiten – und Ihnen.

Ich verließ das Krankenhaus und ging über die Parnassus Street zum Parkhaus, wo ich den Fahrstuhl zur Frederick Street am Fuß der Heights nahm. Ein kleiner Umweg würde mir Zeit geben, über diese jüngste Wende des Geschehens nachzudenken.

Die Klinikleitung hatte nicht gewollt, dass publik wurde, was Harry mit diesen Patientenakten gemacht hatte, also hatte man ihn unauffällig hinausbefördert. So unauffällig, dass nicht mal seine Familie davon wusste. Nicht weiter schwer für ihn, es zu verheimlichen: Seine Mutter wohnte nicht mehr zu Hause, und sein Vater war ganz mit seiner boomenden Praxis und dem geplanten Prozess beschäftigt. Es war unwahrscheinlich, dass Harry an einer anderen Klinik untergekommen war: Die Symptome des Drogenmissbrauchs waren inzwischen so ausgeprägt, dass jeder Mediziner sie sofort bemerken würde.

Was also fing Harry mit seinen Tagen an? Er verließ wohl das Haus zu den üblichen Zeiten, damit die Haushälterin nichts merkte. Aber wo ging er hin? Ins Kino? Zu einer Freundin? In Bars? Wie konnte er all die Stunden ausfüllen, die ein stressiger Assistenzarztjob verlangte? Er hatte sich nicht mehr unter Kontrolle, war nicht fähig, einer anderen Arbeit – oder auch nur Aktivität – nachzugehen. Morgen würde ich jemanden beim Haus der Nagasawas postieren – Julia konnte ein bisschen Observierungserfahrung gebrauchen –, um herauszufinden, wo Harry sich herumtrieb und wie ich ihn am besten packen konnte.

Etwa auf der Hälfte des kurzen Stücks Arguello Boulevard zwischen dem Klinikparkhaus und dem Kezar-Stadion – einem restaurierten Football-Stadion von 1925, das jetzt als Austragungsort für High-School-Spiele diente – sprang mir eins der edwardianischen Häuser ins Auge. Hier hatte einst mein Klient und alter Freund Willie Whelan gewohnt. Willie, ein Profi-Hehler, der, wie er es nannte, sauber geworden war, indem er eine Kette von Discount-Juwelierläden gründete, war bei Auftritten in seinen eigenen Fernsehwerbespots einem Talentscout aufgefallen. Jetzt lebte er in New York, wo er den überaus populären Schurken in einer Seifenoper spielte. Rae, die in seiner Zeit als »Diamantenkönig« eine kurze Affäre mit ihm überlebt hatte, nahm die amüsanteren Folgen auf und borgte sie mir.

Ich lächelte wehmütig bei der Erinnerung an alte Zeiten. Die Ermittlungen, die Willie und mich zusammengeführt hatten, schienen so simpel im Vergleich zu dem wirren Geflecht aus Fakten und Fragen, mit dem ich es heute zu tun hatte. Ich verließ mich immer stärker auf raffinierte Gerätschaften, technische Hilfsdienste und Experten aller Art. Zum Glück kannte ich einen Experten, der für den Preis eines Essens auch am Sonntag arbeiten würde.

Micks und Charlottes Apartment, das mein Neffe im letzten Herbst mit Hilfe seines Vaters gekauft hatte, war klein und strahlend weiß und hätte bei den meisten Leuten gesichtslos gewirkt. Aber die beiden hatten ihm ihren persönlichen Stempel aufgedrückt. Ein speziell konstruierter Garderobenständer trug Charlottes Kollektion von schicken Abendtäschchen und Glitzerbaseballkappen – mein Lieblingsstück war eine schwarze mit silbernen Sternchen. Micks Motorradmemorabilia – Markenembleme, maßstabsgetreue Modelle, gerahmte Werbeanzeigen – waren auf einem in Augenhöhe angebrachten Tellerbord aufgereiht. Die Möbel stammten größtenteils von Ikea und waren sorgsam ausgewählt.

Als ich gegen halb fünf dort ankam, saßen sie im Wohnzimmer und tranken genüsslich ein Gläschen Wein. Die Balkontür stand offen, und das Donnern des Verkehrs unten auf dem Embarcadero war selbst am späten Sonntagnachmittag ohrenbetäubend. Mick schloss die Tür, Charlotte holte mir ein Glas Chardonnay, und ich kam zur Sache.

»Habt ihr das mit JD gehört?«

Ihre Gesichter verdüsterten sich. »Ja«, sagte Mick. »Muss hart für dich gewesen sein, ihn zu finden. Hier haben schon ein paar Reporter angerufen. Wollten wissen, ob wir wissen, wo du bist. Sie haben sogar Dads und Raes Geheimnummer, sind den beiden auch auf die Nerven gefallen. Ich habe gesagt, ich hätte nichts von dir gehört. Dad war weniger höflich.«

Ich nickte. Mein Ex-Schwager konnte ziemlich unleidlich werden, wenn irgendetwas den Schutzschild um seine Privatsphäre durchdrang. »Ich bin an einem Ort, wo kein Reporter an mich herankommt.«

»Im RKI-Haus.«

»Das hab ich nicht gesagt.«

»Nein, hast du nicht. Oder, Sweet Charlotte?«

»Ich hab nichts gehört.«

Mick fragte: »Also, worum geht's? Das ist doch kein Nettigkeitsbesuch.«

»Nein. Ich würde euch gern ein Essen spendieren, wenn ihr mir dafür an eurem freien Tag ein paar Sachen recherchiert.«

»Cool. Es gibt da ein neues Restaurant, das wir schon die ganze Zeit ausprobieren wollten, aber diesen Monat sind wir ein bisschen knapp bei Kasse.«

Tatsächlich wäre der Anreiz in Form eines Essens auf Detekteikosten gar nicht nötig gewesen. Als ich gewisse Einzelheiten des Falls skizzierte, wurden ihre Gesichter immer gespannter und konzentrierter. Sie waren beide Vollblutermittler und liebten die Herausforderung. Als ich fertig war, fragte ich: »Fällt euch dazu irgendwas ein?«

Charlotte sagte: »Roger schreibt in seinem Tagebuch, er hätte seine sämtlichen Dateien gelöscht und alles vernichtet, was keiner sehen soll?«

»Richtig.«

»Aber das Tagebuch, das voll mit persönlichem Zeug ist, hat er nicht vernichtet?«

»Nein.«

»Das sieht für mich so aus, als ob er gewollt hätte, dass es jemand liest, jemand, der wusste, dass er Tagebuch führte.«

»Mag sein, aber es war an einem ziemlich abwegigen Ort versteckt.«

»Aber vielleicht ja an einem Ort, den die Person, die es lesen sollte, kannte.«

»Natürlich – Jody Houston. Als sie mich darin lesen sah, hat sie es sofort erkannt und gesagt, er hätte es immer versteckt. Und sie wollte es mir wegnehmen.«

Mick sagte: »Dieser letzte Tagebucheintrag, wo er sagt, er hätte der Houston eine Versicherungspolice hinterlassen, das klingt in meinen Ohren nach einer Botschaft.«

»Möglich. Aber eine Versicherung wogegen?«

»Schwer zu sagen, aber an deiner Stelle würde ich mir mal die Dateien ansehen wollen, die er gelöscht hat.«

»Wie denn? Die sind doch weg.«

»Nicht wirklich. Es ist sehr schwer, irgendwas endgültig zu löschen. Und wenn man sich damit auskennt, kann man die meisten Dateien wieder finden.«

»Das verstehe ich nicht.«

Er sah Charlotte an. »Erklär du's ihr. Du kannst dich Laien besser verständlich machen.«

»Okay«, sagte sie. »Nimm mal meinen Computer.« Sie deutete auf eine Workstation in der Ecke. »Ein Windows-PC. Ich kriege oder verschicke eine E-Mail, drücke auf ›Löschen‹, und die Mail wandert in den Papierkorb. Ich leere den Papierkorb, und weg ist die Mail – richtig?«

»Richtig.«

»Falsch. Sie ist zwar nicht mehr im Papierkorb, aber irgendwo im Speicher des Computers ist sie immer noch vorhanden. Es ist nur nicht leicht, an sie heranzukommen. Es gibt etliche Firmen, deren Geschäft nur darin besteht, in die Büros ihrer Klienten zu gehen und gelöschte Dateien in den Computern der Angestellten wieder aufzuspüren, damit man eventuellen Unkorrektheiten dieser Leute nachgehen kann. Diese Dienstleistung nennt man Computerforensik, und glaub mir, die Nachfrage wächst rasant.«

Mick sagte: »Ich wollte schon die ganze Zeit mit dir darüber reden, ob man so was nicht als Dienstleistung der Detektei anbieten sollte. Die Arbeit muss zwar meistens nach Feierabend gemacht werden, wenn die Angestellten nicht mehr im Betrieb sind, aber man kann beträchtliche Honorare dafür nehmen –«

»Leg mir was Schriftliches vor«, sagte ich. »Eine detaillierte Aufstellung, inklusive Startkosten, Betriebsausgaben, Honorarstruktur. Dann reden wir drüber. Ist das allgemein bekannt? Dass so was geht?«

»Wohl kaum. Wenn es mehr Leute wüssten, würden sie in ihren E-Mails nicht schreiben, was sie schreiben.«

»Verfügt einer von euch über die nötigen Fähigkeiten, um die Sachen wieder zu finden, die in Rogers Computer noch irgendwo gespeichert sein könnten?«

Sie grinsten sich an.

Mick sagte: »Der Leiter deines neuen Computerforensik-Service sollte ja wohl über diese Fähigkeiten verfügen.«

Das Apartment in der Brannan Street wirkte an diesem Abend noch kälter. Der Kühlschrank produzierte immer noch die ominösen Gurgelgeräusche, und um das Oberlicht war noch mehr Putz von der Decke gefallen. Mick und Charlotte schienen die Kälte gar nicht zu bemerken; sie brachten einen Laptop ins vordere Zimmer, schlossen ihn an die Workstation an und begannen herumzudoktern.

»Das dauert etwa eine halbe Stunde«, erklärte mir Mick. »Geh fernsehen oder was. Du schwebst hier über mir wie ein dicker, fetter Raubvogel, das lenkt mich ab.«

Solchermaßen weggeschickt, wanderte ich im Wohnzimmer herum und setzte mich dann, nach ein, zwei Runden durch den Essbereich, an den Tisch.

Ein dicker, fetter Raubvogel.

Was musste man tun, damit einen die eigenen Angestellten respektieren? Keine Verwandten einstellen vermutlich. Mick war schon frech zu mir, seit er mit sieben herausgefunden hatte, dass ich ihn, entgegen meinen Drohungen, nicht umbrachte, wenn er sein Spielzeug nicht aufsammelte.

Jetzt lachten sie dort drüben. Ich horchte angestrengt.

Er: »… in letzter Zeit ganz schön zickig.«

Sie: »Ja, Hy ist eindeutig schon zu lange weg.«

Er: »Sollte lieber nicht mit einem allzu schweren Jetlag heimkommen. Sie springt ihn bestimmt sofort an –«

Ich: »Es dreht sich nicht immer nur alles um Sex, merkt euch das!«

Stille. Dann unterdrücktes Kichern.

Ich: »Lacht ihr nur! Ihr werdet erst recht lachen, wenn ihr feststellt, dass meine Essenseinladung im In-N-Out-Burger stattfindet.«

Aber, Gott, sie hatten Recht. Ich vermisste Hy in mehr als nur einer Hinsicht.

Ich stand auf und ging in die Küche. Öffnete die Tür zur Speisekammer und guckte hinein. Die Ahornsirupflasche war immer noch mit der Tomatensaftdose verschmolzen. Das ölige Zeug lauerte immer noch auf dem Fußboden. Ich machte die Tür wieder zu, ging zum Kühlschrank, musterte die Gläschen mit Pickles in trüber Brühe, die Flaschen mit Fertigsalatsoßen. Öffnete das Tiefkühlfach und inspizierte den Inhalt. Aufgerissener Beutel Lima-Bohnen, die zum Teil herausgekullert waren und am Eisfach klebten.

Eiswürfel, die in ihren Schälchen vor sich hin schrumpften. Tiefkühlbeutel mit unidentifizierbarem Fleisch.

Ich knallte die Kühlschranktür zu, sah mich in dem kahlen weißen Raum um. Der einzige Farbtupfer war die rote Keramikschale, die zum Tischfuß und den Stühlen passte. Darin lag ein Sammelsurium von Schlüsseln: ein Set wie die Haus- und Wohnungsschlüssel, die mir Glenn gegeben hatte; Reserveschlüssel für den Toyota, den Roger mit eingeschalteter Warnblinkanlage auf der Brücke hatte stehen lassen, als er gesprungen war; ein Standardsicherheitsschlüssel mit einem lila Gummiband, das durch das Loch im Schlüsselkopf geschlungen war; ein größerer Schlüssel an einem Kettchen mit einem unbeschrifteten Plastikschildchen.

Ich nahm die beiden einzelnen Schlüssel heraus und inspizierte sie. Drehte und wendete und befühlte sie. Schlüssel, die Roger genau wie die übrigen hier gelassen hatte, weil er wusste, er würde sie nicht mehr brauchen. Würde überhaupt nichts mehr brauchen.

Wieder im RKI-Apartment. Ein Stapel Disketten mit Kopien der interessanteren Dateien, die wir in Rogers Computer gefunden hatten, auf dem Refektoriumstisch. Halb aufgegessenes China-Imbiss-Essen daneben. Jäh aufflammender Kopfschmerz, als ich das Wichtige vom Unwichtigen zu scheiden versuchte. Das meiste schien in letztere Kategorie zu fallen, aber wie konnte ich das mit Sicherheit sagen?

Ich fuhr in meine Jeanstasche, zog die beiden Schlüssel heraus, die ich, einem spontanen Impuls folgend, aus Rogers Apartment mitgenommen hatte. Befingerte sie, legte sie auf den Tisch. Ging in die Küche, nahm eine der Chardonnay-Flaschen aus dem Kühlschrank. Öffnete sie, goss mir ein Glas Wein ein und nahm es mit ins Wohnzimmer. Ich musste mich erst mal eine Weile entspannen, vielleicht würden meine Gedanken dann freier fließen.

Ich wählte meine Privatnummer, hörte meinen Anrufbeantworter ab. So ziemlich alle Leute, die ich kannte, wollten über die jüngsten Ereignisse informiert werden. Ich notierte Namen und Nummern und musterte die Liste: Zwei Rückrufe mussten sein, um mütterliche Ängste zu lindern.

Aber welcher zuerst? Welche Mutter? Meine Adoptivmutter klang außer sich: »Sharon, du bist überall in den Nachrichten! Wieder so einer von deinen schrecklichen Morden!« *Meine* schrecklichen Morde, Ma? Das klingt ja, als hätte ich sie begangen.

Meine leibliche Mutter klang ruhig und sachlich wie immer: »Sharon, hier ist Kia. Ich habe den Bericht auf CNN gesehen. Brauchst du juristischen Rat?«

Ich entschied mich für Saskia Blackhawk, ihres Zeichens Anwältin.

»Wie geht's dir?«, fragte sie.

»Geht so. Und dir?«

»Auch.«

»Und Robin und Darcy?«

»Robin ackert wie eine Besessene in ihrem ersten Jurasemester und ist hellauf begeistert. Darcy ist .... na ja, Darcy eben.« Mein Halbbruder hatte lila Haare, diverse Piercings und ein ausgewachsenes Drogenproblem. Ein bisschen wie Joey, nur dass er künstlerisches Talent und einen einträglichen Job bei einem Fernsehsender in Boise hatte.

Als könnte sie Gedanken lesen, sagte Saskia: »Tut mir Leid, das mit deinem Bruder.«

»Woher weißt du's?« Sie war auf Reisen gewesen, und wir hatten uns wochenlang nicht gesprochen.

»Elwood hat's mir gesagt.«

»Du hast wieder Kontakt mit ihm?«

»Wir reden miteinander, ja.«

»Heißt das …?«

»Nein. Elwood ist mir zu traditionell.« Womit sie die alten Sitten und Gebräuche der Shoshonen meinte. »Zu sehr aus der Realität zurückgezogen. Tom Blackhawk war ein Mensch voller Leidenschaft und Überzeugung; wenn ich je wieder eine Liebesbeziehung mit einem Mann eingehe, dann mit einem wie ihm. Zu Joey … Wie kommst du mit dem Verlust zurecht?«

»Na ja, zuerst war ich sehr wütend. Ich habe nachts wach gelegen und gespürt, wie sich die Wut in mir zusammenballt. Ich habe an alle miesen und gemeinen Sachen gedacht, die er mir je angetan hat.«

»Zum Beispiel?«

»Willst du's wirklich wissen?«

»Wenn du's mir sagen möchtest. Mich interessiert, was in all den Jahren passiert ist, die wir getrennt waren.«

»Na gut. Nur ein paar Beispiele. Er hat mein Lieblingsstofftier – ein Känguru namens Roo-Roo – an einem Baum im Canyon hinter unserem Haus aufgehängt. Ich seh sein Gesicht noch genau vor mir, ganz verkniffen vor lauter Bosheit. Und an dem Tag, als ich zum ersten Mal einen BH trug, verkündete er am Esstisch, ›Shar hat ihren Atombusen an‹. Auf der High-School ging er mit meiner besten Freundin und erzählte überall herum, sie habe es mit ihm getrieben. Und weißt du, was er zu mir gesagt hat, als er nicht zu der großen Party kommen wollte, die wir vor ein paar Jahren zu Mas und Pas rundem Hochzeitstag veranstaltet haben? ›Blut ist nicht dicker als Wasser, Shar. Es hat nur eine andere Farbe.‹«

»Und nachdem du an all diese Sachen gedacht hattest?«

»Ging's mir besser. Aber dann, um diese Gedanken zu kompensieren, kriegte ich Schuldgefühle, weil ich ihn nicht rechtzeitig gefunden hatte. Auch das ging vorbei. Inzwischen kommen allmählich auch andere Erinnerungen wieder.«

»Was für welche?«

»Du klingst, als stünde ich im Zeugenstand.«

»Tut mir Leid, unselige Angewohnheit. Robin und Darcy hassen das auch.«

»Ich hasse es nicht direkt. Es ist nur … na ja, du klingst, wie ich selbst oft klinge.«

Saskia lachte – Amüsement mit einem Schuss Erleichterung. Wir bemühten uns ständig, Gemeinsamkeiten zu finden, die uns helfen konnten, unser Verhältnis zu definieren.

»Okay«, sagte ich, »die anderen Erinnerungen. Wie er mich so sanft aufhebt und tröstet, als ich vom Klettergerüst im Park gefallen bin und mir beide Knie aufgeschlagen habe. Und einmal zu Weihnachten – seine Augen waren so groß vor Anspannung, als er zuguckte, wie Ma dieses scheußliche Plätzchenglas auspackte, das ihn den Zeitungsjungenlohn eines ganzen Monats gekostet hatte. Und ich meine wirklich scheußlich. Ein Esel mit Sombrero und Gitarre spielende Männlein. Sie tat begeistert, und er war ja so glücklich. Und dann war da dieser dicke Nachbarsjunge, den die fiesen Jungs immer piesackten. Einmal drückten sie ihn zu Boden und wollten ihn zwingen, eine Nacktschnecke zu essen. Joey rannte hin und ging auf sie alle los, und als seine Wunden verheilt waren, wurde er so was wie der Beschützer des dicken Jungen. Und in der Nacht, ehe ich mein Berkeley-Diplom bekam, rief er mich an, total blau und so stolz, weil ich als Erste in der Familie einen Collegeabschluss haben würde, und teilte es dem ganzen Lokal mit. Er holte die Hälfte der übrigen Besoffenen ans Telefon, damit sie mir gratulierten, bis ich ihn schließlich überreden konnte, nicht so viel Geld zu vertelefonieren. Und auf seinen Postkarten an Ma stand nie viel, aber er unterschrieb sie immer mit ›In Liebe‹.«

»Unterm Strich also positive Erinnerungen.«

»Ja.« Ich merkte überrascht, dass meine Augen feucht waren. »Ich schätze, das heißt, dass ich langsam damit ins Reine komme, dass er tot ist, aber ich verstehe immer noch nicht, warum er sich umgebracht hat.«

»Das wirst du vielleicht nie verstehen.«

»Ich bin nicht der Mensch, der problemlos damit leben kann, etwas nicht zu wissen.«

»Ich auch nicht, aber manchmal muss man es akzeptieren. Apropos wissen, erzähl mir doch mal genau, was dort in Oregon passiert ist.«

Nachdem ich zehn Minuten damit zugebracht hatte, Saskia in der Nagasawa-Sache auf den aktuellen Stand zu bringen, sah ich auf die Uhr. Schon nach elf, spät, um Ma noch anzurufen, aber mir war klar, dass sie keine Ruhe finden würde, ehe sie nicht von mir gehört hatte, also wählte ich ihre Nummer in der Seniorensiedlung Rancho Bernardo, nördlich von San Diego.

»Gott sei Dank!«, rief sie ins Telefon. »Ich habe mir solche Sorgen gemacht! Erst dein Bruder und jetzt du.«

»Ma, ich war nicht das Opfer. Ich habe es nur gefunden.«

»Weiß ich ja! Aber als ich's erfuhr, hatte ich Angst ... Diese Familie – wir sind wirklich von der Schlange gebissen.«

Von der Schlange gebissen. Eine alte Redensart aus dem

Westen, die Ma ihr Leben lang benutzt hatte, bis sie dann beschloss, eine Dame zu werden, die Lunch-Verabredungen hatte und zu Lektürezirkeln ging. Vielleicht fing sie ja doch noch an, die einstige Katie McCone und die jetzige Kay Hunt unter einen Hut zu bringen.

»Wieso sind wir von der Schlange gebissen?«

»Dein Vater ist gestorben –«

»Pa hatte einen Herzinfarkt. Er war über siebzig. So was passiert.«

»Charlene und Ricky sind geschieden –«

»Und beide mit ihren neuen Partnern glücklich. Wie du auch.«

»Ja, schon. Aber Klein Kimmie ist gestorben, und dann haben sich John und Karen scheiden lassen, und John hat nicht wieder geheiratet.«

Jetzt war sie bei der Frühgeschichte. »Viele Ehen überdauern den Tod eines Kindes nicht. Und soweit ich weiß, hat John ein gutes Leben und ein tolles Verhältnis zu Karen und den Jungs.«

»Und du hast herausgefunden, dass du adoptiert bist –«

»Aber ich bin trotzdem noch deine Tochter.«

Dieses Bekenntnis verschlug ihr die Sprache. Dann sagte sie matt: »Joey …« Schluchzen.

Oh, Ma, nicht … »Joey ist immer noch dein Sohn. Wo er jetzt auch sein mag, er liebt dich immer noch.«

Längeres Schweigen. Dann sagte sie streng: »Lüg mich nicht an.«

»Was?«

»Daran glaubst du doch gar nicht. Ich weiß sehr wohl, dass du deinen Glauben verloren hast.«

»Aber ich …«

»Und weißt du, wieso ich das weiß?«

»Nein.«

»Ich weiß es, weil ich ihn selbst verloren habe.«

Unmöglich. Ma hatte sich immer als »sehr gläubig« bezeichnet.

»Wann war das?«

»Das tut nichts zur Sache. Die Gründe und Umstände gehen niemanden etwas an. Aber eins will ich dir sagen: Wenn ich ihn nicht schon damals verloren hätte, dann hätte ich ihn in dem Moment verloren, als ich von Joeys Tod erfuhr. Ein gütiger Gott hätte es meinem Sohn nicht bestimmt, in Verzweiflung zu versinken und sich umzubringen. Ein gütiger Gott hätte das unserem Joey nicht bestimmt.«

Ich fragte: »Aber wie kannst du weitermachen, ohne den Glauben, auf den du dich dein Leben lang gestützt hast?«

»Man macht einfach weiter. Man leidet, und irgendwann kommt man wieder auf die Beine. Man trauert, und dann lässt man los. Vielleicht ist das ja der Beweis dafür, dass es da etwas Größeres gibt, als uns die Kirche lehrt, keine Ahnung. Aber man macht weiter.«

Weise Frauen, meine beiden Mütter.

Betr.: Kein Betreff
Datum: Dienstag, 6. Februar 2001, 10:16:21
Von: tothemax@insite.com
An: tremington@trg.com

Tessa,
da Jorge die ganze Situation hier erstaunlich wenig zu kümmern scheint, handle ich jetzt über seinen Kopf hinweg und wende mich direkt an Sie. Ich verstehe nicht, warum sich diese Finanzierungsrunde so verzögert. Zufällig weiß ich,

dass Sie unterschriebene Vepflichtungserklärungen der beschränkt haftenden Gesellschafter haben, die weit über die uns zugedachte Summe hinausgehen, und es ist doch in Ihrem eigenen Interesse, uns aktionsfähig zu halten, bis der Markt sich wieder fängt und das Klima für einen Börsengang günstig ist. Mit der Bitte um schnellstmögliche Antwort
Max

Betr.: Ihre Anfrage
Datum: Dienstag, 6. Februar 2001, 16:29:45
Von: tremington@trg.com
An: tothemax@insite.com

Max,
habe Ihre Anfrage erhalten und mit Verständnis zur Kenntnis genommen. Das Ganze ist eine Frage des Timings, und da spielen komplexe Faktoren mit, die hier aufzulisten nicht sinnvoll wäre. Wir werden das Geld der beschränkt haftenden Gesellschafter spätestens Mitte nächster Woche abrufen. Bitte haben Sie Geduld. Falls Sie es künftig für notwendig erachten, direkt mit mir zu kommunizieren, setzen Sie Jorge davon in Kenntnis.
Grüße, Tessa

Betr.: Kein Betreff
Datum: Donnerstag, 8. Februar 2001, 21:31:07
Von: Kdonovan@aol.com
An: webpotentate@insite.com

Ich speichere das gewünschte Recherchematerial auf Diskette und bringe es Ihnen privat vorbei, da ich es weder als Anhang schicken noch in Ihr Fach im Büro legen will. Ich traue der Sicherheit interner E-Mails nicht und gehe davon aus, dass Sie diese Unterlagen nicht in Gegenwart anderer lesen wollen. Es wird Sie freuen, dass Sie mit Ihren Vermutungen richtig lagen.
K.

Betr.: Kein Betreff
Datum: Freitag, 9. Februar 2001, 11:07:43
Von: webpotentate@insite.com
An: Kdonovan@aol.com

Danke für Ihre hervorragende Arbeit und fürs Vorbeibringen der Diskette. Das sind wirklich nützliche Informationen. Geld kommt. Ich nehme an, Sie haben sämtliche Recherchen auf Ihrem Privat-PC durchgeführt, da Sie der Datensicherheit im Büro nicht trauen?

Betr.: Kein Betreff
Datum: Freitag, 9. Februar 2001, 18:22:07
Von: Kdonovan@aol.com
An: webpotentate@insite.com

Ja, habe alles hier zu Hause erledigt. Vertraulichkeit ist also gesichert.
K.

Betr: Amaya
Datum: Dienstag, 13. Februar 2001, 10:12:01
Von: tothemax@insite.com
An: tremington@trg.com

Tessa,
entgegen Ihren Anweisungen setze ich Jorge hiervon nicht in Kenntnis. Gestern Abend gab es wieder einen dieser Vorfälle – wiederholten Einbruchsalarm, Anrufe des Sicherheitsdienstes unter meiner Privatnummer zu den unmöglichsten Zeiten –, und er macht auf nonchalant und tut, als ginge ihn das alles nichts an. Er ist, ehrlich gesagt, ein erbärmlicher Geschäftsführer. Er mag ja die einschlägigen Qualifikationen haben, aber das Magazin interessiert ihn einen Dreck. Ich ersuche Sie dringend, ihn durch jemand anderen zu ersetzen.
Max

Betr.: Amaya
Datum: Dienstag, 13. Februar 2001, 14:57:54
Von: tremington@trg.com
An: tothemax@insite.com

Max,
bitte, beruhigen Sie sich! »Auf nonchalant zu machen«, wie Sie es nennen, ist nun mal Jorges Stil. Wenn Sie nicht wollen, dass der Sicherheitsdienst bei Ihnen anruft, verweisen Sie die Leute einfach an Jorge. Schließlich ist er der Chef.
Grüße, Tessa

Betr.: Kein Betreff
Datum: Mittwoch, 14. Februar 2001, 21:32:18
Von: artfulroger@earthlink.com
An: happyhacker@sonic.com

Das hier ist wichtig, Alter, und wenn du's kriegst, bin ich für Rückfragen nicht mehr verfügbar, also, bitte, drucke es dir aus und halte dich genauestens dran. Jody wird nach heute Nacht ziemlich fertig sein, und ich möchte, dass du dich um sie kümmerst. Könnte sein, dass jemand sie einzuschüchtern versucht oder ihr sogar etwas antun will, und in diesem Fall musst du ihr unbedingt das zeigen, was du mir kürzlich beigebracht hast. Dann wird sie in der Lage sein, sich zu schützen.
Ich habe etwas getan, was niemand erfahren soll, außer, es wäre die einzige Möglichkeit, wie Jody

für ihre Sicherheit sorgen kann. Ihr alle – die Alten, du und selbst Harry – habt nicht verdient, dass es an die Öffentlichkeit kommt. Falls jemand auftaucht und irgendwelche Fragen zu meiner Person stellt, distanziere dich einfach von mir. Nenn mich einen Scheißkerl, sag, du hasst mich aufs Blut, tu, was immer nötig ist. Es ist zu deiner eigenen Sicherheit.
Hab dich gern, Alter,
Roger

Betr.: Nicht ungelesen löschen!
Datum: Mittwoch, 14. Februar 2001, 21:40:02
Von: artfulroger@earthlink.com
An: rx@aol.com

Tut mir Leid. Ich war auf einem Kreuzzug und habe nicht daran gedacht, was meine Bitten für dich bedeuten könnten. Ich hätte dich nie auf diese Art benutzen dürfen. Ich weiß, ich kann es nicht wieder gutmachen, aber ich habe den Alten brieflich meinen Wunsch mitgeteilt, dass du meine Wohnung kriegen sollst. Verkauf sie oder zieh ein, mir egal. Vielleicht hilft dir das ja bei einem Neuanfang.
Reuig,
Roger

Die ersten sieben Mails hatte ich unter Dutzenden in einem Ordner namens »Projekt Mag« auf Rogers Festplatte herausgesucht. Es waren die einzigen Dateien, die in den letzten beiden Wochen vor seinem Tod neu in diesem Ordner gespeichert worden waren. Die anderen beiden Mails waren die Einzigen, die er am Tag seines Selbstmords verschickt hatte. Insgesamt waren im Speicher des Computers noch Unmengen von Dateien vorhanden gewesen – Artikelentwürfe, Listen mit Themenideen, Anlage- und Steuerinformationen –, aber nichts davon schien ähnlich relevant. Jetzt versuchte ich zu analysieren, was ich gelesen hatte.

Max Engstroms Mail an Tessa Remington bestätigte, dass dem Magazin das Wasser bis zum Hals stand und dass er wegen der Sabotageakte und Jorge Amayas Betriebsführung zunehmend frustriert war. Remingtons Reaktion war zwar einigermaßen verständnisvoll, aber seltsam unbeteiligt.

Anhand der Personalliste identifizierte ich »Kdonovan« als Kat Donovan, die Leiterin der Rechercheabteilung mit dem Jobtitel Sherlock. Ich sah sie vor mir: eine kleine, mollige Frau mit wunderschönem roten Haar, die auf meine Anwesenheit am Tag des Spiels ziemlich nervös und gereizt reagiert hatte. Ich fragte mich, welcher Art wohl die außerplanmäßigen Recherchen gewesen sein mochten, die Sherlock für die Webpotentatin durchgeführt hatte. Brisanter Art jedenfalls, da sie sich nicht getraut hatte, sie am Arbeitsplatz zu erledigen oder intern zu versenden, und Dinah Vardon ihre Bedenken offenbar geteilt hatte.

Nichts an diesen Mails oder den übrigen im Projekt-Mag-Ordner lieferte irgendeinen Hinweis darauf, warum Roger sich umgebracht hatte oder was es war, das er getan hatte und das nicht publik werden sollte, es sei denn, Jody Houstons Sicherheit hinge davon ab. Und da war auch nirgends ein Anhaltspunkt dafür, vor wem oder was sie Schutz benötigte. Seine letzten Botschaften an seine Brüder Eddie – happyhacker – und Harry – rx – waren voller Schuldgefühle und Reue. Und offenbar hatte sich Eddy mir gegenüber tatsächlich an Rogers Anweisungen gehalten und sich von ihm distanziert. Die Wut war vermutlich echt gewesen – das kannte ich ja selbst aus den jüngsten Erfahrungen –, aber dass sie sich nicht nahe gestanden hätten, war gelogen. Was Harry anging, so hatte Roger ihn vermutlich angestiftet, die vertraulichen Patientenunterlagen einzusehen, aber warum, war mir absolut schleierhaft.

Ich sah auf die Uhr. Fast Mitternacht, zu spät, um Eddie oder Harry jetzt noch anzurufen. Dann fiel mir ein, dass ich ja Julia morgen auf Harry ansetzen wollte. Wenn ich wusste, was er trieb, würde ich vielleicht einen Ansatzpunkt finden, um ihn zum Reden zu bringen. Ich zögerte kurz, eine allein erziehende Mutter um diese Zeit noch anzurufen, aber Julia war klar, dass sie sich auf einen Job mit irregulären Zeiten eingelassen hatte, und sie würde keine Sonderbehandlung wollen. Ich griff zum Telefon und nahm es zum letzten Mal an diesem Tag auf mich, jemanden zu belästigen.

Montag, 23. April

Das Telefon klingelte, während ich noch im Bett lag und meinen Tagesplan überdachte. Ich beäugte es misstrauisch. Ein Reporter? Nein. Inzwischen war, da es keine neuen Entwicklungen gab, das Medieninteresse an dem Mord an JD und an meiner Person sicher schon geschwunden. Außerdem wurden alle Anrufe unter dieser Nummer von dem Wachposten unten vorgefiltert, und ich hatte nur eine sehr begrenzte Liste von Leuten hinterlegt, die zu mir durchgestellt werden sollten.

»Na, wie gefällt dir deine Zweitwohnung?«

»Ripinsky! Du hast mit der Green Street geredet.«

»Ja, sie sagten, ich hätte dich autorisiert, das Apartment zu benutzen. Da war ich denn doch neugierig, warum ich das getan habe.«

Ich erklärte es ihm, hörte den Schmerz in seiner Stimme, als er auf die Nachricht von JDs Tod reagierte. Hy hatte zu viele Menschen vorzeitig sterben sehen, auch seine Frau, die Umweltaktivistin Julie Spaulding, die langsam an multipler Sklerose dahingeschwunden war. Diese Erfahrungen hatten ihn zu einem Menschen gemacht, der sich ständig versichern musste, dass es denen, die ihm wichtig waren, gut ging – der Grund, weshalb wir trotz dieser geradezu unheimlichen emotionalen Verbindung, die es uns ermöglichte, über Zeit und Raum hinweg die Gefühle des anderen zu erspüren, in Phasen des Getrenntseins häufig miteinander telefonierten.

»Ich nehme an, du hast Schuldgefühle, weil es mit seiner Mithilfe bei deinen Ermittlungen zu tun hatte, dass er dort raufgeflogen ist«, sagte er.

»Schuldgefühle nicht direkt. Er war ein Vollblutreporter. Ich hätte ihn nicht davon abhalten können, selbst wenn ich's gewusst hätte. Ich wollte nur, ich wäre früher dort angekommen. Vielleicht hätte ich den Mord ja verhindern können. Und ich werde ihn natürlich vermissen.«

»Ich auch.«

»Wann kommst du heim?«

»Das ist einer der Gründe, weshalb ich anrufe.« Jetzt hatte er einen Ton, den ich nur zu gut kannte, etwas förmlich Distanziertes, das mir sagte, dass gleich etwas kommen würde, was ich gar nicht gern hörte. »Ich muss nach Manila. Dort braut sich eine Situation zusammen, die einen unserer Klienten betrifft.«

»Auf den Philippinen? Gab es da nicht gerade erst eine ›Situation‹?«

»Na ja, ist ein sehr instabiles politisches Klima dort.«

Mehr würde ich nicht aus ihm herauskriegen. Wieder die Nur-das-Nötigste-Strategie, selbst mir gegenüber.

»McCone? Du bist doch nicht sauer? Oder besorgt um mich?«

»Nein.«

»Du steckst gerade in einer schwierigen Sache, und ich bin mal wieder nicht für dich da? Ist es das?«

»Ich werde schon damit fertig.«

»Klar wirst du das. Aber solltest du's immer müssen?«

»Wie meinst du das?«

»Diese Arbeit ist nur ein Job, den ich mache. Ich kann es, und es gibt mir das Gefühl, etwas Nützliches zu tun, aber es macht nicht meine Person aus. Ein Wort von dir, und ich lasse mich von Dan und Gage auskaufen.«

»Das würdest du tun? Für mich?«

»Sofort.«

Zu wissen, dass er ein solches Opfer bringen würde, war alles, was ich brauchte.

Ich sagte: »Du bist bei mir, wo du auch bist. Mach nur, pack deine Sachen und flieg nach Manila. Du bist der beste Mann, um jede Art von ›Situation‹ zu handhaben.«

Charlotte Keim, der Inbegriff von Restaurantsnob, musterte das Linoleum-Vinyl-Interieur des Koffee Kup und rümpfte die Nase. »Eins möchte ich doch wissen«, sagte sie. »Warum treffen wir uns hier am Arsch der Welt?«

Trotz der Einrichtung hatte dieser Coffee Shop durchaus seine Vorzüge – beispielsweise die Lage gleich beim RKI-Apartmenthaus und die Tatsache, dass es hier gebratenes Corned Beef mit Spiegeleiern gab. Ich sah Keim stirnrunzelnd an, wartete, bis die Bedienung unsere Bestellung aufgenommen hatte und wieder gegangen war, ehe ich antwortete.

»Ich bin hier, weil ich momentan hier in der Nähe wohne«, sagte ich. »Und du bist hier, weil ich von dir wissen will, wie Risikokapitalanlagen funktionieren.«

Keim, die ich einst mit dem Versprechen, ihr interessantere Arbeit und eine weniger paranoide Atmosphäre zu bieten, von RKI abgeworben hatte, war Expertin in Finanzdingen. Sie vergaß ihre Empörung über die vermeintliche kulinarische Zumutung. »Wie genau willst du's wissen?«

»Erst mal nur die Basics.«

»Okay, das ist nicht weiter kompliziert. Denk dir eine Risikokapitalmanagementgesellschaft X. Sie gründet einen so genannten Start-up-Fonds und holt unterschriebene Verpflichtungserklärungen einzelner Investoren – der so genannten beschränkt haftenden Gesellschafter – ein, im Bedarfsfall eine bestimmte Menge Geld herauszurücken. Wenn die Kapitalmanagementgesellschaft ein geeignetes Investitionsobjekt – eine viel versprechende Firma – findet, ruft sie das Kapital bei den Gesellschaftern ab. Der Fonds bleibt bestehen, bis das Start-up-Unternehmen verkauft wird oder an die Börse geht – oder eingeht, was derzeit der häufigere Fall ist. Aber wenn alles gut geht, wird der Fonds aufgelöst, und die Investoren kassieren ihre Rendite.«

»Und was springt für die Kapitalmanagementgesellschaft dabei heraus?«

»Die meisten investieren auch selbst, streichen also ebenfalls Rendite ein. Und außerdem veranschlagen sie Fondsmanagementkosten, gewöhnlich etwa zwei bis drei Prozent des gesamten Anlagekapitals. Das klingt vielleicht nicht so üppig, aber du musst bedenken, es geht hier um etliche Millionen pro Fonds, und die meisten dieser Gesellschaften managen mehrere Fonds.«

»Eine ziemlich riskante Art, reich zu werden. Ich vermute mal, dass das Volumen dieser Investitionen in letzter Zeit geschrumpft ist.«

Keim wartete ab, während ihr die Bedienung einen Teller mit Blaubeerpfannkuchen vorsetzte. Ihr Gesichtsausdruck, als sie daran schnupperte, sagte mir, dass das Koffee Kup im Begriff war, sein schäbiges Interieur und seine unattraktive Umgebung wettzumachen. Mein gebratenes Corned Beef wirkte klassisch – ganz ohne Firlefanz, genau so, wie ich es mochte.

Während sie sich Sirup auf die Pfannkuchen goss, sagte Charlotte: »Die Risikoanlagen sind im ersten Quartal dieses Jahres um etwa vierzig Prozent zurückgegangen, aber die reichen Leute und die Pensionsfonds zücken nach wie vor ihr Scheckbuch. In den letzten Jahren hat Risikokapital eine Rendite von etwa zwanzig Prozent gebracht. Wo sonst auf dem Kapitalmarkt kann man so viel erzielen?«

»Aber von Dotcomfirmen halten sich die Risikoanleger derzeit doch wohl fern?«

»Natürlich. Sie warten ab, welche neuen Trends sich am Markt abzeichnen, ehe sie sich Firmen zur Finanzierung aussuchen. Im *Wall Street Journal* habe ich gelesen, dass dort draußen derzeit ungenutzte Investitionsverpflichtungserklärungen im Wert von dreißig bis vierzig Milliarden Dollar herumliegen.«

Ich ließ das auf mich wirken, während ich von meinem Kaffee trank. »Okay, man ruft das Kapital ab, wenn die Investition getätigt wird. Und dann gibt es, wie ich gehört habe, noch etwas namens Mezzanin-Finanzierung.«

»Stimmt. Das passiert irgendwann in der Zwischenzeit, ehe das Start-up-Unternehmen an die Börse geht.«

»Und der Fondsmanager entscheidet, wann es passiert. Welche Faktoren spielen da mit?«

»Zum einen das Wachstum der Firma. Wenn sie schneller wächst, als es der Zeitplan vorsieht, wird man das Wachstum vielleicht drosseln wollen. Wenn die Firma dagegen Probleme hat, kann eine größere Kapitalspritze zum richtigen Zeitpunkt helfen. Unternehmen sind in vielerlei Hinsicht wie Menschen; man muss sie ganz individuell behandeln, um maximale Leistung aus ihnen herauszuholen.«

»Wenn also eine Firma in Schwierigkeiten ist, wäre eine Kapitalspritze das angemessene Mittel.«

»Dann wäre eine weitere Finanzierungsrunde im ureigensten Interesse der Risikoanleger, ja. Aber es gibt auch das Szenario der Schadensbegrenzung. Vielleicht hat die Firma ja Immobilien, die sich profitabel veräußern lassen. Oder es findet sich ein Käufer, der einem den Laden abnimmt. Ich habe sogar schon von Fällen gehört, in denen die Fondsmanager irgendwelche Unregelmäßigkeiten vertuschen wollten und deshalb die betreffende Firma einfach Pleite gehen ließen. Dann kann fast alles als Grund herhalten, das nötige Kapital nicht rüberzurücken.«

Fast alles – auch plötzliches Verschwinden.

Als ich auf der Tenth Street die Mission kreuzen wollte, um zum Piergebäude zu kommen, klingelte mein Handy. Ich nahm es vom Beifahrersitz und meldete mich.

»Sharon?« Julia Rafael, die Harry Nagasawa observierte. »Zielperson hat um neun Uhr zweiunddreißig das Haus verlassen. Bin dem Typ quer durch die Stadt gefolgt, zu einer Bar in der Sixteenth, Höhe Folsom, wo er ein paar Drinks gekippt und einen Drogenkauf getätigt hat. Offenbar hat er noch auf dem Parkplatz einen Teil der Ware eingeworfen. Jetzt sind wir auf der Market, Richtung Nordosten, und ich kann Ihnen sagen, der Typ fährt wie ein Irrer.«

»Bleiben Sie an ihm dran, und halten Sie mich auf dem Laufenden.« Ich bog links ab und nahm dann die Ninth in die Richtung, aus der ich gekommen war.

»Er ist die Franklin langgefahren und dann links in die Lombard. Vielleicht will er ja zur Brücke.«

Oder er hatte sie entdeckt und war wieder auf dem Weg nach Hause.

»Ich bin nicht weit hinter Ihnen. Bleiben Sie am Handy.«

»Wir sind jetzt in Seacliffe. El Camino del Mar. Er biegt ab … Kennen Sie diese kurze Straße, die am Landschaftsschutzgebiet endet? Er hält jetzt am McKittridge-Park.«

Diese Straße kannte ich nur zu gut.

»Observieren Sie ihn weiter, aber halten Sie Abstand. Ich bin in ein paar Minuten da.«

In den fünfziger Jahren, als das eineinviertel Hektar große Terrain an der Steilküste noch im Besitz eines konservativen Think-Tanks war, hatte sich in einem Taubenschlag auf dem Gelände ein perfider Mord ereignet. Vor ein paar Jahren hatten meine Ermittlungen im Auftrag der Frau, die als Täterin verurteilt worden war, den wahren Mörder entlarvt. Der Think-Tank ist inzwischen umgezogen und hat das Gelände der Stadt geschenkt, mit der Auflage, es Cordelia-McKittridge-Park zu nennen, nach dem jungen Mädchen, das dort so brutal umgebracht wurde. Das einst verwilderte Terrain mit der halb verfallenen Villa ist jetzt ein wunderschöner Park mit Bänken und einem Aussichtspunkt: drei durch Treppen verbundenen Holzplattformen, die sich zum Klippenrand hinunterziehen und ein herrliches Panorama vom Golden Gate bis zum offenen Meer bieten. Alte Einheimische wissen noch die Fundamente der abgerissenen Villa und des Taubenschlags zu finden, aber viele Besucher des Parks ahnen nicht, was dort passiert ist oder wer Cordelia McKittridge war.

Doch auf dem Park lastet noch immer ein Fluch: Seit er angelegt wurde, gab es hier eine Vergewaltigung und zwei Selbstmorde durch Springen von den Klippen. Es ist, als wäre das Terrain mit einem unausrottbaren Virus verseucht, der Anfällige infiziert.

Ich hielt hinter Julias schäbigem, orangefarbenem Van und entdeckte Harrys Porsche drei Parklücken weiter vorn. Julia saß nicht in ihrem Wagen, aber als ich den Park betrat, erspähte ich sie auf einer Bank auf der obersten Aussichtsplattform. Sie sah mich und zeigte zur untersten Plattform; Harry lehnte am Geländer und starrte auf die tosende Brandung und die zerklüfteten Felsen hinab.

Unbehagen überkam mich, als ich an Julia vorbei zur Treppe eilte. Eine Frau mit zwei großen Hunden kam mir entgegen. Ich quetschte mich vorbei, hörte ein Knurren und ein »Pass doch auf, blöde Kuh«.

Ein Maler hatte seine Staffelei auf der mittleren Plattform aufgestellt und betupfte seine Leinwand mit Farben, die das strahlende Morgenlicht wiedergaben, aber in meinem Kopf jagten sich nächtliche Bilder dieses Ortes: dichter Nebel, der in den Bäumen hing, das Tuten von Nebelhörnern, das schimmernde Metall einer Pistole …

Harry hatte sich aufgerichtet, die Hände flach aufs Geländer gestützt. Seine Haltung beunruhigte mich – so entschlossen und gesammelt. Als ich mich anschickte, die Plattform zu überqueren, kletterte er übers Geländer auf den abschüssigen Klippenrand dahinter.

»Mein Gott!« Ich rannte auf ihn zu.

Er wandte den Kopf, streifte mich mit einem Blick, in dem kein Zeichen des Erkennens lag. Dann sah er sich um, als wunderte er sich selbst, wo er war. Er rutschte aus, schlug hin; der abschüssige Boden begann zu bröckeln.

Ich flankte über die Brüstung, packte ihn an den Schultern, wobei ich verzweifelt die Hacken in die Erde stemmte. Er blieb völlig passiv, rutschte widerstandslos auf den Abgrund zu und zog mich mit sich. Das Brandungsgeräusch von unten war ohrenbetäubend. Ich roch Salz und

Harrys alkoholversetzten Schweiß. Ich grub die Hacken noch fester ein, spannte Waden- und Oberschenkelmuskeln an und schaffte es schließlich, uns zu verankern. Harrys Kopf sank schlaff an meine Brust; seine Augen waren stumpf und leer – da war nicht einmal Angst.

Mein Herz hämmerte wild, und mein Atem ging rau und schnell. Hinter mir hörte ich Schreien und Rennen, dann griffen Hände nach uns – Julias Hände und die eines Fremden. Ich hielt Harry eisern fest, und sie zogen uns in Sicherheit.

Noch ein Selbstmord.

Aber diesmal ist es nicht passiert.

Diesmal habe ich es verhindert …

»… und in unseren Abendnachrichten erfahren Sie mehr über die stadtbekannte Privatdetektivin, die immer dann aufzutauchen pflegt, wenn sich Tragödien – oder Beinahe-Tragödien – ereignen –«

»Verdammt!« Ich stellte den Fernseher ab. Nach einer kurzen Atempause, in der ich das Medieninteresse an mir bereits erloschen geglaubt hatte, war ich schon wieder der Knüller der Lokalnachrichten. Zum Glück hatten Julia und ich uns in die streng bewachte RKI-Festung zurückgezogen, sobald die Polizei im McKittridge-Park mit uns fertig gewesen war.

Ich sah zu Julia hinüber. Sie war atypisch still gewesen, während ich die Kanäle nach einem Mittagsnachrichten-Trailer durchgezappt hatte, und ihre hängenden Schultern und ihr gesenkter Kopf sagten mir, dass sie deprimiert war. Sie spürte meinen Blick und sah auf.

»Er ist total ausgeklinkt, oder?«, sagte sie.

»Ja, ist er.« Als die Sanitäter Harry in den Krankenwagen verfrachtet hatten, war er regelrecht katatonisch gewesen. »Vielleicht besorgen ihm seine Eltern jetzt ja die Hilfe, die er braucht.«

»Passiert Ihnen so was oft? Dass Sie fast draufgehen, nur weil Sie irgendeinem Arschloch das Leben retten?«

Oder weil ich mich gegen ein solches zur Wehr setzen muss. »Ist schon vorgekommen, ja. Aber die meiste Zeit beschränken sich die Aufregungen meines Berufs darauf, dass mich irgendein Klient um mein Honorar prellen will.«

Julia schien nicht sonderlich überzeugt. »Dabei war das heute wohl gar nicht mal so schlimm, oder? Ich meine, es ist immerhin gut ausgegangen.«

»Stimmt.«

»Aber manchmal geht es auch nicht gut aus. Sie waren schon dabei, wenn Leute umgekommen sind, oder?«

»Ja.«

»Wann zum ersten Mal?«

»Ziemlich am Anfang meiner Zeit bei der All-Souls-Anwaltskooperative. Damals wurde einer von Hank Zahns Mandanten ermordet.«

»Wie lange waren Sie da schon Privatdetektivin?«

»Ich war etwa dreißig und hatte schon seit meinem High-School-Abschluss zeitweilig bei Sicherheitsdiensten gearbeitet.«

»Aber wie lange waren Sie schon regelrecht Privatdetektivin?«

»Drei Jahre. Warum?«

»Ich versuche, die Wahrscheinlichkeit auszurechnen.«

»Welche Wahrscheinlichkeit?«

»Wie oft mir so was passiert, wenn ich in diesem Job bleibe.«

Erwog sie zu kündigen? Das konnte ich mir nicht vorstellen. Julia war ziemlich hart im Nehmen, und wenn sie auch Harrys Selbstmordversuch mit angesehen hatte, war doch nicht sie diejenige gewesen, die er beinahe mit in den Tod gerissen hätte. Waren ihre Bilder nicht die, die ich für den Rest meines Lebens mit mir herumschleppen würde? Dennoch musste ich sie jetzt beruhigen, ihr helfen, das Geschehene zu verarbeiten.

Behutsam sagte ich: »Es wäre auch denkbar, dass Sie so was gar nicht wieder erleben. Nicht alle Privatdetektive arbeiten draußen vor Ort. Wenn Sie Ihre Computerkenntnisse ausbauen und sich für einen Schreibtischjob entscheiden –«

»Ich? Kommt nicht in Frage!«

»Na ja, es wäre eine Möglichkeit.«

»Nicht für mich. Ich werde schier wahnsinnig, wenn ich länger als zwei Stunden in diesem Büro hocke. Ich muss immer mal raus und ein Stück laufen. Craig ist da genauso. Deshalb liegt er immer auf dem Fußboden und macht seine Übungen. Wir sind der Action-Typ, wie Sie auch.«

»Dann sollten Sie wohl besser eine Methode finden, mit den unangenehmen Dingen, die Ihnen begegnen, umzugehen. Ich kann Ihnen eine empfehlen: die Schließfachmethode.«

»Heißt?«

»Man stellt sich ein Schließfach im eigenen Kopf vor. Dann schiebt man die Erinnerung rein und schließt ab.«

Sie zog die Brauen zusammen. »Sie müssen ja ein Riesenschließfach haben.«

»Der reinste Tresorraum inzwischen. Aber Sie können erst mal klein anfangen. Vielleicht gehören Sie ja zu den Glückspilzen.«

»Sie haben doch meinen Lebenslauf gelesen. Glück kommt da nicht vor.«

»Das ändert sich ja bereits. Für den Anfang würde ich die Größe eines Bankschließfachs empfehlen.«

Julia lächelte. Eine Kleinigkeit hatte sie allerdings übersehen: dass selbst gebastelte mentale Schließfächer nun mal leicht zu knackende Schlösser haben.

»Miss McCone, hier ist Eddie Nagasawa. Ich habe Ihre Nummer von Glenn Solomon.« Seine Stimme war rau vor Emotion. »Ich wollte Ihnen dafür danken, dass Sie meinem Bruder das Leben gerettet haben.«

»Gern geschehen, Eddie. Ich bin froh, dass ich noch rechtzeitig dazugekommen bin.«

»Meinen Sie ... Könnten wir uns mal treffen, persönlich miteinander reden?«

Ich wollte ihn sowieso ein paar Dinge fragen. »Sagen Sie, wann und wo.«

Pause. »Ich bin auf dem Weg von Palo Alto zu meinen Eltern, aber es wäre mir lieber, wir würden uns nicht dort treffen. Wissen Sie, wo Roger gewohnt hat?«

»Ja. Ich habe, offen gesagt, sogar Schlüssel zu seinem Apartment.«

»Ich auch. Dann treffen wir uns in einer Stunde dort.«

Als ich ankam, trank Eddie gerade Wein – einen billigen Roten, den er mitgebracht hatte. Er bot mir welchen an, und ich lehnte nicht ab. Wir saßen uns am Glastisch in der Essecke gegenüber, und auf seine Bitte hin schilderte ich ihm den Selbstmordversuch seines Bruders genauer.

»Sind Sie sich sicher, dass er wirklich springen wollte?«, fragte er.

»Na ja, er hat keinen Abschiedsbrief im Wagen hinterlassen, wenn Sie das meinen. Er hatte getrunken und, wie meine Mitarbeiterin meint, auch irgendwelche Drogen genommen. Mag sein, dass er nur mit dem Gedanken an Selbstmord spielte, über die Brüstung stieg, um die Grenzen auszuloten, und dann hinfiel, weil er nicht mehr koordiniert genug war.«

»Aber sicher weiß man's nicht.«

»Nein.«

»Gott, ich wollte, ich könnte glauben, dass er wieder zurückgeklettert wäre. Mir geht immer dieser Gedanke im Kopf herum … Sie wissen ja, ich habe mein eigenes Leben, und bis Roger sich umgebracht hat, war es ein prima Leben. Supernoten, gute Freunde, tolle Freundin und alles. Aber jetzt hat das alles einen Knacks gekriegt, weil es so aussieht, als gäbe es da dieses Selbstmord-Gen in unserer Familie. Woher weiß ich, dass ich nicht auch ausraste und mich umzubringen versuche?«

Ich zögerte, von mir selbst zu reden, befand dann aber, dass Eddie von meinen Erfahrungen profitieren konnte. »Mein Bruder hat Selbstmord begangen. Vor kurzem erst. Aber ich habe noch einen Bruder und zwei Schwestern; die haben alle ziemlich schlimme Sachen durchgemacht, aber keiner hat das je als Ausweg in Erwägung gezogen. Sie sehen also, es muss nichts Erbliches sein. Und Sie erscheinen mir viel stabiler als Harry und Roger.«

»Hoffentlich. Ich muss jetzt für meine Eltern da sein. Und für Harry.«

»Ist er in stationärer Behandlung?«

»In einer Privatklinik, die einem Freund meines Vaters gehört.«

»Na ja, dann wird es ja besser ausgehen als bei Roger.«

Er zuckte die Achseln,

»Ich wollte Sie noch ein paar Sachen fragen«, sagte ich.

»Klar. Nur zu.«

»Sie und Roger standen sich näher, als Sie mir erzählt haben?«

»Ja. Als ich klein war, hat er mir beigestanden, wenn Harry mich drangsaliert hat. Er hat mir immer zugehört, wenn ich irgendein Problem hatte. Auch als ich dann von zu Hause weg war, konnte ich ihn jederzeit anrufen. Ich habe diesen ganzen Scheiß über ihn nur erzählt, weil ich so sauer war, dass er sich umgebracht hat.«

»Und weil Roger Ihnen aufgetragen hat, sich von ihm zu distanzieren, falls jemand käme und Fragen stellen würde. Zu Ihrer eigenen Sicherheit.«

»Woher wissen Sie das?«

»Aus seiner letzten E-Mail an Sie.«

Sein Blick huschte zum Schlafzimmer, wo Rogers Workstation stand. »Hat Jody sie Ihnen gezeigt?«

Ich nickte, statt Zeit auf umständliche Erklärungen zu vergeuden. »Und er wollte auch, dass Sie sich um Jody kümmern, falls jemand versuchen sollte, sie einzuschüchtern oder ihr etwas anzutun. Und dass Sie ihr etwas zeigen, was Sie ihm gezeigt hatten. Haben Sie das getan?«

»Ja.«

»Und das, was Sie ihr zeigen sollten, war, wie sie die gelöschten Dateien wiederherstellen kann?«

»Stimmt. Hören Sie, ich weiß nicht, ob ich darüber mit Ihnen reden soll. Ich meine, Jody hatte wirklich eine Heidenangst, und dann ist sie von hier abgehauen. Und ich kann nicht glauben, dass sie diesen Reporter umgebracht hat. Irgendwas ist dort oben passiert, aber nicht das, was die Medien und die Polizei behaupten.«

»Das sagt Jody auch.«

»Sie haben Sie seither noch mal gesehen?«

»Sie hat mich angerufen.«

»Was hat sie gesagt?«

Ich rekapitulierte unser Telefongespräch.

Eddie fragte: »Glauben Sie ihr?«

»Irgendwie klang es, als würde sie die Wahrheit sagen. Ich wollte, sie würde sich stellen und die Polizei die Sache aufklären lassen.«

»Ich auch. Selbst wenn sie ins Gefängnis käme – dort wäre sie wenigstens sicher.«

»Sicher vor wem?«

»Das wollte sie mir nicht sagen. Es ist so kompliziert. Ich muss von vorn anfangen. Aber kein Tonband, okay?«

»Okay.«

»Im Dezember hat Rog mich angerufen und gesagt, er hätte einen Artikel darüber gelesen, dass man gelöschte Dateien auf der Festplatte auffinden und wiederherstellen kann, und ob ich wüsste, wie das geht. Ich wusste es und hab's ihm gezeigt.«

»Und er hat gelöschte Dateien und E-Mails auf den Computern von *InSite* wiederhergestellt.«

»Hunderte. Warum, weiß ich nicht. Dann hat er mich gefragt, ob ich an Patientendaten von zwei *InSite*-Leuten drankommen könnte, die seiner Meinung nach von jemandem im Büro vergiftet worden waren. Ich wollte mich nicht in so was reinziehen lassen, aber die beiden waren in die Uniklinik eingeliefert worden, also hab ich ihm vorgeschlagen, Harry zu fragen. Harry wollte es auch nicht tun, also hat Roger ihn erpresst – mit der Drohung, unseren Eltern von seinen Drogenproblemen zu erzählen.«

»Und Harry hat es getan, wurde aber erwischt und gezwungen, seinen Klinikjob zu kündigen.«

Eddie nickte. »Danach kam er dann richtig auf Drogen und Alkohol. Ich habe meine Eltern zu warnen versucht, aber die waren so mit der Trauer um Roger und mit dieser Prozessgeschichte beschäftigt, dass sie nichts anderes wahrgenommen haben. Und ich glaube, sie wollten auch einfach nicht hören, was ich sagte.«

»Hat Harry Ihnen von der erzwungenen Kündigung erzählt?«

»Nein, das war Rog. Harry und ich, wir reden kaum miteinander. Er kann ziemlich gemein sein, und seit er Drogen nimmt und trinkt, ist es noch übler geworden. Ich mache Rog keine Vorwürfe wegen dem, was mit Harry passiert ist. Harry ist intelligent und hätte das Zeug zu einem guten Chirurgen, aber er konnte dem Druck nicht standhalten. Auch wenn Rog ihn nicht in das reingeritten hätte, was ihn den Job gekostet hat, wäre er früher oder später abgestürzt.«

»Und nach Rogers Tod haben Sie Kontakt zu Jody gehalten?«

Er goss sich Wein nach, trank in großen Schlucken. »Ja, ich hab sie angerufen, ihr gesagt, falls ich irgendwas für sie tun könne, solle sie es mich wissen lassen. Sie sagte, es sei alles okay, aber sie klang ziemlich elend, also hab ich sie einmal die Woche angerufen, und wir haben geredet. Vor zwei Wochen hat sie mir dann gestanden, dass sie einen Schlüssel zu seiner Wohnung hatte und dass sie sein Tagebuch gefunden und gelesen hatte. Um irgendwie zu begreifen, was passiert war, schätze ich mal. Der letzte Eintrag enthalte eine Botschaft an sie, behauptete sie, irgendwas mit einer Versicherungspolice. Aber Roger war nicht der Typ, der Lebensversicherungen abschließt, also hab ich gleich geahnt, was gemeint war. Ich sollte ihr zeigen, wie sie seine Dateien wiederherstellen konnte.«

»Und das haben Sie dann auch getan.«

»Genau. Sie interessierte sich vor allem für einen Ordner namens ›Projekt Mag‹. Natürlich war da irgendwo im Speicher noch jede Menge anderes Zeug. Ich hatte nicht die Zeit – oder die Lust –, das alles mit ihr durchzusehen, also haben wir die Prozedur ein paar Mal geübt, und ich nehme an, sie hat sich dann den Rest später angeguckt.«

Ich ließ im Stillen die übrigen Dateien Revue passieren, fand aber keine, die sich irgendwie als Versicherungspolice für Jody hätte interpretieren lassen.

Ich fragte: »Haben Sie danach noch mit ihr gesprochen?«

»Ich habe sie noch einmal angerufen. Sie klang gar nicht gut – total panisch – und war auch sehr kurz angebunden. Danach hab ich ihr noch ein paar Mal auf den Anrufbeantworter gesprochen, aber sie hat mich nie zurückgerufen.«

Interessant. Jody musste mehr aus Rogers Dateien herausgelesen haben als ich – genug, um sie aus der Stadt zu vertreiben.

Als Eddie zu seinen Eltern gefahren war, blieb ich noch in Rogers Apartment, um meinen umgeworfenen Tagesplan neu zu sortieren. Dann zog ich den Notizzettel, den ich in JDs Regenmantel gefunden hatte, aus meiner Umhängetasche und studierte ihn. Die Abkürzungen und Wörter mit den Fragezeichen interessierten mich – vor allem zwei. Econ und TRG. Tessa Remingtons E-Mail-Adresse lautete trg: The Remington Group. Und in dem Zeitungsartikel über ihr Verschwinden war die Rede von ihrem Ehemann Kelby Lincoln, Direktor einer Firma namens Econium Measures.

Ich ging an Rogers Workstation, nahm das City-Telefonbuch aus der Schublade, sah unter dem Firmennamen und unter Lincoln nach. Nichts. Dann rief ich die Auskunft an und fragte nach entsprechenden Einträgen in der gesamten Greater Bay Area. Wieder kein Econium Measures, aber es gab einen Kelby Lincoln in Atherton, auf der Peninsula. Ich wählte die Nummer, und der Mann am Apparat gab misstrauisch zu, Tessa Remingtons Ehemann zu sein. Als ich sagte, ich würde gern mit ihm über das Verschwinden seiner Frau reden, wurde sein Ton schroff.

»Daran bin ich nicht interessiert, Miss McCone.«

»Bitte, hören Sie mich erst mal an. Ich arbeite für Glenn Solomon, den Rechtsanwalt, in Sachen *InSite*-Magazin. Das ist eine der Firmen, die das Unternehmen Ihrer Frau finanziert hat –«

»Und die jetzt vermutlich ihr Geld will und behauptet, ich hätte es veruntreut. Die können mich mal.«

»Ich vertrete nicht die Leute von *InSite*. Ganz im Gegenteil. Ich habe dort ein paar Unregelmäßigkeiten aufgedeckt und frage mich, ob sie mit Miss Remingtons Verschwinden zu tun haben könnten.«

Pause. »Sie sagen, Sie arbeiten für Glenn Solomon?«

»Ja. Sie können gern in seiner Kanzlei nachfragen –«

»Nicht nötig. Sie möchten mich persönlich sprechen?«

»Wenn möglich.«

»Ich mache Ihnen einen Vorschlag: Ich bin heute Abend um acht Uhr in Marin zum Essen verabredet. Wir könnten uns vorher auf einen Drink in der City treffen – sagen wir um siebzehn Uhr dreißig.«

»Gut. Wo?«

»Kennen Sie das Beach Chalet?«

»Ja.«

»Das liegt an meiner Route zur Brücke. Wir treffen uns dort in der Bar.«

Das Beach Chalet am westlichen Ende des Golden Gate Park, wo der Blick über den Great Highway auf den Pazifik hinausgeht, ist eine San Franciscoer Institution, die gute und schlechte Zeiten gesehen hat. Von dem einheimischen Architekten Willis Polk entworfen, 1925 fertig gestellt und damals noch außerhalb der Stadt gelegen, war es ursprünglich als Nobelausflugslokal gedacht. Während der Wirtschaftskrise wurde ein Künstler im Rahmen des Arbeitsbeschaffungsprogramms beauftragt, die Wände im Erdgeschoss mit lebendigen Großstadtszenen zu schmücken, um so dem Ganzen noch mehr Eleganz zu verleihen. Aber das Chalet wurde nie das beliebte Ausflugsziel, das sich die Stadtväter erhofft hatten, und als ich nach San Francisco kam, war es ein Ort, an den sich keine halbwegs vernünftige Frau ohne Waffe oder starke männliche Begleitung gewagt hätte.

Im Obergeschoss traf sich gelegentlich die Veteranenvereinigung, die das Haus seit dem Zweiten Weltkrieg bewirtschaftete. Im Erdgeschoss befand sich eine dunkle, verrauchte Bar, wo Männer in Motorradkluft alkoholische Getränke in sich hineinkippten, Poolbillard spielten und oft genug mit den Queues aufeinander losgingen. Die Wandgemälde waren mit einer Dreckschicht überzogen, die Fliesen klebten von allen möglichen ekligen Substanzen. Einmal mussten meine Berkeley-Freunde und ich vor dem Zorn des Wirts flüchten, weil einer von uns schwarz war. Schließlich wurde auch die Bar geschlossen, das Gebäude mit Brettern vernagelt. Ab und zu ging das Gerücht um, irgendein Restaurant verhandle mit der Stadt über einen Pachtvertrag, aber erst Ende der neunziger Jahre wurde das Chalet wiedereröffnet. Inzwischen erstrahlt es – einschließlich der Wandgemälde – in alter Pracht, mit einem Besucherzentrum der Landschaftsschutzbehörde im Parterre und einem Restaurant mit weitem Ozeanblick im Obergeschoss. Heute ist es tatsächlich ein Anziehungspunkt für Einheimische, Touristen, Strandläufer und alle, die ein gutes Essen direkt am Pazifik zu schätzen wissen.

Kelby Lincoln hatte sich am Telefon beschrieben – groß, blond, braun gebrannt, mit Goldrandbrille –, und beim Betreten des Barraums entdeckte ich ihn auf einem Hocker an einem der hohen Tische, von denen man über die Köpfe der Essenden hinweg die Aussicht genießen kann. Als ich auf ihn zuging, erhob er sich und nickte ernst; sein Händedruck war kraftlos, als fürchtete er, sich durch das Berühren eines anderen Menschen mit irgendetwas anzustecken.

Ich erklomm den Hocker ihm gegenüber. Lincoln fragte mich, was ich trinken wolle, und ging an die Bar. Er war schlank und wirkte fit. Seine tiefe Sonnenbräune sah nach Wassersport aus. Als er zurückkam, blinzelte er in das Gleißen der tief stehenden Sonne und tauschte seine Brille gegen eine Sonnenbrille aus.

»Haben Sie etwas über den Verbleib meiner Frau herausgefunden?«, fragte er.

»Nichts Schlüssiges bislang. Aber ihr Verschwinden scheint mit der Sache zu tun zu haben, in der ich ermittle, und ich hatte gehofft, Sie könnten mir ein paar erhellende Dinge sagen.«

»Ich will Ihnen gern helfen, wenn Sie meinen, dass Sie irgendetwas finden können, das zu Tessa führt. Aber die Polizei und die Detektei, die ich beauftragt habe« – er nannte ein sehr renommiertes lokales Ermittlungsbüro –, »hatten keinerlei Erfolg. Die polizeilichen Ermittlungen sind vorerst eingestellt, und den Kontrakt mit der Detektei habe ich letzten Monat aufgekündigt. Seither warte ich mehr oder minder auf den zweiten Schock.«

»Wie meinen Sie das?«

»Nun ja, was auch immer ich schließlich von meiner Frau hören werde – eine gute Nachricht wird es bestimmt nicht sein.«

»Sprechen wir von dem Tag, an dem Ihre Frau verschwand. Zuletzt gesehen haben Sie sie ...«

»Beim Frühstück. Sie hatte vor, den Tag im Büro zu verbringen, um siebzehn Uhr dreißig an einer Sitzung des Komitees für sichere Kommunikation teilzunehmen und dann direkt nach Hause zu kommen.«

»Dieses Komitee – ist das eine Non-Profit-Organisation?«

»Eins von Tessas politischen Steckenpferden. Sie fürchtet den Missbrauch der neuen Technologien. An dem Abend waren wir um acht mit Freunden in unserem Club zum Essen verabredet, und als sie um halb acht immer noch nicht da war, habe ich die Vorsitzende des Komitees angerufen. Sie sagte, Tessa sei überhaupt nicht zu der Sitzung erschienen. Ich habe noch weiter bei ihren Freunden und Geschäftspartnern herumtelefoniert, aber niemand hatte sie gesehen oder etwas von ihr gehört. Am nächsten Morgen habe ich dann die Polizei benachrichtigt.«

»Fehlte irgendetwas von ihren persönlichen Dingen?«

»Nichts, was mir aufgefallen wäre. Die Polizei hat mich alles gründlich durchsehen lassen.«

»Diese Frage wurde Ihnen sicher schon gestellt, aber: Gab es in Ihrer Ehe Probleme?«

»... Nun ja, es war ... eine Ehe eben. Sie hatte ihre Höhen und Tiefen, aber welche Ehe hat die nicht?«

»Und Sie hatten keinen Grund zu der Annahme, dass sie ein Verhältnis haben könnte?«

»... Nein.«

Interessant, dieses Zögern. »Weiß man, ob es im Leben Ihrer Frau – vor ihrem Verschwinden – irgendwelche ungewöhnlichen Vorfälle gab? Lästige Telefonanrufe vielleicht oder jemanden, der sie verfolgte?«

»Nichts dergleichen.«

»Hat Sie irgendjemand ihretwegen kontaktiert?«

Er seufzte müde. »O ja, mich haben eine Menge Leute kontaktiert. Deshalb wollte ich ja zuerst nicht mit Ihnen reden. Ich unterteile diese Leute in Spinner und Hellseher. Die Spinner behaupten, sie an Orten wie einer Drogenhöhle in Seattle, einem SM-Club in Los Angeles oder einer Lesbenbar in New Orleans gesehen zu haben. Einer – ein Kokaindealer – wollte mich für eine Million Dollar zu ihrer Leiche führen. Ich habe die Polizei eingeschaltet, und die haben ein Treffen arrangiert, aber er ist nicht aufgetaucht. Die Hellseher lassen irgendwelche Andeutungen fallen – sie ist in Wassernähe, sie wird an einem kalten, dunklen Ort gefangen gehalten – und wollen dann Geld, ehe sie mehr sagen. Das Ganze hat mich einiges über die menschliche Natur gelehrt, Miss McCone.«

»Das kann ich mir vorstellen. Was ist mit ihren Kreditkarten und Konten? Irgendwelche Aktivitäten?«

»Gar keine. Deshalb war ich ja zunächst überzeugt, dass sie tot ist. Meine Frau ist nicht der Mensch, der auf seine kleinen Luxusgewohnheiten verzichten kann.«

»Sie sagen ›zunächst‹. Ist etwas passiert, was Sie von dieser Überzeugung abgebracht hat?«

»Ja, heute erst. Etwas, das ich der Polizei nicht erzählen will.« Er drehte den Kopf erst zur einen, dann zur anderen Seite, suchte durch seine dunklen Brillengläser den Raum ab. Es herrschte Cocktailzeit-Betrieb, und niemand beachtete uns. »Ich weiß nicht, ob ich mit Ihnen darüber reden soll«, fuhr er fort. »Falls Tessa wieder auftaucht, könnte es sie beruflich ruinieren.«

»Ich kann schweigen.«

»Auch der Polizei gegenüber?«

»Ich unterliege nicht dem Anwaltsgeheimnis, aber wenn die Sache es rechtfertigt, kann ich ein äußerst schlechtes Gedächtnis haben.«

Er ließ das kurz auf sich wirken und schien befriedigt. »Nominell bin ich Direktor einer Firma namens Econium Measures. Tatsächlich gehört die Firma Tessa. Sie benutzt sie, um Investorengelder zu verwalten und auszuzahlen. Ich bin nur die Galionsfigur, weiß nicht viel von den Geschäften und unterzeichne lediglich Schriftstücke, wenn sie es mir sagt.«

»Warum läuft die Firma dann auf Ihren Namen?«

»Juristische Gründe, sagt sie. Ich hatte immer schon den Verdacht, dass ihr einfach wohler ist, wenn sie ihren Mann als Direktor von irgendwas präsentieren kann statt als jemanden, der nichts tut.«

»Gar nichts?«

Seine Miene wurde melancholisch. »In ihren Augen gar nichts. Ich bin klassischer Pianist, wenn ich auch schon lange die Lust am Auftreten verloren habe. Aber ich komponiere, und etliche meiner Werke wurden schon von anderen gespielt, hier wie an der Ostküste. Leider bin ich damit finanziell nicht erfolgreich, deshalb bezeichnet Tessa die Musik als ›mein kleines Hobby‹. Sie haben vorhin gefragt, ob es in unserer Ehe Probleme gibt. Ja, es gibt welche, und sie rühren daher, dass ich nicht den rechten Ehrgeiz habe.«

Und daher, dass für Tessa eine Tätigkeit, die keine großen Summen einbrachte, nichts Rechtes sein konnte.

Als ich nicht gleich antwortete, kippte Lincoln den Rest seines Drinks und ging mit unseren Gläsern an die Bar – er wollte Zeit gewinnen, um sich wieder unter Kontrolle zu kriegen. Ich wartete, blickte über die Köpfe der ersten Essensgäste hinweg aufs Meer. Die untergehende Sonne strahlte jetzt orangerot, und am Horizont war kein Nebelfetzchen. Es war sicher ein wunderschöner Abend in Touchstone: blühende Narzissen und Wildblumen auf der Wiese, die sich zum Klippenrand hinabzog, die Kiefern sonnenvergoldet. Ich war seit März nicht mehr dort oben gewesen und konnte es nicht erwarten, wieder hinzukommen und letzte Hand an das neue Haus zu legen, das Hy und ich hatten bauen lassen …

Kelby Lincoln kam mit neuen Drinks zurück. Er hatte die Sonnenbrille abgenommen, und ohne sie wirkten seine Augen müde und gereizt. Er rieb sie, ehe er die normale Brille aufsetzte, und sagte: »Entschuldigen Sie, dass ich Sie mit alldem überschüttet habe.«

»Kein Problem. Manchmal ist es einem fremden Menschen gegenüber leichter, sich Dinge von der Seele zu reden.«

»Mag sein. Na, jedenfalls, wir waren bei Econium Measures. Die Firma tut im Grunde nichts, außer als Umschlagplatz für Investorengelder zu fungieren, und auf ihren Konten können Beträge zwischen wenigen Dollars und achtstelligen Summen sein, das ändert sich wöchentlich. Tessa wickelt sämtliche Transaktionen selbst ab, es gibt gar keine Angestellten.«

»Ist das nicht ungewöhnlich?«

»Das weiß ich nicht. Ich durchschaue, wie gesagt, ihre Geschäfte nicht wirklich. Aber ich fühle mich in gewisser Weise für die Firma verantwortlich, solange sie … abwesend ist, deshalb habe ich eine Woche nach ihrem Verschwinden die Kontostände geprüft; sie waren enorm, insgesamt etwas über zwanzig Millionen Dollar. Ihre Assistentin bei der Remington Group, Steffi Robertson, erklärte mir, in der Woche vor Tessas Verschwinden seien hohe Beträge von den Investoren dreier Fonds eingegangen. Das Geld lag da, und die Firmen, die sie finanzierte, warteten auf die Auszahlung.«

»Und Sie als Direktor können diese Auszahlungen nicht vornehmen?«

»Nein. Jedes Dokument, das ich unterschreibe, muss von meiner Frau gegengezeichnet werden.«

»Also liegen die Gelder weiterhin auf den Konten, und die Firmen warten immer noch.«

»Die Firmen warten immer noch, ja. *InSite* steht kurz vor dem Konkurs. Aber ...«

»Ja?«

»Die Gelder sind verschwunden. Offenbar hatte Steffi Robertson Angst, ich könnte mich bedienen. Sie hat sich irgendwie Tessas Passwörter verschafft und die Kontostände überprüft. Heute Morgen kam sie zu mir nach Hause und beschuldigte mich, übers Wochenende die Konten geplündert zu haben.«

»Zwanzig Millionen Dollar – verschwunden? Wie das?«

»Elektronisch.«

»Sind Sie sich sicher, dass diese Steffi Robertson nicht selbst die Konten abgeräumt hat?«

»Das kann ich mir nicht vorstellen. Sie gehört zu den wenigen Menschen, die keine eigenen Ambitionen haben. Und sie ist schon seit der Gründung der Remington Group bei Tessa. Außerdem hat sie sofort einen Computerspezialisten kommen lassen, der bisher allerdings nicht in der

Lage war, irgendetwas über den Verbleib der Gelder herauszufinden, und sie wollte auch die Polizei einschalten.«

»Aber Sie haben es ihr ausgeredet?«

»Ja. In ihrer bedingungslosen Loyalität ist sie gar nicht auf die Idee gekommen, dass Tessa die Konten selbst geleert haben könnte. Als ich das ansprach, war sie bereit zu warten, bis der Computerspezialist seine sämtlichen Möglichkeiten, den Weg der Gelder zu rekonstruieren, ausgeschöpft hat.«

»Wie lange wird das dauern?«

»Ein paar Tage mit Sicherheit.«

Ich musterte Kelby Lincoln; er wirkte erschöpft und niedergeschlagen – ein Mann, dem selbst die Begeisterung für die Musik abhanden gekommen war. Nicht der Mann, der ein Zwanzig-Millionen-Dollar-Ding drehen würde oder könnte.

»Sagen Sie«, sagte ich, »haben Sie irgendeinen Grund zu der Annahme, dass Ihre Frau freiwillig verschwunden sein und jetzt diese Gelder transferiert haben könnte?«

Er schwieg eine ganze Weile, fingerte an seinem leeren Glas herum. »Ich habe Grund zu der Annahme«, erwiderte er schließlich, »dass meine Frau, wenn es um Geld geht, zu allem fähig ist.«

Welch eiskalte Einschätzung der eigenen Ehefrau. Aber Tessa war nun mal, nach seinen Worten, eine Frau, die an ihren kleinen Luxusgewohnheiten hing. Zwanzig Millionen Dollar reichten für mehrere Leben im Überfluss. Oder vielleicht auch nur für eins, je nachdem, worin dieser Überfluss bestand.

Kelby Lincoln setzte hinzu: »Sie sehen, Miss McCone, das Warten auf den zweiten Schock ist bereits vorbei.«

»Wird auch Zeit, dass du endlich dein Handy einschaltest, McCone.« Adah Joslyn, hörbar sauer. »Ich versuche schon die ganze Zeit dich zu erreichen.«

»Es war aus?« Ich hätte schwören können, dass ich es angelassen hatte, nachdem ich vom Parkplatz des Beach Chalet aus meinen Anrufbeantworter abgehört hatte.

»Und ob es aus war.«

Nicht gut. An irgendeinem Punkt musste ich das Ding unbewusst zum Schweigen gebracht haben. Ich wehrte mich immer noch gegen dieses Geburtstagsgeschenk meiner Belegschaft, das ich als den Versuch deutete, mich an die Leine zu legen. »Tut mir Leid«, erklärte ich Adah.

»Mir kann's ja egal sein. Aber ich habe endlich Deputy Gil Martini vom hiesigen Sheriff's Department erwischt – er ist dort für den Smith-Mord zuständig. Du kannst ihn jederzeit anrufen.«

»Danke. Ach, übrigens, weißt du irgendwas über diese Tessa-Remington-Sache?«

»Dafür ist offiziell die Vermisstenabteilung zuständig, aber die Mordkommission hält ein Auge drauf. Warum?«

»Ich habe gerade mit ihrem Mann gesprochen, im Zusammenhang mit einem Job, den ich für Glenn Solomon mache. Könnte Lincoln selbst mit ihrem Verschwinden zu tun haben?«

»Unwahrscheinlich. Ich habe die Protokolle gelesen, und er klang ziemlich ehrlich. Hat zugegeben, dass in der Ehe nicht alles zum Besten stand, und sogar angeboten, sich einem Lügendetektortest zu unterziehen.«

»Na ja, falls du irgendwas Neues hörst, lässt du's mich wissen?«

»Wenn es was ist, was ich rausgeben darf, ja.«

»Wie läuft's denn mit deinem Lieblingslogiergast?«

»Was?«

»Wie läuft's mit Ted?«

»Sprich diesen Namen nicht in meiner Gegenwart aus. Erwähne ihn bloß nicht.«

Adah legte auf.

Was hatte das nun wieder zu bedeuten?

Ich folgte weiter der Folsom Street, zu meiner Rechten der Golden Gate Park, zu meiner Linken die adretten Straßen von Outer Richmond. Ich würde warten, bis ich wieder im Apartment war, um den hiesigen Deputy anzurufen. Anschließend würde ich mir meinen Aktionsplan für den Abend zurechtlegen –

Das Handy klingelte wieder. Verdammt. Ich funkelte es wütend an, ehe ich mich meldete.

»Sharon, ich bin's, Glenn. Wo sind Sie?«

»In meinem Wagen, auf dem Rückweg zu meiner derzeitigen Bleibe. Warum –?«

»Geben Sie mir die Adresse, ich komme hin.«

Sein Ton war dringlich; ich gab sie ihm ohne weitere Nachfragen.

»Wir sehen uns in einer halben Stunde. Reden Sie mit niemandem, bevor ich da bin.« Aufgelegt.

Neue Probleme. So viel war sicher.

Glenn probierte den Single Malt Scotch, den ich vor ihn hingestellt hatte, und nickte billigend. »Genau das, was ich jetzt brauche. Das war ein höllischer Tag.«

»Kommen Sie gerade von den Nagasawas?«

»Ja.«

»Wie haben es Margaret und Daniel aufgenommen?«

»Auf ihre übliche stoische Art. Aber im Moment haben

sie ja auch noch alle Hände voll zu tun, Harry eine angemessene Behandlung zu verschaffen. Wer weiß, was danach ist. Margaret hat mich gebeten, Ihnen auszurichten, sie würden Sie demnächst anrufen, um sich dafür zu bedanken, dass Sie ihn von diesen Klippen weggezogen haben. Und ich danke Ihnen auch dafür.«

»Ich habe nur getan, was ich tun musste. Wissen Sie, dass ich heute Eddie getroffen habe?«

»Er hat's mir erzählt.«

»Er hat Angst, dass in seiner DNS irgendwo ein Selbstzerstörungsgen sitzt.«

»Auch das hat er gesagt. Danke, dass Sie ihn beruhigt haben. Er ist ein robuster Bursche und wird der Familie schon helfen, das Ganze durchzustehen. Aber deswegen bin ich nicht hier.«

»Was ist passiert?«

»Ein Deputy aus Chillamook County hat mich telefonisch bei den Nagasawas aufgespürt. Sie hatten mich als Ihren Klienten angegeben, und er wollte herauskriegen, wo Sie sind.«

»Warum?«

»Eine Reisetasche mit Ihrem Namen dran wurde heute Nachmittag an einem nicht näher genannten Ort dort oben aufgefunden. Laut dem Deputy enthält sie ›Gegenstände, die eine Verbindung zwischen Miss McCone und dem Smith-Mord nahe legen.‹ Wie erklären Sie sich das?«

»Die Tasche gehört vermutlich wirklich mir. Ich habe sie vor dem Häuschen der Houston in Eagle Rock abgestellt, ehe ich durch die Tür gestürmt bin. Später war sie dann weg. Ich bin davon ausgegangen, dass Jody sie mitgenommen hat.«

»Haben Sie dem Sheriff's Department davon erzählt?«

»… Nein. Da war so viel anderes passiert, dass ich es vergessen habe.«

»Was war in der Tasche?«

»Das übliche Übernachtungszeug, ein paar Notizen in der Nagasawa-Sache. Nichts, was mich irgendwie mit dem Mord in Verbindung bringen könnte.«

Glenn trank von seinem Scotch und überlegte. »Tja, irgendwas hat dazu geführt, dass sie sich intensiv für Sie interessieren. Sie wollten zwei Ermittler ins Flugzeug setzen, damit sie Sie heute Abend noch vernehmen. Ich habe ihnen erklärt, Sie seien im Moment nicht zu erreichen, aber ich würde dafür sorgen, dass Sie morgen um elf Uhr in meinem Büro für ein Gespräch zur Verfügung stehen.«

»Aber warum kann ich nicht einfach dort anrufen und –«

Glenn schnitt mir mit einer Handbewegung das Wort ab. »Nein. Ich habe im Lauf meines Berufslebens mit vielen Polizisten gesprochen, und ich kann routinemäßiges Interesse von ernsthaftem unterscheiden. Und diesen Leuten ist es sehr ernst, meine Liebe. Sie haben wirklich etwas Schwerwiegendes in der Hand. Oder sind auf etwas Schwerwiegendes aus. Außerdem lasse ich meine Mandanten nie ohne juristischen Beistand mit Polizeibeamten reden.«

Ich nickte. Glenn hatte mir schon aus der einen oder anderen Klemme geholfen. Ihm hätte ich mein Leben anvertraut.

»So lange«, sagte er jetzt, »bleiben Sie hier. Gehen Sie nicht aus dem Haus, sprechen Sie mit niemandem.«

Statt ja zu sagen, fragte ich: »Glauben Sie, die Presse hat das schon spitzgekriegt?«

»Würde mich nicht überraschen.« Er griff zur Fernbedienung, schaltete den Fernseher an. Aber die Lokalnachrichten waren schon vorbei, gerade begann das nationale Nachrichtenmagazin. »Gucken Sie später noch mal«, trug er mir auf.

Ich brachte ihn zur Tür, versicherte ihm, dass ich morgen rechtzeitig in der Kanzlei sein würde. Dann ging ich wieder ins Wohnzimmer und begann, wie geplant, meine Aktivitäten für diesen Abend zu organisieren.

Lia Chen, die Lifestylistin von *InSite*, erklärte sich bereit, mich um sieben im Kodiak Rick's zu treffen. Die Billard-Bar lag in der Third Street, im Schatten des Central Skyway und ganz in der Nähe des Moscone-Kongresszentrums. Die breite Erdgeschossfront hatte zwei Rauchglasfenster zur Straße, jedes von der Neonsilhouette eines wildäugigen, zottelhaarigen Burschen in Pelzparka und Mukluks, der traditionellen Fußbekleidung der Eskimos, geziert; gleich hinter der Tür stand ein riesiger ausgestopfter Eisbär Wache. Als ich den Barraum – dessen Wände mit Postern und Ortsschildern von Orten wie Anchorage, Juneau, Barrow und Skagway gepflastert waren – betrat, fand ich ihn nahezu leer. In der Stille hörte ich das Klicken von Billardkugeln im Nebenraum. Suzy Bivens, die Barfrau, mit der ich schon vorige Woche wegen Roger gesprochen hatte, winkte mir zu und deutete auf eine Sitznische ganz hinten, wo Lia Chen vor einem Bier saß und wartete.

»Ich nehme an«, sagte sie, als ich mich setzte, »Sie wollen mich fragen, warum ich am Freitag vor Max' Büro gelauscht habe. Jedenfalls wollte JD das wissen, als er noch mal reinkam, um seinen Regenmantel zu holen. Er witterte eine Story und stellte allen Leuten Fragen, bis Jorge ihn dann rausscheuchte.«

»Was für Fragen?«

Sie zuckte die Achseln. »Ich weiß nur, was er mich gefragt

hat. Ich hab ihm erklärt, dass bei *InSite* alle lauschten, wo es nur ging. Dass man das musste, um über die Situation informiert zu sein.«

»Die Situation?«

»Darüber, ob man am nächsten Tag noch einen Job haben würde. Wir wussten doch alle, dass es nur eine Frage der Zeit war, bis das Mag den Bach runterging. Und was ich am Freitag mitgehört habe, hat das nur bestätigt.«

»Jorge, der darauf bestand, das Magazin einzustellen, und Max, der sich dagegen sträubte.«

Sie nickte. »Und jetzt hat Jorge seinen Willen gekriegt. Er hat noch am Freitagnachmittag eine Belegschaftsversammlung einberufen und uns alle entlassen. Es gibt noch nicht mal ein Insolvenzverfahren. Sie liquidieren einfach nur alles und geben den Investoren zurück, was sie können. Ich bin, ehrlich gesagt, froh, dass ich da weg bin. Das wurde wirklich zu verrückt.«

»Inwiefern?«

»Paranoia. Konkurrenzkämpfe. Jorge, der die Stromrechnung aus eigener Tasche zahlte, aber Max nicht wirklich zu bremsen versuchte, wenn der immer weiter Geld für Nobelhäppchen und schicke Drinks rauswarf. Man hatte das Gefühl, dass es Jorge völlig egal war, wenn der Laden vor die Hunde ging, dass er aber auch nicht ganz loslassen konnte.« Sie sah sich in der Bar um und fröstelte, als sei ihr plötzlich kalt.

»Was ist?«, fragte ich.

»Dieses Lokal hier – das ist einfach gespenstisch. Vor einem Jahr wäre es am Montagabend gerammelt voll gewesen. Jetzt sind hier außer uns – was schätzen Sie? – ganze fünf Leute, Suzy eingeschlossen. Seit einem halben Jahr höre ich ständig von Leuten aus unserer alten Clique, die mit eingezogenem Schwanz nach Des Moines, Omaha oder Indianapolis zurückgegangen sind. Und ich hab immer gesagt, ›Oh, nein, ich nicht. Kommt nicht in Frage!‹. Aber jetzt denke ich darüber nach, wieder nach Modesto zu gehen und bei meinen Eltern zu wohnen, bis ich dort einen neuen Job finde.«

»Aber was ist mit Ihrem *Feng-Shui*-Buch? Bringt das denn kein Geld?«

Sie lachte bitter. »Nein, was auch kein Wunder ist. Meine Zielgruppe waren die jungen Leute mit Geld. Aber welcher entlassene Dotcommer legt denn heute noch vierzig Dollar für ein Coffee-Table-Buch hin, das ihm sagt, wie er seine Umgebung arrangieren soll, um mehr Harmonie zu erzielen?«

»Tut mir Leid für Sie.«

»Danke. Mein Timing war immer schon mies.«

»Noch mal zu JD – hat er Sie sonst noch etwas gefragt, außer, warum Sie auf dem Gang gelauscht hatten?«

»Na ja, er wollte alles über Kat Donovan wissen, die Leiterin der Rechercheabteilung. Anscheinend hatte sie nach dem Feueralarm draußen auf dem Hof etwas zu ihm gesagt, was ihm komisch vorkam, und war dann einfach gegangen, ohne noch mal nachzugucken, in welchem Zustand ihre Workstation war. Ich habe ihm gesagt, dass sie schon die ganze Woche komisch war.«

»Inwiefern?«

»Zerstreut. Aufgedreht. Normalerweise ist Kat ruhig und konzentriert. Sie ist nicht sonderlich gesprächig und gibt vor allem selten an – sehr ungewöhnlich in einem Betrieb, wo die meisten Leute ihr Ego raushängen lassen wie eine Fahne. Aber am letzten Donnerstag waren wir zusammen zu Mittag essen, und da hat sie mir erzählt, sie würde demnächst an einen Haufen Geld kommen und dann von *InSite* weggehen. Ich habe gefragt, ob sie geerbt hätte, und sie hat gesagt, nein, sie hätte was sehr Cleveres gemacht und würde bald eine hübsche Belohnung einstreichen.«

Ich dachte an den E-Mail-Wechsel zwischen Kat Donovan und Dinah Vardon. Sie hatte einen privaten Recherchejob für die Webpotentatin gemacht, aber das war schon im Februar gewesen.

»Haben Sie Kat gefragt, was das Cleveres war?«

»Klar, aber sie wollte es mir nicht sagen. Sie hat nur verschmitzt gelächelt, den Kopf geschüttelt und ihr Sandwich gegessen.«

»Haben Sie JD von diesem Gespräch erzählt?«

»Ja. Es hat ihn sehr interessiert.«

Ich würde mit der Frau reden müssen, die sich Sherlock nannte.

Alameda ist eigentlich eine Insel vor Oakland, erreichbar durch einen Tunnel, der vom Jack London Square unter der Bay durchführt. Zuvor von der größten Militärbasis der Bay Area dominiert, erlebte der Westteil der Stadt einen wirtschaftlichen Niedergang, als der Marineflieger-Stützpunkt 1997 geschlossen wurde. Doch dank der hohen Miet- und Immobilienpreise in San Francisco und der Umwandlung des größten Teils der Basis in privatwirtschaftliche Unternehmen, erholt sich die Gegend langsam wieder. Schicke Cafés koexistieren friedlich mit den alten Bars und Imbisslokalen an der Webster Street, der Haupteinkaufsstraße des West End. Park- und Freizeitanlagen auf dem ehemaligen Militärgelände ziehen Leute aus dem wohlhabenderen Ostteil an, die in früheren Jahren keinen Fuß in diesen Teil der Stadt gesetzt hätten. Aber wie in jeder im Wandel begriffenen Gegend gibt es auch hier immer noch Nischen der Armut, Kriminalität und Gefahr. Zu meiner Überraschung stellte sich heraus, dass Kat Donovan, laut der Adresse, die ich von ihr hatte, in einer solchen wohnte.

Es war ein einstöckiges Haus mit verschossen-rosafarbenem Verputz und einem lächerlich kleinen Türmchen über dem Eingang – ein Gremlinschloss, direkt aus einem Disney-Märchen entsprungen. Der Vorgarten war von einem Maschendrahtzaun umgeben und von hohem Unkraut überwuchert. Als ich ans Gartentor kam, sah ich ein ZU-VERMIETEN-Schild.

Alles war dunkel, das Tor mit einem Vorhängeschloss gesichert. Nach links schirmte eine Hecke das Haus zu den Nachbarn hin ab, aber rechts trennte es nur eine schmale Einfahrt von den erleuchteten Fenstern des Nachbarhauses. Kein Ort, den widerrechtlich zu betreten sich empfahl, und außerdem schien das Haus leer zu stehen. Nach kurzem Überlegen ging ich nach nebenan und klingelte.

Die Frau, die durch die Fliegentür spähte, war klein, bekleidet mit einem formlosen verwaschenen Baumwollkleid und Badesandalen. Ihr graues Haar war krisselig, das runde Gesicht wirkte südostasiatisch. Filipina, dachte ich. Mein Adoptivvater war Berufsoffizier der Navy gewesen, und von ihm wusste ich, dass sich viele Filipinos für den Navy-Dienst gemeldet hatten, weil ihnen das Stewardprogramm nicht nur eine feste Beschäftigung garantierte, sondern auch die Möglichkeit bot, die amerikanische Staatsbürgerschaft zu beantragen. Als sich die Navy aus Alameda zurückgezogen hatte, waren viele Filipinofamilien dageblieben, denn inzwischen betrachteten sie die Insel als ihre Heimat.

»Ja?«, sagte die Frau.

»Entschuldigen Sie die Störung, aber ich suche Kat Donovan. Sie hat mir die Adresse von nebenan gegeben, aber da ist ein ZU-VERMIETEN-Schild im Fenster.«

»Katty ist weg. Heute Vormittag ausgezogen. Der verflixte Makler konnte das Schild gar nicht schnell genug aufstellen.«

»Wissen Sie, wo sie hingegangen ist?«

»Heim, ihre Eltern besuchen, hat sie gesagt, und dann irgendwohin, wo es warm ist. Wohin, wusste sie selbst nicht. Hat gesagt, sie schickt mir eine Karte, wenn sie sich irgendwo niedergelassen hat.«

»Sie waren befreundet?«

»Gute Nachbarinnen. Sie wissen schon – ein Schwätzchen über den Gartenzaun und so.«

»Hat sie gesagt, warum sie wegzieht?«

»Ist entlassen worden, von dem Magazin, für das sie gearbeitet hat. Gab dort am Freitagmorgen einen Brand oder was, und sie haben beschlossen, den Laden zuzumachen. Bei dem miesen Stellenmarkt hier hat sich Katty gesagt, dass sie woanders besser dran ist.«

»Wissen Sie, wo ihre Eltern wohnen?«

Die Frau schüttelte den Kopf. »Wie gesagt, wir waren Nachbarinnen, mehr nicht. Ich glaube auch nicht, dass sie mir die Karte wirklich schickt. So was sagt man eben, wenn man wegzieht.«

»War sie mit irgendjemandem hier in der Nachbarschaft befreundet?«

Die Frau schüttelte den Kopf. »Katty hatte keine richtigen Freunde. Ist mit dem Bus in die Stadt reingefahren und wieder zurückgekommen, und wenn sie nicht geschlafen hat, hat sie ferngesehen oder Besorgungen gemacht. Da war kein Freund, keine Freundinnen, gar niemand.« Sie zögerte, zog die Brauen zusammen. »Deshalb war ich auch so verdutzt, als am Samstag die blonde Frau mit dem schicken Sportwagen da war.«

»Eine blonde Frau?«

»Genau. Kam am Samstagabend in einem schicken weißen Sportwagen.«

»Was für einem?«

»Seh ich aus wie eine, die sich mit Sportwagen auskennt?«

»Können Sie die Frau beschreiben?«

»Blond, das ist alles. Ich bin ziemlich kurzsichtig.«

»Wann kam sie an?«

»So um sechs. Ich dachte, sie will bestimmt über Nacht bleiben, weil sie mit so einem Köfferchen reingegangen ist, aber nach zehn Minuten kam sie schon wieder raus, ohne den Koffer.«

Eine Frau in einem teuren Sportwagen, die einer anderen Frau, der ein Geldsegen ins Haus stand, ein Köfferchen brachte. Die meisten Frauen, die in diesen Ermittlungen eine Rolle spielten, waren dunkelhaarig.

Nur eine nicht: Tessa Remington.

Tessa Remington, die verschwunden war und an diesem Wochenende vielleicht genug Geld von ihren Firmenkonten abgeräumt hatte, um etliche Köfferchen zu füllen.

Dinah Vardon wohnte in einem kleinen Häuschen in der Vermont Street am Potrero Hill, auch als die »zweitgewundenste Straße der Welt« bekannt – wobei die gewundenste das Stück Lombard Street am Russian Hill, zwischen Hyde und Leavenworth, ist. Obwohl die Touristen in Scharen in die Lombard strömen, kennt kaum jemand die Vermont Street; heute Abend waren die steilen Serpentinen wie ausgestorben. Ich kurvte sie entlang und parkte an einer Befestigungsmauer zum dunklen, waldigen Park auf der Talseite hin. Als ich ausstieg, hörte ich ein Rascheln im Unterholz, das nicht unbedingt tierischen Ursprungs war, und weiter unten das Geheul einer Sirene, das sich dem General Hospital näherte.

Ich überquerte die Fahrbahn, erklomm die Stufen zum Haus der Vardon und klingelte. Keine Reaktion, nirgends Licht. Ich hätte die Vardon gern ein bisschen ausgehorcht, über die Recherchen, die Kat Donovan für sie angestellt hatte, und über deren Verhältnis zu Tessa Remington, aber das musste ich wohl vertagen. Was vielleicht auch ganz gut war, denn ich hatte mir noch keine Strategie zurechtgelegt, wie ich es umgehen konnte, ihr von Rogers »Projekt Mag« zu erzählen.

Apropos, *wann* hatte er eigentlich diesen Ordner mit den bürointernen E-Mails wiederhergestellt? Die Leute bei *InSite* hatten bis spät in die Nacht gearbeitet, und die Technikabteilung hatte rund um die Uhr Rufbereitschaft gehabt. Wie ich gestern Abend selbst mitgekriegt hatte, war diese Wiederherstellungsprozedur weder einfach noch schnell getan. Roger musste zu Zeiten in das *InSite*-Gebäude gelangt sein, als dort aller Wahrscheinlichkeit nach niemand war, und er musste wohl außerdem für den Notfall eine überzeugende Ausrede parat gehabt haben.

Ich griff ins Reißverschlussfach meiner Umhängetasche, fand die Schlüssel, die ich aus der knallroten Schale in seiner Küche genommen hatte. Ja, der Größere konnte für die Doppeltür zum *InSite*-Gebäude sein. Da war zwar auch noch eine Alarmanlage, für die man eine Codenummer brauchte, aber wenn Sue Hollister zu Hause war, hatte ich in diesem Punkt eine Expertin zur Seite. Das Magazin war eingestellt; heute Abend würden die Büros leer und verlassen sein.

Jedenfalls bis ich auf den Plan trat.

Um einundzwanzig Uhr dreißig schlummerte Dogpatch unter der weißen Sichel des jungen Mondes. Ich parkte den MG zwei Blocks vom *InSite*-Gebäude entfernt vor einem im Abriss befindlichen Apartmenthaus. Die Balkonfronten der kleinen Wohneinheiten waren bereits entfernt, die Räume, in denen einst Menschen zu Hause gewesen waren, entblößt. Die Mieter mussten sich gegen die Entmietung gewehrt haben, denn jemand hatte auf die Fassade gesprüht: »Eure Zeit hier ist um. Haut ab!« Es versetzte mir einen Stich, als ich an die Menschen dachte, die jetzt in dieser teuren und oft ungastlichen Stadt keinen Ort mehr zum Leben hatten.

Als ich die Straße entlangging, knirschten Glasscherben unter meinen Schuhen, und Schemen bewegten sich lautlos im Schattendunkel. Die Gegend war von Nachtgestalten in Besitz genommen worden, und nur wenige Meter weiter fanden alle möglichen geheimen Transaktionen statt, doch solange ich niemanden störte, würde mich auch niemand beachten. Dennoch hielt ich die Schlüssel fest in der Faust, die Spitzen nach außen – eine ganz brauchbare Waffe statt der 357er Magnum, die die meiste Zeit in meinem Bürosafe lag.

Es war nicht feststellbar, ob sich jemand in der umgebauten Textilfabrik befand; die einzigen Fenster, die ich am Freitag bemerkt hatte, gingen nach hinten hinaus und waren überstrichen. Ich zog mich auf die Laderampe hinauf, ging sie langsam entlang und leuchtete mit meiner kleinen Taschenlampe die Stellen an, wo man ein Alarmanlagenkästchen hätte vermuten können. Ganz in der Nähe des Eingangs entdeckte ich es schließlich; auf dem Aufkleber stand BARBARY COAST SECURITY, eine kleine lokale Firma. Ich kramte mein Handy hervor und rief Sue an, die ich schon von unterwegs vorgewarnt hatte.

»Sie ist von Barbary Coast installiert«, erklärte ich ihr.

»Das macht es leichter. Dort habe ich mal gearbeitet. Auf dem Kästchen müsste eine Nummer stehen.«

Ich spähte hin. »Neun-drei-zwo-A.«

»Dieses Modell habe ich schon in Wohnhäusern eingebaut. Übrigens auch bei deiner Freundin Paige Tallman. Aber zuerst eine Frage: Ist das ein Einbruch?«

»Nicht direkt. Ich habe einen Schlüssel, aber nicht den Alarmanlagencode.«

»Und den Schlüssel hast du von …?«

»Einem Beschäftigten des Betriebs.«

»Mit dessen Einverständnis?«

»… Nein.«

»Mir ist gar nicht wohl bei der Sache, Shar.«

»Sue, es geht um den Mord an JD.«

Das brachte sie erst mal zum Schweigen. Sie war eine Zeit lang mit ihm zusammen gewesen, nachdem er für den *Chronicle* einen Artikel über sie geschrieben hatte, in dem er sie als »die First Lady des hiesigen Security-Wesens« apostrophiert hatte.

»In dem Fall mach ich's«, sagte sie schließlich. »Es ist zwar nichts geworden mit uns, aber wir waren immer noch Freunde. Er war jemand, auf den man sich verlassen konnte. Aber versprich mir, dass du mich da raushältst, falls du erwischt werden solltest.«

»Natürlich.«

»Okay, der Schlüssel ist für …?«

»Die Eingangstür.«

»Und das Kontrollelement ist wo?«

»Gleich dahinter. Aber da ist noch eine zweite Tür, die per Summer bedient werden muss.«

»Nicht, wenn du per Schlüssel reingehst. Da ist ein Knopf, um die Alarmanlage abzustellen, dann kannst du die innere Tür mit dem Schlüssel öffnen. Du setzt einfach die Schließanlage außer Kraft. Ich gucke gerade noch mal in meinem Handbuch nach, sicherheitshalber. Ach, übrigens, weißt du, dass du in den Sechsuhrnachrichten warst?«

»Wegen des Selbstmordversuchs im McKittridge-Park?«

»Genau. Aber da war auch noch eine Vorankündigung für die Spätnachrichten – irgendwas mit einem Koffer, der dich angeblich mit dem Mord an JD in Verbindung bringt.«

»Verdammt!«

»Ich würde mir nichts draus machen, ist wahrscheinlich nichts dahinter. Sie übertreiben, um ihre Einschaltquoten hochzujagen. Ah, da hab ich's ja. Bist du so weit?«

»Ein paar Sekunden noch.«

Ich trat an den Rand der Rampe und spähte angestrengt um mich. Falls mich jemand beobachtete, dann sicher kein aufrechter Bürger, der sofort zum Telefon rennen und die Polizei rufen würde. Ich ließ mich hinunter und ging zum Eingang.

»Okay«, sagte ich zu Sue. »Bin so weit.«

»Es ist ganz einfach«, erklärte sie. »Bleib ganz cool, mach langsam, und halte dich genau an meine Anweisungen. Du willst ja wohl nicht noch mehr Presse, als du ohnehin schon hast.«

»Bin drin. Danke, Sue.«

»Schon gut, aber sag's keinem.«

»Keine Bange.« Ich unterbrach die Verbindung, steckte das Handy wieder in meine Umhängetasche und wartete, dass meine Augen sich an das Dunkel gewöhnten. Kleine Spots leuchteten von der gewölbten Decke über dem Arbeitsbereich herab, aber sie erhellten gerade mal die Eisenträger. Es waren Sicherheitsspots, aber da hier zu allen Tages- und Nachtzeiten Leute aus und ein gegangen waren, gab es vermutlich keine Bewegungsmelder, die die Alarmanlage auslösen könnten. Ich würde es auf alle Fälle vermeiden, die Lichtkegel zu durchqueren.

Ansonsten waren die Räumlichkeiten dunkel und still. Der Arbeitsbereich sah im Ganzen so aus wie am Freitag, nur dass viele Schreibtische leer geräumt waren und alles mit weißen Flecken von den brandverzögernden Chemikalien im Sprinklerwasser übersät war. Der Raum hatte etwas Sumpfig-Stickiges und roch leicht modrig. Ich fand meinen Regenmantel über dem Stuhl, über den ihn Engstrom am Freitagmorgen drapiert hatte; er war ebenfalls weißlich gesprenkelt und bereits mit einem Anflug von Schimmel behaftet. Der Mantel war alt, und ich hatte ihn nie sonderlich gemocht, also ließ ich ihn, wo er war. Mochten ihn die Aufräumtrupps entsorgen.

Im Vorbeigehen sah ich, dass an vielen Workstations die Schubladen herausgezogen und ausgekippt worden waren. Die entlassenen Arbeitskräfte hatten sich hastig verabschiedet. Ich musterte die Arbeitsplätze nur flüchtig und ging dann nach oben. Dinah Vardons Büro lag am Ende des schmalen Flurs, zwei Türen hinter dem von Engstrom.

Schreibtisch und Workstation an der Längswand. Blauer Teppichboden, noch immer voll gesogen. Hypermoderner Computer mit riesigem Bildschirm – für die Webpotentatin nur das Beste. Schreibtischaccessoires aus gebürstetem

Edelstahl, Bücherborde voller Computerhandbücher, Tensor-Schreibtischlampe. Ich betätigte probeweise den Schalter, stellte fest, dass die Lampe die Sintflut unbeschadet überstanden hatte, und begann, die Schubladen durchzugehen. Es war ein Metallschreibtisch, in den kaum Wasser eingedrungen war.

Die üblichen Büroutensilien: Kugelschreiber, Bleistifte, Notizblöcke, Haftzettel. Aktenschublade mit Diversem: Mousepads, Ersatztastatur, zwei Kaffeetassen, mehrere Stofftaschen, ein Paar schwarze Stöckelschuhe, eine Packung Hershey's Kisses. Die Schublade darüber war mit Papieren voll gestopft; Dinah Vardons Ablagesystem war offenbar nur für sie durchschaubar, oder es gab keins. Obwohl ich bezweifelte, dass sie in einem solchen Chaos etwas Wichtiges aufbewahren würde, machte ich mich dennoch daran, die Papiere zu sichten.

Zirkulare, etwa so langweilig wie die, die ich in der Detektei in Umlauf setzte. Spesenformular für den laufenden Monat, halb ausgefüllt. Flyer eines Pizza-Restaurants, Rabattcoupon abgelaufen. Bringdienst-Speisekarten, Handbuch für den Palm Pilot IIIxe. Fax von –

Den Namen kannte ich doch. Barry Carver. Konnte das derselbe Barry Carver sein? Ja, die Adresse stimmte. Vor Jahren, als ich mir ein neues Bad hatte einbauen lassen wollen, hatte Carver mein Haus praktisch in Trümmer gelegt. Dieses Schreiben trug im Briefkopf eine offizielle Baufirmen-Lizenznummer. Mein Gott, wie hatte der Staat das zulassen können?

Bei dem Fax schien es sich um einen formlosen Vertrag zwischen der Vardon und Carver zu handeln, des Inhalts, dass die Arbeiten auf dem Anwesen Water Street zweihundertelf, deren Beginn auf den ersten März angesetzt war, in beiderseitigem Einvernehmen bis auf weiteres verschoben würden. Ein Jammer, dass ich der Vardon nicht dringend raten konnte, sich eine andere Baufirma zu suchen, denn dann müsste ich ja zugeben, dass ich hier eingebrochen war und ihr Büro durchsucht hatte …

Water Street. Das kam mir irgendwie bekannt vor. Im MG hatte ich einen Stadtplan. Ich konnte die Adresse suchen und hinfahren. Vielleicht war die Vardon ja umgezogen. Aber ich musste mich beeilen; es war schon kurz nach zehn, ohnehin nicht mehr die akzeptabelste Zeit, um bei jemandem hereinzuschneien.

Nein, die Vardon konnte ich morgen noch aufsuchen, aber ob ich diese Büros hier noch einmal für mich haben würde, war unsicher.

Ich ging sämtliche Schreibtische im Obergeschoss durch und erfuhr ein paar interessante Dinge: Jorge Amaya lagerte in seiner rechten oberen Schublade Kondome; Max Engstroms Vorrat an Mylanta, Alka-Seltzer und Beano reichte für einen hochpotenten Cocktail; Lia Chens Verleger hatte ihr Exposé für ein Buch über intime Gärten in der Stadt abgelehnt, und in einer ihrer Schubladen stapelten sich unbezahlte Rechnungen; der Art-Director – Jobtitel Leonardo da Picasso – zeichnete beim Telefonieren obszöne Frauenkarikaturen; eine ähnelte dem Moneymonster. Interessant, aber nicht gerade weiterführend.

Auf dem Weg nach draußen blieb ich an Kat Donovans Schreibtisch im Erdgeschoss stehen. Ihre sämtlichen Habseligkeiten waren noch da. Sherlock hatte sich davongemacht, ohne noch einmal ins Büro zurückzukehren.

Zehn nach elf. Ich war zu aufgedreht, um direkt zum Apartment zurückzufahren, aber für einen Besuch bei der Vardon war es schon reichlich spät. Allerdings kann mein Beruf immer als Rechtfertigung für schlechte Manieren herhalten, und wer zu unmöglichen Zeiten aufkreuzt, hat wenigstens das Überraschungsmoment auf seiner Seite. Kein Wunder also, dass ich nur kurz zögerte, ehe ich meinen Stadtplan aufschlug und die Water Street suchte. Es war ein kurzes Sträßchen parallel zur Bay-Küste, nicht weit vom Islais Creek Channel in der südlichen alten Hafengegend. Ein Industriegebiet in einem äußerst zwielichtigen Teil der Stadt. Komisch, dass sich die Vardon gerade hier eine Immobilie zugelegt hatte.

Als ich der Third Street ins industrielle Herz der Stadt folgte, kreuzten immer mehr Schienen die Fahrbahn, und die Schlaglöcher wurden tiefer und tiefer. Auch hier waren die Nachtgestalten unterwegs, lungerten in den Eingängen verlassener Gewerbegebäude herum oder versammelten sich unter Straßenlaternen. Als ein Streifenwagen langsam vorbeirollte, verschwanden sie im Dunkeln.

Ich bog in die Twentyfourth Street und gelangte in ein Gebiet zwischen Pier zweiundsiebzig und dem Army Street Terminal, wo schäbige Holzhäuschen neben Lagerhäusern und sonstigen Gewerbebauten standen. Die meisten Wohnhäuser schienen zum Abriss freigegeben, und das einzige Licht auf den Gewerbegrundstücken waren die Sicherheitsscheinwerfer hinter dem Maschendrahtzaun. Ein Dobermann wanderte angriffslustig im Hof einer Karosseriewerkstatt auf und ab. Die Twentyfourth endete in einer Wendeschleife an der Water Street, und im Wenden erkannte ich die Hausnummer zweihundertelf.

Es war das alte Islais Creek Resort, uns, die wir es in seiner kurzen Blütezeit frequentiert hatten, eher als The Last

Resort – die letzte Zuflucht – bekannt. Der verwitterte, durchgesackte Holzbau hatte damals im oberen Stock eine Restaurantterrasse und eine Bar gehabt, wo sich die begütertere Klientel tummelte, und unten eine weitere Bar und einen Poolbillard-Raum, das Reich der Freunde und Mitarbeiter des Inhabers Tony Capello, eines ungemein unternehmenden Mannes, der einer erstaunlichen Vielfalt an illegalen Aktivitäten nachging, bis ihn das Glück im Stich ließ und er lebenslänglich nach San Quentin wanderte. Das Hauptgebäude und die diversen Nebengebäude – ein Bootshaus, das Capellos Motoryacht beherbergte, und die Schuppen, wo er seine Konterbande gelagert hatte – waren nach seiner Verurteilung mit Brettern vernagelt worden, und ich war davon ausgegangen, dass man das Ganze längst abgerissen hatte. Jetzt aber sah es so aus, als ob Dinah Vardon das Resort gekauft hätte und instand setzen lassen wollte.

Aber warum? In der Rolle der Restaurateurin konnte ich sie mir nicht vorstellen. Und angesichts des baulichen Zustands bezweifelte ich, dass sie hier wohnte. Dennoch parkte ich den MG und unternahm einen kleinen Erkundungsgang.

Die Erdgeschossfenster waren salzverkrustet und innen nach Malerart mit Plastikfolie abgeklebt. Die Tür zur unteren Bar war mit einer Kette und einem Vorhängeschloss gesichert. Die Treppe zur oberen Terrasse versperrte ein Stück gelbes Plastikband mit der Aufschrift ACHTUNG LEBENSGEFAHR … ACHTUNG LEBENSGEFAHR … ACHTUNG LEBENSGEFAHR … Als ich darüber stieg, merkte ich, warum: Viele Treppenbohlen waren locker oder fehlten gänzlich, und die gesamte Konstruktion wackelte unter meinem Gewicht. Ich blieb stehen, schaute hinauf, sah, dass die Glastür zwischen

Terrasse und Bar nicht mit Plastik abgeklebt war. Vorsichtig stieg ich hinauf, die Hand fest am Geländer.

Die in leuchtenden Farben lackierten Tische und Stühle und die gestreiften Sonnenschirme, die ich von früheren Mittagessen in Erinnerung hatte, waren verschwunden; übrig geblieben waren nur ein kollabierter Picknicktisch und leere Blumenkästen. Ich ging zu der Tür, nahm meine Taschenlampe heraus und leuchtete hinein. Die Bar und die Barhocker waren noch da, ebenso ein Tisch, auf dem ausgebreitete Pläne lagen. Durch einen Türbogen mit einer schief in den Angeln hängenden halbhohen Schwingtür sah ich einen Profiherd.

Ich hätte gern einen Blick auf die Pläne geworfen, aber auch diese Tür war mit einem Vorhängeschloss versperrt. Ich war recht gut mit Schlössern und besaß ein Sortiment selbst gefertigter Einbruchswerkzeuge, das mir ein Informant überlassen hatte, ehe er zum dritten Mal ins Gefängnis gewandert war. Aber blanke Neugier rechtfertigte keinen Einbruch. Außerdem, wenn ich wissen wollte, was die Vardon mit dem Resort vorhatte, konnte ich sie ja fragen. Die Grundeigentumsverhältnisse waren öffentlich einsehbar.

Ich ging zu meinem MG zurück und beschloss, es noch einmal in der zweitgewundensten Straße der Welt zu probieren.

Als ich die Haarnadelkurve oberhalb ihres Hauses nahm, sah ich ein weißes BMW-Cabrio in die Einfahrt der Vardon biegen. Sie saß am Steuer, um den Kopf ein hellgelbes Tuch, dessen Enden in ihrem Nacken flatterten. Als das Garagentor aufging, hielt ich am Bordstein, stieg aus und lief hin. Die Vardon sah mich kurz an, schien etwas irritiert, als sie mich erkannte, und fuhr in die Garage. Gleich darauf kam sie wieder heraus, nahm das Kopftuch ab und stopfte es in ihre Jackentasche.

»Sharon McCone, die Superdetektivin«, sagte sie, reichlich Sarkasmus in der Stimme. »Was verschafft mir das Vergnügen?«

Zum Glück hatte ich auf der Herfahrt an meiner Story gefeilt. »Ich muss Sie sprechen, wegen JD Smith.«

Sie runzelte die Stirn und wippte ungeduldig mit dem Fuß. »Wieso seinetwegen?«

»Na ja, JD hat viel von Ihnen gehalten. Es war schon fast so was wie ... Ehrfurcht. Seine Hauswirtin und ich organisieren den Trauergottesdienst, und ich dachte, ich könnte Sie vielleicht überreden, ein paar Worte zu sprechen.«

»Ach?«

»Nur eine kurze Ehrerweisung.«

»Und Sie sagen, JD hatte ›Ehrfurcht‹ vor mir?«

»Ja. Er war so beeindruckt von Ihren Fähigkeiten. Besonders davon, dass Sie sich an ein solches Projekt herantrauen wie das Islais Creek Resort.«

»Woher wusste er das?«

»Tja, er war eben Reporter.«

»Natürlich.« Sie klimperte mit den Schlüsseln, sah auf die Uhr. »Suchen Sie immer kurz vor Mitternacht Leute auf, um sie zu bitten, bei Trauerfeiern zu reden?«

Ich riss die Augen auf. »Oh, nein! Schon so spät? Ich war, offen gestanden, nach der Planungssession mit JDs Vermieterin so aufgewühlt, dass ich einfach noch eine Weile herumgefahren bin. Ich habe gar nicht auf die Zeit geachtet.«

»Schon gut. Ich war auf einer Dinnerparty in Marin und bin jetzt so aufgekratzt, dass ich die nächsten Stunden sowieso nicht schlafen werde. Gehen wir doch rein. Es ist kühl hier draußen.«

Die Vardon führte mich die Treppe hinauf und ins Haus. Die Einrichtung überraschte mich: Samtvorhänge, Orientteppiche, Blümchentapeten, zierliche alte Möbel. Ganz und gar nicht das, was ich erwartet hatte.

Sie bemerkte meinen Blick und sagte: »Ich habe das Zeug nicht ausgesucht. Das war meine Ex-Schwiegermutter. Sie ist gestorben und hat das Haus meinem Ex-Mann hinterlassen, der es im Zuge der Scheidungsregelung mir angedreht hat, während er das Haus seines Vaters auf Maui behalten hat.« Sie ließ sich in einen der Sessel sinken, legte die bestiefelten Füße auf ein graziles Couchtischchen. »Sagen Sie, möchten Sie Kaffee oder Saft? Etwas Härteres kann ich Ihnen leider nicht anbieten; ich trinke keinen Alkohol und habe auch keinen im Haus.«

Ich setzte mich ihr gegenüber. »Gar nichts, danke.«

»Wann ist denn der Trauergottesdienst?«

»Freitagnachmittag.« Eine diesbezügliche Botschaft von Jane Harris war auf meinem Anrufbeantworter zu Hause gewesen, als ich ihn vorhin abgehört hatte.

»Und wo?«

»In den Marin Headlands. Den genauen Ort teile ich Ihnen noch mit.«

Die Vardon überlegte; ihr Blick war kühl kalkulierend. »Ein paar Worte könnte ich wohl sagen. JD konnte zwar manchmal eine rechte Nervensäge und ein hinterlistiger Schleicher sein, aber er hatte auch seine guten Seiten. Keine Bange«, sagte sie, als sie meinen empörten Blick bemerkte, »ich werde es, wenn es so weit ist, in schmeichelhaftere Worte verpacken. Sie beide waren wohl gut befreundet.«

»Lange Jahre.«

»Dachte ich mir. Sonst hätten Sie ihm wohl kaum geholfen, als er die harten Fakten über *InSite* herauskriegen wollte.«

»Wie meinen Sie das?«

»Ach, kommen Sie, wir wissen doch beide, dass es JD nicht darum ging, gnadenlos aufzubauschen, wie eine berühmte Privatdetektivin ein albernes kleines Rätsel löst.«

».... Mag sein.«

»Mir können Sie's ruhig erzählen.«

Ich schüttelte den Kopf. »Vertraulich.«

»Das gilt doch jetzt nicht mehr.«

Ich mimte Zögern, ehe ich schließlich sagte: »Also gut, er hatte den Verdacht, dass da bei *InSite* etwas faul war – eine größere Sache, die für eine Story gut war. Da war er dran, als er nach Oregon flog, aber er hat nichts Schriftliches hinterlassen, deshalb weiß ich nichts Genaueres.«

»Hmm.« Die Vardon guckte skeptisch. »Hatte es etwas mit Tessa Remingtons Verschwinden zu tun?«

»Möglich. Sie sind doch eine kluge Frau; was meinen Sie?«

»Ich habe keine Meinung.«

»Zu dieser Remington-Sache?«

»Zu gar nichts.«

»Aber Sie müssen doch eine haben. Selbst Roger Nagasawa hat vermutet, dass bei *InSite* etwas nicht stimmte.«

»Roger? Was wissen Sie von dem?«

»Beispielsweise, dass Sie eine Beziehung mit ihm hatten.«

»Ach herrje, da war ich auf der High-School! Das ist ewig her. Ich muss schon sagen, für jemanden, der nur ein paar Stunden dort verbracht hat, wissen Sie ganz schön viel über das *InSite*-Personal.«

»Es waren fruchtbare Stunden. Als ich beispielsweise mit

Kat Donovan geredet habe, hat sie mir erzählt, dass sie Recherchen für Sie angestellt hat.«

Die Vardon runzelte die Stirn. »Na und? Ich habe Kats Dienste oft in Anspruch genommen. In diesem Fall ging es darum, dass ich einiges Geld investieren wollte und mich für die Markttrends interessierte, also hat Kat mir ein Infopaket zusammengestellt.«

»War das Resort auch eine dieser Investitionen?«

»Ja, war es.«

»Und Sie haben es wann gekauft?«

Sie zögerte. »Im März.«

Falsch. Barry Carver hätte am ersten März mit den Arbeiten beginnen sollen. Warum log sie in diesem Punkt?

»Wollen Sie es wiedereröffnen?«

»Du lieber Himmel, nein! Die Gastronomie ist das Letzte, worauf ich mich einlassen würde. Ich habe vor, in dem Haus zu wohnen und von dort aus eine Consulting-Firma zu betreiben.« Die Vardon erhob sich. »Ich finde, wir sollten jetzt besser Schluss machen. Ich habe morgen einen langen, schwierigen Tag, muss mein Büro räumen und mich mit Jorge und Max auseinander dividieren. Vom Aufpolieren meiner Bewerbungsunterlagen mal ganz abgesehen.«

Auch mein Tag morgen versprach schwierig zu werden – angefangen mit dem Gespräch mit den Beamten aus Tillamook County. Ich verabschiedete mich von Dinah Vardon und machte mich auf den Rückweg zu meiner derzeitigen Bleibe.

Dienstag, 24. April

Der Schlaf wollte nicht kommen. Ich wanderte bis in die frühen Morgenstunden im Apartment auf und ab. Meine Emotionen, die zwei Wochen lang weiß glühend gewesen waren, waren jetzt abgekühlt. Ich fühlte mich klar und rational – und im Griff der Obsession.

Es war eine vertraute Obsession: die Wahrheit.

Ich ging langsam durch die Räume, registrierte kleinste Details, konzentrierte mich minutenlang auf das Gewebe eines Vorhangs, die Textur des Verputzes, das Muster der Kaminsteine.

Emotion, dachte ich, ist jäh und heiß – und tödlich für einen selbst. Obsession ist langsam und kalt – und tödlich für andere.

So fühlte ich mich oft, wenn sich die Fakten allmählich mit meinen Theorien verzahnten. Heute, das spürte ich, würde ich die Wahrheit aufdecken und als solche erkennen.

Als ich um kurz vor elf in Glenns Kanzlei kam, waren die Beamten vom Sheriff's Department von Tillamook County schon da. Tom Scanlon und Dave Parsons. Ein Gespann in den Vierzigern, äußerlich von bemerkenswerter Ähnlichkeit, im Auftreten höflich und professionell. Ihre Augen taxierten mich routiniert, während Glenn uns miteinander bekannt machte. Wir setzten uns um den Tisch in Glenns

Besprechungszimmer, Scanlon stellte ein Aufnahmegerät auf, und es ging los.

Parsons holte die Reisetasche unterm Tisch hervor, und ich identifizierte sie als meine. Er fragte: »Würden Sie uns erklären, wie sie Ihnen abhanden kam?«

Ich berichtete, wie ich sie am Freitagabend vor dem Haus der Houston abgestellt hatte. Dann fragte mich Parsons nach dem Inhalt, und ich zählte die einzelnen Dinge auf.

»Sie sind nach Portland geflogen, Miss McCone?«

»Ja, mit dem Achtuhrshuttle.«

»Und haben sich einen Mietwagen genommen?«

»Bei National.« Natürlich hatten sie das inzwischen bei der Airline und der Autovermietung überprüft.

»Wann sind Sie nach San Francisco zurückgekehrt?«

»Am späten Samstagnachmittag, mit dem Vieruhrflug.«

Glenn sagte: »Meine Herren, darf ich fragen, warum Sie meine Mandantin nach ihren Reisearrangements befragen?«

Scanlon sagte: »Wir versuchen, die zeitliche Abfolge zu rekonstruieren.«

»Zu welchem Zweck?«

Ich sagte: »Glenn, es macht mir nichts aus, ihre Fragen zu beantworten.«

Er warf mir einen verzweifelten Blick zu, sagte aber nichts mehr.

Jetzt übernahm Scanlon die Befragung. »Da liegen vier Stunden zwischen dem Zeitpunkt, als sie mit Ihrer Zeugenaussage beim Department fertig waren, und Ihrem Abflug nach Hause. Was haben Sie in dieser Zeit gemacht?«

»Ein Beamter fuhr mich von Tillamook nach Eagle Rock, wo mein Mietwagen ja noch stand. Das dauerte ... na ja, das wissen Sie wohl besser als ich. Dann bin ich nach Portland gefahren, wozu ich wegen des dichten Verkehrs über zweieinhalb Stunden brauchte. Ich habe den Wagen abgegeben, die Flugformalitäten geregelt und bin dann direkt zum Flugsteig gegangen.«

»Keine Zwischenstation? Snackbar? Toilette?«

Glenn sagte: »Detective Scanlon, ist das nötig?«

Ich sagte: »Keine Zwischenstation. Ich wollte meinen Flug nicht verpassen.«

»Meine Herren« – Glenns Stimme übertönte den Ansatz zu Scanlons nächster Frage – »Miss McCone hat Ihnen bereitwillig Auskunft gegeben. Jetzt ist es an Ihnen, uns ein paar Auskünfte zu geben.«

Die beiden wechselten einen Blick. Parsons nickte. »Nur fair. Diese Tasche hier wurde in einem Abfallbehälter in einer der Damentoiletten am Flughafen gefunden. Dem Leerungsplan zufolge muss sie dort irgendwann zwischen Samstagmittag und Mitternacht deponiert worden sein.«

»Und der Inhalt?«

»Was Miss McCone aufgezählt hat. Nur, dass da noch ein Messer war, in eine blutverschmierte Jeans und ein ebenfalls blutbeflecktes T-Shirt gewickelt. Das Blut auf den Kleidungsstücken und am Messer ist mit dem von JD Smith identisch.«

Ich schloss die Augen, sah wieder den Flecken auf seinem Pullover vor mir, den zerfransten Schlitz. Es wäre sicher schwierig gewesen, ihm das Messer aus der Brust zu ziehen, ohne sich über und über mit Blut zu beschmieren.

Ich fragte: »Welche Farbe hatten die Jeans und das T-Shirt?«

»Die Jeans war hellblau«, sagte Parsons, »das T-Shirt weiß.«

»Nicht von mir. Waren da auch eine schwarze Jeans und ein schwarzes T-Shirt?«

»Nein.«

»Miss McCone«, sagte Scanlon, »besitzen Sie einen Satz Küchenmesser?«

Ich besaß einen – ein erstklassiges deutsches Fabrikat. Als ich das letzte Mal gekocht hatte, waren die Messer alle noch da gewesen, aber das war schon eine Weile her. Wenn mir jemand den Mord an JD unterschieben wollte …

Es überlief mich kalt. Eine Klientin von mir war wegen schwächerer Indizien verurteilt worden.

Glenn sagte: »Ich weise meine Mandantin hiermit an, nicht auf Fragen in dieser Richtung zu antworten, solange keine Anklage gegen sie erhoben wird.«

Sichtlich widerstrebend, fügte sich Scanlon. »Ich möchte Miss McCone bitten, ihre Aussage betreffs der Ermittlungen, die sie nach Oregon geführt haben, noch einmal zu rekapitulieren.«

»Dass Sie das möchten, glaube ich gern, aber Sie haben das Protokoll in Ihren Akten.«

»Wir brauchen noch weitere Informationen –«

»Sir, das hier war ein vertrauliches Gespräch, das auf mein Anerbieten zustande kam. Miss McCone ist nicht nur meine Mandantin, sondern auch meine Mitarbeiterin. Ich muss Sie bitten, alle weiteren Fragen auf das zu beschränken, was im Aussageprotokoll steht.«

Anwaltsgeheimnis. Wie oft hatte ich mich darüber geärgert. Und wie dankbar war ich jetzt dafür.

»Die verdächtigen mich doch nicht wirklich, JD ermordet zu haben, oder?«, fragte ich Glenn.

Er schüttelte den Kopf und biss in eins der Sandwiches,

die uns der Bürobote gebracht hatte, als die Beamten gegangen waren. »Ich weiß, wie diese Leute denken. Wie ich aus ihren restlichen Fragen schließe, gehen sie davon aus, dass die Houston Smith getötet und noch vor Ihrer Ankunft die Spuren beseitigt hat. Dass sie das Messer in die blutigen Kleider wickelte und dann das Bündel an sich nahm, sobald sie die Möglichkeit sah, aus dem Haus zu gelangen. Dass sie sich draußen Ihre Reisetasche schnappte und die Küste hinunter fuhr. Dann den Wagen in Newport – wo er später gefunden wurde – stehen ließ, zum Flughafen von Portland trampte, die Tasche in den Mülleimer stopfte und sich weiß Gott wohin absetzte.«

»Aber warum sind sie dann eigens hierher gekommen, um mit mir zu reden?«

»Das war ein Schuss ins Blaue. Außerdem kennen sie Sie ja nicht, also müssen sie auf Nummer Sicher gehen. Sie können aber nicht viele Indizien haben, wenn sie sich an solche Strohhalme klammern.«

Ich nahm einen Bissen von einem Roggensandwich mit Corned Beef, schob dann den Rest beiseite. »Und was haben sie sich davon versprochen?«

»Sie wissen, dass Sie bei Ihrer Aussage nicht alles über Ihre Ermittlungen erzählt haben, und sie hoffen, dass irgendeins der verschwiegenen Details vielleicht eine Spur ergibt. Wahrscheinlich glaubten sie, Sie so weit einschüchtern zu können, dass Sie alles preisgeben. Aber da haben sie natürlich nicht mit meinem entschiedenen Dazwischentreten gerechnet.«

»Ich muss zugeben, ich war zuerst wirklich schockiert, als sie nach meinen Küchenmessern fragten, aber bei Licht betrachtet, ist es doch nicht logisch, dass ich eins davon mit mir herumgetragen haben sollte. Höchstwahrscheinlich hat der Mörder das Messer aus der Küche der Houston genommen, aber sie konnten bisher keine Übereinstimmung mit den dortigen Messern nachweisen.«

»Sie sagen ›der Mörder‹, nicht ›die Houston‹?«

»Sie behauptet, sie war's nicht.«

»Und Sie glauben ihr?«

»Ich weiß nicht.«

»Lassen Sie sich eins gesagt sein, meine Liebe: Sie behaupten immer, sie seien es nicht gewesen. Das war der Fakt, der mir in meinem Beruf anfangs die größten Schwierigkeiten bereitet hat: dass die Mandanten so gottverdammt schuldig waren und so brillante Lügner.«

»Und heute?«

»Habe ich immer noch manchmal schlaflose Nächte.« Er knüllte die Plastikfolie, in der sein Sandwich gesteckt hatte, zusammen und warf sie in Richtung Papierkorb. Sie landete einen guten halben Meter daneben. »Nein, ich glaube nicht, dass Sie sich wegen der Frage nach den Messern Sorgen machen müssten. Aber ich an Ihrer Stelle würde meine Messer unverzüglich durchzählen.«

»Und wenn eins fehlt?«

Er machte sein Wolfsgesicht. »Da kann ich Ihnen nichts raten, aber ich weiß, was *ich* tun würde.«

Anwälte!

Mein holzverkleidetes Häuschen lag friedlich und schläfrig in der Nachmittagssonne; kein Ü-Wagen und kein lauernder Reporter in Sicht. Dennoch fuhr ich den MG in die Garage und sah mich wachsam um, als ich die Eingangstreppe hinaufeilte. Da es inzwischen ziemlich warm geworden war, hatte ich damit gerechnet, dass es drinnen stickig sein würde, aber stattdessen wehte mir im Flur frische Luft entgegen. Michelle Curley musste beschlossen haben, gründlich zu lüften.

Ich ging ins Wohnzimmer, wo ein ordentlicher Stapel Post und Zeitungen auf dem Sofa lag. Durch den Türbogen zur Küche konnte ich meine Messerleiste sehen; zwei Messer fehlten, und ein Baguette, das gekauft zu haben ich mich nicht erinnern konnte, lag auf einem Schneidebrett neben der Spüle –

Im Badezimmer am hinteren Flur ging die Klospülung. Am Waschbecken lief Wasser. Ich erstarrte und trat vom Türbogen zurück. Hörte schwere Schritte auf die Küche zukommen. Nicht Michelle und auch nicht ihre zierliche Mutter – ein Mann. Hy, von den Philippinen zurück? Nein, noch nicht. Ein Einbrecher …?

Ich spähte um den Türbogen. Ted betrat die Küche, zerknittert und sichtlich niedergeschlagen. Er ging an die Spüle, nahm ein Messer von der Arbeitsplatte und begann, Scheiben von dem Brot zu schneiden.

Erleichterung, unmittelbar gefolgt von Empörung. Ich trat in die Küche, die Hände in die Hüften gestemmt, und herrschte ihn an: »Was zum Teufel machst du hier?«

Er fuhr zusammen und drehte sich um. »Shar, du hast mich erschreckt!«

»Du mich auch, da sind wir quitt. Wieso bist du hier und nicht im Büro?«

»Mir war nicht gut, da hab ich mir den Nachmittag freigenommen.«

»Und?«

»Ich wusste nicht, wohin. Mick hat gesagt, du seist ein paar Tage weg, und hat mir seinen Schlüssel geliehen.«

»Demnach seid ihr immer noch zerstritten, du und Neal.«

»Ja. Und Adah und Craig haben mich rausgeworfen. Die letzte Nacht bin ich bei anderen Freunden untergekrochen, aber deren Wohnung ist furchtbar klein, und es war klar, dass ich ihre Gastfreundschaft nicht länger strapazieren konnte.«

Er guckte so zerknirscht, dass ich nicht länger böse sein konnte. »Na ja, du kannst das Gästezimmer haben.«

»Bist du dir sicher?«

»Sonst würde ich's nicht sagen.«

Er seufzte, legte das Messer weg und lehnte sich an die Arbeitsplatte.

Ich fragte: »Hast du mit Neal geredet?«

»Einmal. Nachdem mich Adah und Craig rausgeworfen hatten ... Weißt du, dass ich auf seinen neuen Geländewagen gekotzt habe?«

»Weiß ich.«

»Gott, ich kann's immer noch nicht glauben. Na, jedenfalls, am nächsten Abend bin ich nach Hause gefahren, um mit Neal zu reden und alles in Ordnung zu bringen. Aber da war ein Typ bei ihm – ein gut aussehender Typ auch noch –, und Neal hat mir erklärt, ich solle verschwinden. Er und der Typ waren in seinem Arbeitszimmer, während ich ein paar Sachen zusammengepackt habe. Neal kam raus und fragte, wo ich wohnen würde, und ich habe gesagt, bei Adah und Craig. Dann habe ich gemacht, dass ich wegkam, ehe er meinen Schlüssel zurückverlangen konnte.«

»Hat er dir diesen Typen vorgestellt?«

»Nein, er hat getan, als sei er schwer beschäftigt.«

»Aber nicht sauer?«

»Nicht direkt. Ich beschloss, ihm übers Wochenende ein bisschen Raum zu lassen und dann noch einen Versuch zu machen, mit ihm zu reden. Aber jedes Mal, wenn ich anrufe, ist besetzt, und Craig sagt, Neal hat nicht bei ihnen angerufen.«

»Ich kann nicht glauben, dass er einfach jemand anderen in die Wohnung holt.«

»Ich auch nicht. Aber wenn er will, kann er; es war ja ursprünglich seine Wohnung, und der Mietvertrag läuft nur auf ihn.«

»Und Adah und Craig? Da du noch mal dorthin zurückgegangen bist, nehme ich an, der Kotzvorfall war nicht der Grund für den Rausschmiss.«

»Nein, das war wegen der Katze.«

»Charley? Weil du gegen ihn allergisch bist?«

»Nein. Weil ich ihn beleidigt habe.«

»Wie in aller Welt beleidigt man eine Katze?« Bei Ralph oder Alice war das absolut unmöglich; ein Geschöpf, das sich für den Nabel des Universums hält, ist gegen Beleidigungen immun.

»Eigentlich war es Adah, die beleidigt war. Als sie ihm ein übrig gebliebenes Filet Mignon verfüttert hat, das ich mir schon fürs Frühstück ausgeguckt hatte, habe ich ihr erklärt, dieser Kater sei eine Fettsau, und wenn sie nicht aufhören würde, ihn voll zu stopfen, würde er eines Tages tot umfallen und mit der Nase in seiner Fressschüssel liegen wie ein gestrandeter Wal.«

Mit unbewegter Miene sagte ich: »Oh, du Schwein, du elendes Schwein von einem Stinktier.«

Er runzelte die Stirn, prustete dann los, als er kapierte, dass ich ihn wegen seiner schwer verunglückten Metapher durch den Kakao gezogen hatte. Er machte Geräusche wie Ralph, wenn er versucht, einen Haarball hervorzuwürgen, und ich machte Geräusche wie Alice, wenn sie Fuchsschwanzgras aus Nachbars Garten in die Nase kriegt.

»Gott«, sagte er. »Lachen, um nicht …«

»Ich weiß.« Ich fasste mich und fragte: »Soll ich mal vorbeifahren und gucken, was da bei Neal läuft?«

»Wenn's dir nichts ausmacht.«

»Kein Problem. Mach's dir solange hier gemütlich. Das Mädchen von nebenan –«

»Michelle. Hab sie schon kennen gelernt. Sie will später mit mir Rommé spielen.«

»Spiel bloß nicht um Geld; sie ist ein Kartenhai, legt ihre Gewinne in Aktien an.«

»So ein junges Ding?«

»Ja, und sie sagt, das sei bloß Startkapital.«

»Spart sie auf ein Auto?«

»Immobilien. Sie behauptet, damit sei wirklich Geld zu machen. Ach, übrigens« – ich zeigte auf die Messerleiste –, »hast du das mittelgroße Messer gesehen?«

»In der Spüle. Warum?«

»Lange Geschichte, und ich muss jetzt los. Würdest du dich bitte erholen, damit du morgen wieder arbeiten kannst, ehe die Detektei in die Binsen geht?«

Ehe ich zum Telegraph Hill fuhr, um nach Neal zu gucken, wollte ich kurz in der Detektei vorbeischauen. Es war keine Schmeichelei gewesen, als ich zu Ted gesagt hatte, dass die Detektei ohne ihn in die Binsen gehen würde; für ihr Funktionieren war seine ruhige, effiziente Präsenz unerlässlich, und die paar Mal, die er nicht da gewesen war, hatten sich jede Menge bizarre Zwischenfälle ereignet. Heute aber war ich angenehm überrascht, als ich feststellte, dass Julia die Telefone bediente, während sie gleichzeitig ein Handbuch über Personensuche studierte, und die anderen an ihren Schreibtischen still vor sich hin arbeiteten.

Ich ging in mein Büro und erledigte ein paar Anrufe. Dann nahm ich mir den Zettel mit dem Kritzeldiagramm vor, den ich in JDs Regenmanteltasche gefunden hatte – und der inzwischen schon ganz mürbe und abgegriffen war –, und studierte ihn ein weiteres Mal. Eins der rätselhaften Wörter stach mir ins Auge: Afton. Der viel besungene englische Fluss? Ein weiblicher Vorname? Ein Firmenname?

Ich ging über den Eisensteg zu dem Büro, das sich Mick und Charlotte teilten. Sie war gerade draußen, aber er klapperte eifrig auf der Tastatur. Ich guckte über seine Schulter auf den Bildschirm, sah, dass er mit einer Grundeigentumsrecherche in einer nicht sehr dringlichen Ermittlungssache beschäftigt war, und sagte: »Stell das mal hintenan, ja?«

»Mit Vergnügen.« Er speicherte und versetzte den Computer in den Schlafmodus. »Was brauchst du?«

»Afton. A-f-t-o-n. Was ist das?«

»Kannst du mir ein bisschen Kontext geben? Ich meine, das ist doch bloß ein Wort.«

»Ist es auch.«

»Oh, eins von den Dingern.« Seine Augen wurden schmal vor Konzentration, während er sich eine Strategie zurechtlegte.

Ich sah auf die Uhr. »Muss noch mal weg. Ich frage in etwa einer Stunde noch mal nach.«

Ein Grinsen breitete sich langsam über seinem Gesicht aus. »Ist dein Handy an?«

»Ja. Warum?«

»Was ist es dir wert, die Info in weniger als einer Stunde zu haben?«

»Weißt du, ich sollte ein System von finanziellen Anreizen für dich entwickeln, statt dir all die vielen Essen zu spendieren. Das wäre günstiger für mich.«

»Für mich vermutlich auch. Sweet Charlotte sagt, ich werde fett.«

Nicht ganz von der Hand zu weisen. Er hatte wirklich ein bisschen zugelegt. »Dann lass uns mal drüber reden. Hast du die Aufstellung zu dem Computerforensik-Service schon gemacht?«

»Liegt morgen früh auf deinem Schreibtisch.«

»Wir reden dann. Mach dich auf harte Verhandlungen gefasst.«

Ted und Neals Wohnung lag in einem eleganten Art-déco-Haus in der Plum Alley, einem schmalen, kurzen Sträßchen im Schatten des Coit Tower, ganz oben auf dem Tel Hill. Als auf mein Klopfen niemand reagierte, fuhr ich mit dem Lift wieder ins Erdgeschoss – wie immer fasziniert von dem Unterwasserlichteffekt des Glasblockliftschachts – und ging durch den plattengepflasterten Innenhof zur Wohnung der Hausverwalterin Mona Woods. Mrs. Woods, eine sportliche Siebzigerin, die diesmal drei Bleistifte und eine Lesebrille in ihrem dichten, hochfrisierten weißen Haar stecken hatte, begrüßte mich herzlich.

»Vielleicht können Sie mir ja erklären, was da oben läuft.« Sie zeigte zum dritten Stock.

»Was meinen Sie?«

»Ich habe Ted seit Tagen nicht mehr gesehen. Seit Donnerstag geht dort ein anderer junger Mann zu jeder Tages- und Nachtzeit aus und ein. Und gestern Nachmittag habe ich Neal und den Neuen große Kartons ins Haus tragen sehen. Sagen Sie nicht, Neal und Ted haben sich getrennt.« Mrs. Woods guckte aufrichtig bestürzt; sie nahm persönlich Anteil am Leben ihres bunten Mietervölkchens.

»Sie hatten eine Auseinandersetzung, aber es sieht Neal

gar nicht ähnlich, einfach jemand anderen in die Wohnung zu holen. Andererseits ist er nicht mehr er selbst, seit er den Buchladen aufgeben musste. Wissen Sie, wo er im Moment ist?«

»Er ist vor etwa zwei Stunden weggegangen. Mit dem Neuen. Vielleicht noch mehr Kartons holen.« Sie schnaubte verächtlich.

»Falls Sie ihn zurückkommen sehen, würden Sie mich anrufen?«

»Aber sicher, meine Liebe. Niemand ist interessierter daran als ich, dieser Sache nachzugehen. Ted und Neal sind nun mal füreinander geschaffen – auch wenn sie beide zu stur sind, um es zuzugeben.«

Als mein Handy klingelte, rangierte ich gerade mühsam, um den MG aus der winzigen Parklücke am Ende der Alley, in die ich ihn gequetscht hatte, wieder herauszukriegen. Als ich nach dem Telefon griff, rutschte mir der Fuß von der Bremse, und der Wagen rumste gegen die Gummistoßstange des Autos davor. Vor lauter Schreck nahm ich den anderen Fuß von der Kupplung, was den Motor abwürgte. Dann ließ ich das Handy fallen und musste mich verrenken, um es vom Fußraum der Beifahrerseite zu angeln.

Manchmal fragte ich mich, wieso ich mich so dämlich anstellte, wenn es darum ging, in einem Wagentyp, den ich fuhr, seit ich sechzehn war, einen Anruf entgegenzunehmen, während ich andererseits im Flugzeug Funkgerät und sonstige Bedienungselemente, wie Hy sagte, »mit Grazie« zu handhaben vermochte.

Mick. »Nimm das hier als ein weiteres Verhandlungsargument meinerseits.«

»Angeber. Was hast du gefunden?«

»Afton Development. Eine Baufirma. Hauptsitz in Atlanta, Georgia. Sitzt *InSite* nicht in Dogpatch?«

»Doch.«

»Dann liegt da der Zusammenhang. Afton hat dort kleine und große Grundstücke aufgekauft, für einen Wohnungs- und Bürokomplex und ein Hotel. In aller Stille, weil sie die Bewohner nicht aufscheuchen wollen – schon gar nicht die Hell's Angels, auf deren Clubhaus sie's abgesehen haben.«

Ich beschrieb ihm die genaue Lage des *InSite*-Gebäudes. »Wie liegt es in Bezug auf die Grundstücke, die sie schon haben?«

Kurzes Schweigen. »Genau mittendrin.«

Ich dachte an Charlottes Auskunft, dass Investoren manchmal den Konkurs einer Firma wollten, weil diese Vermögenswerte besaß, die man verflüssigen konnte. Erinnerte mich, wie Jorge Amaya dem Chefredakteur erklärt hatte, das Gebäude sei der einzig reale Wert, den sie besäßen. Hatte Amaya das Magazin in den Konkurs getrieben, um ein lukratives Geschäft mit Afton Development machen zu können?

Die Türen zum *InSite*-Gebäude standen offen, aber der Arbeitsbereich im Erdgeschoss war leer. Die Schreibtische und Computer, Tische und Stühle waren weg. Da und dort standen Kartons mit Dingen, bei denen es sich um nicht abgeholte Habseligkeiten von Beschäftigten zu handeln schien. Ich ging nach hinten und die Treppe zur Galerie hinauf. Zuerst dachte ich, es sei niemand da, doch dann hörte ich ein Geräusch, das klang, als ob in Engstroms Büro ein Drehstuhl quietschte.

Der stämmige Verleger saß mit dem Rücken zur Tür und

starrte ins Erdgeschoss hinab. Ich räusperte mich, und er drehte sich zu mir um. Er sah so zerknittert aus, als trüge er das Hemd und die Chinos schon seit Tagen. Unter seinen Augen waren dunkle Tränensäcke. In der rechten Hand hielt er ein Wasserglas mit einer klaren Flüssigkeit, und auf dem Schreibtisch stand eine Ginflasche.

»Miss McCone. Wie nett von Ihnen, sich an der Totenwache zu beteiligen.«

Ich trat an die Glasfront und sah ebenfalls hinunter. Von hier oben wirkte die Szenerie noch desolater. Dort, wo die Möbel gestanden hatten, waren dunkle Silhouetten inmitten der Chemikalienflecke zu sehen. Auf dem Boden verstreuter Müll driftete in die Ecken. Ohne die Beschäftigten und ihre Betriebsamkeit war dieses Gebäude nur eine weitere leer stehende Fabrik, die auf den Abriss wartete.

»Setzen Sie sich«, sagte Engstrom. »Trinken Sie einen mit mir, auf den Untergang einer hervorragenden Publikation.«

Ich setzte mich auf einen Bürostuhl, goss mir ein bisschen Gin in ein schmuddliges Glas. Erhob dieses und tat dann, als tränke ich. »Tut mir Leid, dass es so gekommen ist.«

Engstrom rieb sich die Augen. »Ach, was rede ich? *InSite* war eine beschissene Publikation. Wie all diese Online-Käseblätter. Wenig Gehalt, viel Blödsinn. Aber warum sollten sie auch anders sein? Bei der Leserschaft. Herrgott, in fünfzig Jahren wird niemand mehr wissen, wie ein richtiges Magazin oder eine richtige Tageszeitung ausgesehen hat.«

»Ich glaube nicht, dass es so krass ist.«

»Vielleicht, aber die Welt ändert sich – und nicht zum Besseren.«

»Was werden Sie jetzt machen?«

»Keine Ahnung. Ich weiß nur eins: Mit dem Journalismus und mit dieser Stadt bin ich fertig. Ich habe ein kleines Blockhaus in Siskiou County. Vielleicht werde ich mich dort verkriechen und noch einen Anlauf nehmen, den großen amerikanischen Roman zu schreiben.« Sein Mund verzog sich zu einem zynischen Grinsen.

»Hat die Feuerwehr schon herausgefunden, warum die Sprinkleranlage losgegangen ist?«

»Jemand hat daran herummanipuliert.«

»Was glauben Sie, wer?«

»Spielt ja jetzt keine Rolle mehr.«

»Sie sind mit all dem hier offenbar wirklich fertig. Sie hatten es ja sehr eilig, das Mobiliar und die Computer loszuwerden.«

»*Jorge* hatte es eilig. Er brennt darauf, sich neuen Zielen zuzuwenden.«

»Welchen?«

»Ergiebigeren Jagdgründen. Einer neuen Herausforderung. Wer weiß das schon? Wen interessiert's?«

»Und Sie haben sich seiner Entscheidung einfach gefügt?«

»Ich hatte keine große Wahl, angesichts der Schäden hier. Mir war klar, dass wir nicht weitermachen konnten. Jorge hatte vorher schon davon geredet, das Magazin einzustellen, also habe ich einen Deal mit ihm gemacht, dass ich wenigstens meine Einlagen wieder rauskriege. Das ist nicht viel, aber das Blockhaus ist lastenfrei, und die Steuern sind niedrig. Wenn ich aufpasse, müsste ich eine Weile über die Runden kommen. Damit bin ich besser dran als die meisten anderen Investoren.«

»Ach wirklich? Was ist mit dem Verkaufserlös für dieses Gebäude?«

»Wer sollte das schon wollen, bei dem Zustand und der Lage?«

»Afton Development.«

»Wer ist das?«

Großer Gott, war dieser Mensch so von seinen eigenen Spielchen und Power-Trips absorbiert gewesen, dass er gar nicht mitgekriegt hatte, was um ihn herum vor sich ging? »Ein Bauunternehmen aus Atlanta. Die kaufen bedeutende Teile von Dogpatch auf, für ein Großprojekt.«

Engstroms Gesicht erstarrte, als meine Worte zu ihm durchdrangen. »An mich sind die nie herangetreten«, sagte er, »aber ich wette, Jorge weiß davon. Er hat mir die ganze Zeit erzählt, wir würden dieses Gebäude nie loswerden. Teil unseres Deals ist, dass ich auf meine diesbezüglichen Ansprüche verzichte.«

»Das würde ich an Ihrer Stelle nicht tun.«

»Ist schon unterschrieben. Er hat mich gelinkt.«

»Aber wenn Sie eingewilligt haben, weil er Ihnen die Sachlage falsch dargestellt hat –«

»Unter vier Augen. Da steht sein Wort gegen meins, und wer glaubt schon einem abgehalfterten Gaul wie mir?« Seine Hand zitterte, als er das Glas abstellte.

»Vielleicht ist es ja doch nicht so hoffnungslos –«

»Nein, der Mistkerl hat mich definitiv gelinkt.« Aus Engstroms Augen blitzte Zorn; er stand auf, ballte die Fäuste. »Das hat er schon die ganze Zeit geplant – die Firma herunterzuwirtschaften, mich mit ein paar Dollars abzuspeisen, das Geld einzusacken und sich abzuseilen. Er hat mich geleimt und gelinkt, aber so kommt er mir nicht davon!«

»Max –« Ich stand auf und streckte die Hand nach ihm aus, aber er war schon auf dem Weg zur Tür. Erst an der Treppe holte ich ihn ein. Ich wollte ihn am Arm packen, aber er stieß mich weg und stürmte hinunter. Ich rannte ihm nach. Er schlug nach mir, brachte mich aus dem Gleichgewicht; meine Hand verfehlte das Geländer, ich fiel rückwärts, knallte mit dem Kreuz auf eine Stufe. Schmerz schoss mir bis in Genick und Kniekehlen. Als ich mich wieder erholt hatte, war Engstrom schon draußen.

Er war hinter Amaya her, kein Zweifel, und bei seinem wütenden und betrunkenen Zustand war das für beide gefährlich. Stöhnend zog ich mich hoch und humpelte nach draußen. Mein Rücken fühlte sich an, als triebe jemand ein weiß glühendes Messer hinein, aber ich glaubte nicht, dass ich mich ernsthaft verletzt hatte. Schmerztabletten, die ich eigens für solche Notfälle hortete, würden mich über die Runden bringen, bis ich zum Arzt gehen konnte. Das Wichtigste war jetzt, Amaya zu warnen.

Im Wagen ging ich die Adressenliste der *InSite*-Beschäftigten durch. Amaya wohnte im 1000er-Block der California Street – Nob Hill. Ich wählte, während ich den MG anließ, auf dem Handy seine Nummer, und hörte nur das Besetztzeichen. Auf dem ganzen Weg durch die Stadt drückte ich – wider all meine Grundsätze, was Telefonieren und Auto fahren anging – unermüdlich die Wahlwiederholungstaste, aber immer mit dem gleichen Resultat.

Amayas Wohnung lag in einem von Geld und Privilegien kündenden Hochhaus ganz oben auf dem Hügel, nahe der Grace-Kathedrale und dem Huntingdon Park. Viele Stockwerke aus Glas und Stein, mit einem Eingangsbaldachin und einem Dachgarten, wo sich ausgewachsene Palmen im Wind bewegten. In diesem vornehmen Stadtteil war das Parken immer ein Problem, so auch heute. Ich entdeckte schließlich ein wahnsinnig teures Parkhaus ein paar Blocks hügelabwärts und ging zu Fuß wieder hinauf, was mein Rücken bei jedem Schritt mit heftigem Protest quittierte.

Entweder gab es keinen Portier, oder er hatte gerade Pause. Ich drückte die Klingel für Amayas Apartment, und sofort ging der Türsummer. Komisch, dass er nicht erst gefragt hatte, wer da war. Der superschnelle Lift brachte mich in Windeseile in den sechzehnten Stock. Der mit dickem Teppichboden ausgelegte Flur war menschenleer, aber am anderen Ende stand eine Tür offen, und aus dem Apartment drang Amayas erregte Stimme. Im Näherkommen verstand ich die Fetzen »haftbar machen« und »dass Sie hier sind, wenn die Polizei kommt«.

Ich blendete den Rückenschmerz aus und ging schneller, trat durch die offene Tür in eine granitgeflieste Eingangsdiele. Geradeaus war ein großer Wohnraum mit einer offenen Glastür zu einem Balkon; leichter Wind verteilte Blütenblätter von einer Zinnvase mit roten Rosen auf dem glänzenden Deckel eines Stutzflügels. Amaya stand in der Mitte zwischen mir und dem Piano, ein schnurloses Telefon am Ohr, und auf dem Boden lag Max Engstrom. Er stöhnte und blutete am Kopf. Sein linker Arm war seltsam verrenkt.

Ich sagte zu Amaya: »Legen Sie auf.«

Er fuhr herum. »Sie! Wie kommen Sie denn hierher? Ich dachte, es wären die Sanitäter. Gehen Sie. Ich führe gerade ein vertrauliches Telefonat mit meinem Anwalt.«

»Sie haben ihm schon gesagt, dass er kommen soll. Legen Sie jetzt auf!«

Er zögerte, sagte ins Telefon »Fünfzehn Minuten und keine Sekunde länger« und tat dann, wie ihm geheißen.

Ich kniete mich neben Engstrom. Er war halb ohnmächtig. »Was ist hier passiert?«, fragte ich.

Amaya wirkte nervös, aber doch etwas gefasster. »Ich war gerade dabei, mit meinem Broker zu telefonieren, als mein Hausangestellter Max hereinließ. Er ging auf mich los und brüllte, er würde mich umbringen. Es gab einen Ringkampf, ich packte ihn am Arm. Es knackte, aber er ließ nicht locker. Und dann hat John – John Hernandez, mein Hausangestellter – mit einer steinernen Bücherstütze auf ihn eingeschlagen.«

Ich sah mich um, entdeckte die Bücherstütze unter einem Tisch, der neben einem schwarzen Ledersofa stand. »Sie haben den Krankenwagen gerufen. Die Polizei auch?«

»Noch nicht. Ich wollte, dass zuerst mein Anwalt kommt. Warum sind Sie hier? Was haben Sie mit Max zu tun?«

Ich ignorierte seine Fragen. »Rufen Sie unbedingt die Polizei, sobald der Krankenwagen da ist. Wo ist Ihr Hausangestellter jetzt?«

»In seinem Zimmer.«

»Wo finde ich das?«

»Es gibt keinen Grund, weshalb Sie mit ihm reden sollten.«

»Lassen Sie mich das beurteilen.«

Engstrom stöhnte wieder, kam langsam zu sich. Ich legte ihm die Hand auf die Schulter und sagte: »Alles okay, Max. Der Krankenwagen kommt.«

Amaya sagte: »Wissen Sie, warum er mich umbringen wollte?«

»Dafür ist jetzt keine Zeit. Kümmern Sie sich um Max, aber bewegen Sie ihn nicht. Kopfverletzungen können tückisch sein. Wo ist das Zimmer Ihres Hausangestellten?«

Amayas Miene sagte, dass er mich zum Teufel schicken wollte, doch dann gab er nach. »Dort am Flur, gegenüber der Küche.« Er zeigte nach rechts.

»Okay, ich werde mit ihm reden. Für die Polizei bin ich nicht hier. Ist das klar?«

Er zögerte, nickte dann.

Die Klingel schnarrte – die Sanitäter, endlich.

Amaya sagte: »Sie schulden mir eine Erklärung –«

»Nicht jetzt. Wenn die Polizei Hernandez vernehmen will, kommen Sie ihn holen. Ich warte in der Küche. Wir reden danach.«

»Aber –«

Erneutes Schnarren. »Lassen Sie sie rein. Er muss sofort versorgt werden.«

… diese Privatdetektivin, die immer dann aufzutauchen pflegt, wenn sich Tragödien – oder Beinahe-Tragödien – ereignen …

Die Worte des Nachrichtensprechers hallten in meinem Kopf wider, als ich durch den Flur zu dem Zimmer gegenüber der Küche ging. Noch mehr Publizität dieser Art konnte ich nicht verkraften; ich konnte nur hoffen, dass Amaya der Polizei tatsächlich nichts von meiner Anwesenheit sagen würde.

Die Zimmertür stand offen. Ich klopfte an den Türrahmen, und ein dunkelhaariger Mann sah von dem Koffer auf, den er gerade packte. »Keine gute Idee, Mr. Hernandez«, sagte ich. »Die Polizei wird mit Ihnen reden wollen.«

Hernandez' dichte Brauen zogen sich irritiert zusammen. »Wer sind Sie?«

Ich zeigte ihm meinen Ausweis.

»Privatdetektivin? Sie können mich hier nicht festhalten.«

»Wo wollen Sie denn hin? Die Sanitäter sind schon im Lift, und die Polizei wird auch gleich kommen.«

Er warf zwei Hemden in den Koffer und knallte den Deckel zu. »Da ist ein Lastenaufzug –«

»Würde ich an Ihrer Stelle lassen.«

»Hören Sie, ich traue Amaya nicht.«

»Falls Sie Angst haben, dass man Ihnen einen tätlichen Angriff anhängt – das brauchen Sie nicht. Ich bin mir sicher, Mr. Amaya wird sich hinter Sie stellen.«

»Vielleicht, vielleicht aber auch nicht. Trau niemals einem Arschloch.«

»Wieso ist er ein Arschloch?«

»Weil er mich wie den letzten Dreck behandelt und ich davon allmählich die Schnauze voll habe. Ich würde ihm glatt zutrauen, dass er sich auf Engstroms Seite schlägt.«

»Nachdem Sie ihm das Leben gerettet haben?«

»Eine Krähe hackt der anderen doch kein Auge aus. Engstrom ist auch ein Arschloch. Wie alle Freunde von Amaya. Und seine Weiber – blöde Ziegen.«

»Seine Weiber – hat er viele?«

»Nur zwei, die ich kenne. Die Erste, diese Dinah, hat glatt durch mich durchgeguckt – bis sie was wollte, dann hat sie kommandiert, kein Bitte, kein Danke. Einmal hab ich sie versehentlich mit Wasser bekleckert, da wollte sie mich schlagen. Und Tessa, die hat immer aufgehört zu reden, sobald ich ins Zimmer kam. Hatte bessere Manieren als diese Dinah, das muss man ihr lassen, aber sie war ein eiskaltes Luder.«

Demnach hatte Amaya sowohl mit Dinah Vardon als auch mit Tessa Remington etwas gehabt. Interessant.

»Wie lange war Mr. Amaya mit diesen Frauen zusammen?«

»Na ja, Dinah war aktuell, als ich vor einem Jahr hier angefangen hab. Dann, im Juni, war sie plötzlich verschwunden, und die andere hat ihren Platz eingenommen. Tessa war verheiratet, deshalb war sie nicht so oft hier.«

Das also war der Grund für die Stachligkeit, die mir zwischen Amaya und Dinah aufgefallen war: Sie hatten eine Liebesbeziehung gehabt, und er hatte sie wegen Tessa fallen lassen. »Sie scheinen ja ein guter Beobachter zu sein, Mr. Hernandez. Haben Sie Tessa oder Mr. Amaya je von einer Firma namens Afton Development sprechen hören?«

»Na, klar. Mit denen telefoniert er doch dauernd.«

»Haben Sie je etwas von diesen Gesprächen mitgekriegt?«

»Ich werde dafür bezahlt, nichts mitzukriegen.«

Ich entnahm meiner Brieftasche einen Zwanziger, streckte ihn Hernandez hin.

»*Gut* bezahlt.«

Ich legte noch einen Zwanziger drauf.

»Okay«, sagte er, »wörtlich kann ich's Ihnen nicht sagen, aber soweit ich rausgehört habe, hat Amaya irgendeinen Grundstücksdeal mit ihnen laufen. Er hat einen Vorschuss gekriegt, einen ziemlich hohen, im Februar war das. Und Tessa muss auch irgendwie daran beteiligt gewesen sein, denn sie ist ungefähr um die Zeit verschwunden, und seither hält Amaya die Leute hin. Sie müssen ihn ziemlich unter Druck gesetzt haben, denn er war in letzter Zeit ganz schön nervös, und am Donnerstag hat er ihnen gesagt, in zwei Wochen spätestens würde das Geschäft abgewickelt.«

»Und Sie sind sich sicher, dass er den Vorschuss im Februar gekriegt hat?«

»Klar, am Valentinstag. Ich weiß es noch, weil mich Amaya die ganze Zeit rumgehetzt hat, Blumen holen, Schampus, feines Essen. Tessa sollte am Abend kommen. Als ich von der letzten Besorgungstour zurückkam, hat er gerade mit den Afton-Leuten telefoniert und gesagt, sie sollen das Geld auf das Konto von irgendeiner Firma überweisen.«

»Wissen Sie noch den Namen der Firma?«

»War einer von diesen Namen, die toll klingen, aber nichts darüber sagen, was die Firma macht. Actonium ... Uranium ... nein – ich hab's, Econium. Econium Measures.« Hernandez hievte den Koffer vom Bett. »War nett, mit Ihnen über meinen Ex-Boss zu plaudern, aber ich muss meinen Aufzug erwischen.«

Amaya war wütend auf mich, als er Hernandez holen wollte, damit ihn die Polizei vernehmen könnte – so wütend, dass ich schon Angst hatte, er würde mich verpfeifen. Doch er ließ mich in der Küche sitzen und schaffte es – mit Hilfe seines Anwalts und des Brokers, mit dem er telefoniert hatte, als Engstrom über ihn hergefallen war –, die Polizei ziemlich schnell abzufertigen. Danach rief er mich ins Wohnzimmer, wo er und der Anwalt, Sid Curtis, im Raum auf und ab stapften und auf mich einschimpften. Ich saß indes auf dem Sofa und dachte, wie sehr ihr Verhalten der sinnlosen Aktivität gefangener Tiere glich.

»Meine Herren«, sagte ich schließlich, »was hätte ich denn Ihrer Meinung nach tun sollen – Hernandez von den Beinen holen und mit dem Bettlaken fesseln?«

Sid Curtis wirbelte zu mir herum und richtete einen anklagenden Zeigefinger auf mich. »Wissen Sie, ich kenne Ihren Ruf. Sie haben es schon mit kräftigeren Männern als Hernandez aufgenommen und es so weit überlebt, dass Sie es an die große Glocke hängen konnten.«

Ich musterte ihn: ein kleiner Mann mit welligem Haar, das in alle Richtungen abstand, weil er so oft mit den Fingern hindurchfuhr. Sein Ruf war mir ebenfalls nicht unbekannt: Er neigte dazu, seinen Gegnern grob zu kommen.

Ich sagte: »Ich hänge gar nichts an die große Glocke. Es gab bis jetzt immer genügend Journalisten, die bereit waren, das für mich zu tun. Außerdem war ich heute gar nicht hier, wie hätte ich es da mit Hernandez aufnehmen können?«

»Was soll das heißen?«

»Ich konnte ja auch kein hochinteressantes Gespräch mit ihm führen – über das Liebesleben Ihres Mandanten.« Ich sah anzüglich zu Amaya hinüber, dessen Lippen sich zu einem Strich spannten.

Curtis wandte sich Amaya zu. »Wovon spricht sie?«

»Sie war heute nicht hier, Sid. Und wenn Sie uns jetzt bitte entschuldigen würden, Miss McCone und ich haben zu reden.«

»Sie werden nicht mit ihr reden, ohne dass ich dabei bin.«

»Sie vergessen sich, Sid. Ich bin derjenige, der Sie bezahlt. Ich bestimme, was hier passiert und nicht passiert.«

»Ich soll Sie allein lassen, in den Fängen dieser –«

»Vorsicht, Sid«, sagte ich. »Ich habe es schon mit kräftigeren Männern als Ihnen aufgenommen.«

»Was hat John Ihnen erzählt?«, wollte Amaya wissen, als sein Anwalt gegangen war.

»Dass Sie eine Liebesbeziehung mit Dinah Vardon hatten und dann wegen Tessa Remington mit ihr Schluss gemacht haben. Wie hat Dinah darauf reagiert?«

Amaya zögerte, erwog vermutlich, das Ganze einfach zu leugnen, sagte dann aber achselzuckend: »Wie schon? Sie ist nun mal der rachsüchtige Typ und hat mir das Leben schwer gemacht, wo sie nur konnte.«

»John hat ferner erzählt, dass Tessa an dem Abend, als sie verschwand, hierher hätte kommen sollen. Am vierzehnten Februar.«

Er wurde rot. »Verdammter Kerl!«

»Sie kam nicht und rief auch nicht an?«

»Nein. Sie war eigentlich anderweitig verabredet, mit ihrem Mann bei Freunden, und wollte das in letzter Minute absagen. Als sie nicht kam, nahm ich an, dass sie sich nicht hatte freimachen können. Aber als sie auch nicht anrief, um es mir zu erklären, machte ich mir doch Sorgen. Wir wollten die letzten Details eines gemeinsamen Geschäftsvorhabens klären und dann feiern. Es sieht Tessa gar nicht ähnlich, ein Geschäft nicht zu Ende zu bringen.«

»War dieses Geschäft der Verkauf des *InSite*-Gebäudes an Afton Development?«

Amaya erschrak, fasste sich dann wieder und lächelte schmallippig. »Ah, Sie sind wirklich eine Meisterdetektivin, Miss McCone.« Er setzte sich mir gegenüber und nahm eine Zigarre aus dem Humidor auf dem Couchtisch. Als er sie präparierte und anzündete, zitterten seine Hände leicht.

»Mr. Hernandez erzählte mir außerdem, dass Sie Afton veranlasst haben, einen Vorschuss auf eins der Konten von Econium Measures zu überweisen.«

Er betrachtete mich durch einen Rauchnebel. »Ich brauche meine privaten Geschäfte nicht mit Ihnen zu erörtern.«

»Nein, aber es wäre klug, vor dem Hintergrund von Tessas Verschwinden. Die Tatsache, dass Sie mit ihr geschlafen haben, plus der Tatsache, dass Max über Sie hergefallen ist, weil er das mit dem Afton-Deal herausgefunden hatte – das könnte die Polizei veranlassen, Ihre Aktivitäten in letzter Zeit genauer unter die Lupe zu nehmen.«

»Wollen Sie mich erpressen, Miss McCone?«

»Ihnen einen guten Rat geben, würde ich sagen.«

Er zögerte, erwog seine Möglichkeiten. »Nun gut. Ich werde es Ihnen erklären, damit Sie keine falschen Theorien darüber entwickeln, was Tessa und ich vorhatten. Eine meiner Aufgaben bei *InSite* war es, Max' Verschwendungssucht zu zügeln. Aber er ist leider ein starrsinniger und eigenmächtiger Mensch, und so hatte ich in diesem Punkt wenig Erfolg. Das Magazin stand finanziell immer schlechter da, und als absehbar war, dass es zahlungsunfähig werden würde, machte sich Tessa Sorgen wegen der Investoren und beschloss schließlich, es sterben zu lassen.«

»Keine besonders aufrechte Art, das zu tun – Sie zu beauftragen, Vorfälle wie diesen falschen Feueralarm am Freitag zu inszenieren.«

Keine Reaktion.

»Ich weiß, dass das Ihr Werk war. Und ich durchschaue Ihr Kalkül. Solange die Firma nicht gänzlich in Trümmern lag, stand zu befürchten, dass Engstrom oder die Investoren Sie unter Druck setzen würden, ein Insolvenzverfahren einzuleiten und einen Rettungsversuch zu unternehmen. So hingegen können Sie die realen Aktiva verflüssigen, und Tessa kann den Fonds auflösen, das bisschen Kapital, das noch übrig ist, den Investoren zurückgeben und dann den Erlös für das Gebäude in die eigene Tasche stecken. Müsste sie den Weg des Insolvenzverfahrens gehen, würden die Konkursverwalter ein strenges Auge darauf haben. Die einzelnen Investoren hingegen würden keine so rigorose Offenlegung der Zahlen fordern; sie sind es inzwischen gewohnt, dass Dotcomfirmen Pleite gehen.«

Sein Schweigen bestätigte meine Theorie.

Ich setzte hinzu: »Ich nehme an, Sie haben auf Druck von Afton Development das Projekt weiter vorangetrieben.

Sind Sie befugt, den Verkauf des Gebäudes abzuschließen und über die Konten von Econium Measures zu verfügen?«

»Nein. Für beides ist Tessas Unterschrift erforderlich.«

»Haben Sie Grund zu der Annahme, dass sie wieder auftauchen und das Geschäft abschließen wird?«

»Ja, habe ich. Letzten Donnerstag kam ein Fax von ihr, in dem sie mir auftrug, wie geplant weiterzumachen.«

»Woher kam das Fax?«

»Das weiß ich nicht. Es war kein Absender drauf.«

»Stand da sonst noch was drin? Wann sie wieder aufzutauchen gedenkt, beispielsweise?«

»Nein.«

»Wohl deshalb nicht, weil sie es gar nicht vorhat.«

»Was soll das heißen?«

»Ist Ihnen bekannt, dass das Konto, auf das Afton den Vorschuss überwiesen hat, leer geräumt wurde? Wie auch andere Konten von Econium Measures?«

Er erstarrte, die Zigarre auf halbem Weg zum Mund. »Das kann nicht sein.«

»Es ist aber so. Laut Kelby Lincoln hat irgendjemand letzte Woche sämtliche Gelder transferiert. Zweiundzwanzig Millionen Dollar sind verschwunden, und niemand vermag ihren Weg zu verfolgen.«

»Großer Gott!«

»Und dann ist da noch etwas: Am Samstag wurde eine Frau, deren Beschreibung auf Tessa passt, dabei beobachtet, wie sie der Leiterin der Rechercheabteilung des Magazins, Kat Donovan, einen Koffer brachte. Ich vermute, dass er Schweigegeld enthielt.«

»Wofür?«

»Für Informationen, die Kat beschafft hat.«

Er lief rot an. »Dann war sie es also!«

»War sie was?«

»Dieses Miststück!«

»Ich glaube, Sie sollten mir besser alles erzählen, Mr. Amaya.«

»Nein.« Er drückte die Zigarre aus und stand auf. »Dieses Gespräch ist hiermit beendet. Wenn Sie nicht sofort gehen, rufe ich die Haus-Security.«

Wieder in meinem Wagen, rief ich in der Klinik, in die Engstrom gebracht worden war, an und erkundigte mich nach seinem Zustand. Man sagte mir, er habe einen Armbruch und eine leichte Gehirnerschütterung, es gehe ihm aber den Umständen entsprechend gut. Dann rief ich in der Detektei an, um mir meine Telefonbotschaften durchgeben zu lassen. Julia war noch dort; ich fragte mich, wann sie je Zeit für ihren Sohn hatte, befand dann aber, dass das ihre Sache war. Außerdem wollte ich eine neue Kraft nicht in ihrem Engagement bremsen.

»Hy hat angerufen«, sagte sie. »Ich soll Ihnen ausrichten, er sei am Freitag wieder da, etwa um die Mittagszeit. Ein Mr. Hernandez wollte Ihnen dafür danken, dass er seinen Aufzug noch rechtzeitig gekriegt hat, und ich soll Ihnen sagen, ihm sei da noch was eingefallen. Bevor die Remington verschwand, seien sie und Amaya ziemlich außer sich gewesen, weil irgendwer etwas über ihn rausgefunden hatte, was ihm schaden konnte – über Amaya, meine ich, nicht über Hernandez –, und weil dieser Jemand jetzt ›zum Schweigen gebracht‹ werden musste.«

Das gefiel mir gar nicht.

Julia fuhr fort: »Eine Mrs. Woods sagt, die Jungs sind wieder da. Und Ted hat angerufen, um zu fragen, ob Sie irgendwas rausgefunden hätten.«

»Danke, Julia. Stellen Sie mich bitte zu Mick durch?«

»Ich wollte gerade nach Hause, Shar.«

»Sorry, das hier geht vor.«

»Verflixt –«

»Verhandlungspluspunkte – weißt du noch?«

»Okay, okay. Was brauchst du diesmal?«

»Einen Backgroundcheck für einen gewissen Jorge Amaya.« Ich gab ihm die wenigen Details durch, die ich kannte.

Manchmal bin ich so manipulativ, dass ich mich selbst dafür schäme, aber wenigstens funktioniert es.

Es war jetzt achtzehn Uhr – das Ende eines langen, schwierigen Arbeitstages. In der gesamten Bay-Area wälzten sich Menschen in ihren Autos durch die Straßen, über die Freeways und Brücken. Sie standen auf Stadtbahn- und U-Bahnhöfen Schlange oder rannten zu Fähren, Straßenbahnen und Bussen. Die Bars und Restaurants empfingen die ersten Gäste. Sportlichere Zeitgenossen schwangen sich auf ihre Mountainbikes oder schlüpften in ihre Joggingschuhe. Andere gingen noch rasch einkaufen, warfen den Grill an oder liebäugelten mit Pizza oder China-Food. Tausende trivialer, tröstlicher Alltagsrituale waren um mich herum in Gange.

Und ich nahm an keinem davon teil.

Als ich auf dem teuren Parkhausplatz am Nob Hill in meinem Wagen saß, überschwemmte mich ein vertrautes und doch immer wieder verblüffendes Gefühl der Einsamkeit und Traurigkeit. Natürlich hatte ich vor Jahren, ohne mir wirklich über die Konsequenzen im Klaren zu sein, einen Weg eingeschlagen, den nur wenige Menschen – und damals noch weit weniger Frauen – gewählt hätten. Einen Weg, der lange Arbeitszeiten, schlaflose Nächte, Frustration und Gefahr beinhaltete und genügend Dämonen mit sich brachte, um einen überlangen Horrorfilm zu bestücken. Doch anders als viele Kollegen hatte ich jetzt einen Rahmen, der mich stützte; Hy, meine Familie – mehr Familie als die meisten Leute, selbst jetzt, wo Pa und Joey nicht mehr da waren – und meine Freunde. Die Detektei, mein Heim, meine Katzen. Die Zwo-fünf-zwo-sieben-Tango und Touchstone.

Warum also dieses ungeheure Gefühl der Leere?

Na ja, warum nicht? Im Lauf der Jahre hatte ich zu viel Gewalt mitgekriegt, zu viele schreckliche Taten, begangen aus Habgier, Feigheit oder schlichter Dummheit. In dieser letzten Woche hatte ich die Leiche eines ermordeten Freundes, einen Beinahe-Selbstmord und einen weiteren übel zugerichteten Mann gesehen. Das war zu viel, und ich wollte nichts sehnlicher, als diese Bilder in meinen mentalen Tresorraum zu verfrachten, nach Hause zu fahren und mich jenen trivialen Ritualen hinzugeben, die anderen Leuten vergönnt waren.

Aber ich war nicht andere Leute. Und heute Abend musste ich weiter nach Antworten suchen.

In Ted und Neals Wohngegend ist das Parken noch schwieriger als auf dem Nob Hill, vor allem abends, wenn die Bewohner – und ihre Wagen – zurückkehren. Ich ließ den MG auf einem gebührenpflichtigen Parkplatz am nördlichen Embarcadero stehen und ging zu Fuß die Betontreppen hinauf, die vom Ende der Montgomery Street auf den Tel Hill führen; als ich oben ankam, waren meine Kopfschmerzen wieder aufgeflammt, und ich blieb stehen, um trocken zwei Aspirin hinunterzuwürgen.

Der Lift des Hauses in der Plum Alley fuhr gerade in seinem Glassteinschacht abwärts und verzerrte die Gestalten seiner Passagiere zu lang gezogenen, flimmernden Farbflecken. Ich machte Platz, als zwei Frauen ausstiegen, fuhr dann in den dritten Stock hinauf. Aus zwei Apartments war leise Musik zu hören, aber aus dem hintersten kam kein Laut. Ich klingelte, hörte Schritte drinnen im Flur.

»Shar!« Neal schien überrascht, runzelte dann die Stirn. »Ist was? Ted –«

»Mit Ted ist alles okay, aber er konnte dich nicht erreichen, deshalb hat er mich gebeten, hier vorbeizufahren.« Ich trat ein und ging durch den Eingangsflur in das hohe Wohnzimmer. Die Apartments in diesem Stockwerk hatten zwei Ebenen, und die kleine Küche nistete hinter einer Wendeltreppe. Auf einem Hocker an der Küchentheke saß ein Mann und trank ein Glas Rotwein. Er war groß, blond, schlank und noch ziemlich jung – das exakte Gegenteil von Ted. Ich sah Neal an, wartete, dass er uns bekannt machte.

Neal sagte: »Das ist Steve Box. Steve, Sharon McCone.«

Der Mann nickte und streckte mir die Hand hin. »Neals geplagte Ex-Lehrherrin. Seit Tagen höre ich ständig von dem Fiasko.«

Seine lockere, vertrauliche Art ließ mich sofort alle Stacheln ausfahren. Ich sagte: »Eigentlich war es ja Neals Partner Ted, der den Lehrherrenpart hätte übernehmen sollen.« Ich wandte mich an Neal: »Meinst du nicht, dass du Ted eine Erklärung schuldest? Für das hier?«

»Das hier?« Sein Blick folgte meiner Hand, die auf Steve Box deutete, und Verstehen glomm in seinen Augen auf. »Du lieber Gott, du denkst doch nicht …? Doch, denkst du wohl.«

Ich wartete.

»Es ist nicht, was du … Steve hilft mir … Vielleicht zeig ich's dir einfach.« Er ging zur Treppe, und ich folgte ihm. Die Tür zu seinem Bibliothekszimmer war geschlossen. Er stieß sie auf. »Hier siehst du das Reich des topmodernen Buchhändlers.«

In dem mit Bücherregalen ausgekleideten Raum stand neben einem hübschen alten Büroschreibtisch eine nagelneue Workstation. Darauf befand sich ein Macintosh G-4 Cube mit futuristischen Halbkugellautsprechern, Zip-Drive, Scanner und Drucker.

Ich starrte darauf. »… Der gehört dir?«

»Mir und Well's Fargo – jedenfalls, bis ich meine Kreditkartenschulden abgezahlt habe.«

»Du kannst damit umgehen?«

»Ich kann damit umgehen, und meine ganzen Bestände sind bereits online, dank Steve.«

Ich dachte daran, wie ich als bekennende Technophobikerin an einem trüben, regnerischen Wochenende in Touchstone im Selbststudium Hys Computer zu bedienen gelernt hatte. Das war mir als eine enorme Leistung erschienen, aber Neal hatte mich locker in den Schatten gestellt. »Ganz schön starke Hardware«, sagte ich.

»Wennschon, dennschon.«

»Kann man wohl sagen«, ließ sich Steve hinter ihm vernehmen. »Er hat schon eine Auktion bei eBay eröffnet, die ihm genug bringen müsste, um die nächste Kreditkartenrate zu zahlen.«

Ich wandte mich an ihn: »Was machen Sie – sind Sie so eine Art Consultant?«

Er nickte. »Ich helfe Leuten, die nicht mit den neuen Technologien groß geworden sind, damit klarzukommen. Neal ist mit Abstand mein begabtester Schüler.«

Ich wandte mich Neal zu. »Dann war also Computer-Equipment in den Kartons, die Mona Woods euch beide hat ankarren sehen?«

»Computer-Equipment und die antiquarischen Bücher, die ich eingelagert hatte.« Er zeigte auf ein paar Dutzend Kartons, die zwischen Schreibtisch und Fenster gestapelt waren. »Mona hat uns nachspioniert, was?«

»Sie hatte Angst, du und Ted hättet euch getrennt, und ...« Ich sah Steve an.

Er sagte: »Neal ist ein netter Kerl, aber ich glaube nicht, dass es meiner Frau recht wäre, wenn ich zu ihm zöge.«

»Du hast doch Ted nichts von Monas Verdächtigungen erzählt?«, fragte Neal.

»Nein. Aber was wird jetzt mit ihm? Im Moment wohnt er bei mir, und es geht ihm wirklich mies.«

»Du sagst, er hat hier anzurufen versucht?«

»Ja, aber es ist ständig besetzt.«

»Das liegt daran, dass ich die ganze Zeit im Internet bin. Ich konnte die Telefongesellschaft nicht dazu bringen, vor nächster Woche zu kommen, um eine zweite Leitung zu legen.«

»Das ist keine Entschuldigung. Du hättest ihn anrufen können.«

»Hätte ich, aber ich war immer noch sauer auf ihn, und in der Stimmung mit ihm zu reden hätte alles nur noch schlimmer gemacht. Außerdem wollte ich zuerst das Buchgeschäft in die Gänge kriegen, um ihm zu beweisen, dass ich auch etwas richtig machen kann.«

»Dann mach noch was richtig – ruf ihn an.«

Nachdem die Pflicht meinen Freunden gegenüber – zumindest bis zur nächsten Krise – erfüllt war, löste ich meinen

Wagen aus einer weiteren teuren Parkgelegenheit aus und fuhr den Embarcadero hinunter zum Piergebäude. Inzwischen war es acht Uhr, und Dämmerung hüllte die Palmen entlang den Straßenbahnschienen ein, sodass ihre schwankenden Wedel wie flehend zum Himmel gereckte Geisterarme wirkten. Auf unserem Parkplatz stand nur noch Micks Motorrad. Er machte Überstunden, was hieß, dass er entweder nichts über Jorge Amaya gefunden hatte oder aber sehr viel.

Als ich sein Büro betrat und er auf seinem Schreibtischstuhl zu mir herumschwang, sah ich seinem Gesicht an, dass er gute Neuigkeiten hatte. »Dieser Typ ist ja wirklich ein Herzchen«, sagte er.

Ich setzte mich auf Charlottes Stuhl. »Inwiefern?«

»Na ja, das Einzige, was stimmt, ist, dass seine Familie reich ist. Sehr reich. Aber der Rest – die Studienabschlüsse, die Unternehmenserfahrung – alles glatt gelogen. Und neben Jorges Jugendsünden nehmen sich meine richtig zahm aus.«

»Schwer zu glauben. Was hat er getan?«

»Die ganze Palette. Weibergeschichten. Alkohol. Drogen. Er ist aus drei öffentlichen Schulen in Costa Rica und zwei teuren Privatschulen hier geflogen. Mit achtzehn verursachte er einen Skandal, weil er etwas mit der Frau eines hohen Regierungsbeamten hatte, und da befand dann die Familie, dass es ratsam sei, ihn außer Landes zu schicken – mit einem großzügigen Wechsel. Er lebte ein paar Jahre in New York, versuchte dann, sich als Produzent in Hollywood zu etablieren. Dort gab es ein Problem, weil er zu riskant mit den Geldern seiner Finanziers zockte. Sein Vater löste es, und er kam hierher. Er wohnt seit drei Jahren dort auf dem Nob Hill, ohne irgendeinem Gelderwerb nachgegangen zu sein, bis dann im Juni letzten Jahres dieser Gig bei *InSite* kam.«

Ein Gig, den die Remington arrangiert hatte, um ihren Liebhaber und Mitverschwörer dort einzuschleusen. »Der klassische Tunichtgut aus reichem Hause«, murmelte ich.

»Was?«

»Nichts, was du nachvollziehen könntest.« Obwohl sein Vater sehr reich war, hatte Mick es immer vorgezogen, sein Geld selbst zu verdienen. Ricky hatte sogar Schwierigkeiten gehabt, ihn dazu zu bringen, den Eigenkapitalanteil für das Apartment anzunehmen. »Gute Arbeit. Geh nach Hause, mach dir einen schönen Abend.«

»Danke, Boss. Muss Kräfte für unsere Verhandlungssession morgen sammeln.«

Als Mick weg war, ging ich in mein Büro, um den Papierstapel in meinem Eingangskorb in Angriff zu nehmen. Spesenabrechnungen, die es abzuzeichnen, Klientenresümees, die es zu lesen und abzusegnen galt. Micks exzentrisch formulierte und vielfach mit Rechtschreibfehlern behafteten Berichte, die es herunterzuschrauben und zu korrigieren galt. Eine Personalbeschwerde: Der Billigkaffee von Costco ist ätzend. Memo an Ted, dort eine andere Billigkaffeesorte zu kaufen.

Als ich endlich fertig war, war es schon nach neun. Ich hatte seit dem Lunch mit Glenn nichts mehr gegessen und auch da nicht viel, aber ich hatte keinen Hunger. Ich fischte JDs Diagramm aus meiner Umhängetasche, nahm es, samt meiner Fallakte, mit zu dem Sessel am Fenster.

JD war, wie es schien, auf vieles von dem gestoßen, was auch ich seither herausbekommen oder mir zusammengereimt hatte. Fast alle dieser hingekritzelten Namen und Abkürzungen sagten mir inzwischen etwas, wenn mir auch einige Verbindungen nach wie vor ein Rätsel waren. Diesmal fiel mir auf, dass die Verbindungslinien zwischen Amaya, Vardon und Remington ein Dreieck bildeten. Interessant, dass die Linie zwischen Remington und Amaya die zu Engstrom durchschnitt. Die Verbindungslinie zwischen Roger und Jody war klar und kräftig, aber die Linien, die von den beiden zu den anderen hin ausstrahlten, schienen nicht mehr als flüchtige Versuche, die Situation zu durchdenken.

Und dann die Fragen: Afton? Er hatte das mit der Baufirma, die Dogpatch aufzukaufen versuchte, herausgefunden. Econ? Econium Measures natürlich. KSK? Er hatte jeden Schritt der Remington am Tag ihres Verschwindens rekonstruiert und sich vergewissert, dass in der Non-Profit-Organisation, an deren Vorstandssitzung sie hätte teilnehmen sollen, niemand etwas von ihr gesehen oder gehört hatte. ER? Eagle Rock, Oregon. LR? Keine Ahnung.

Andererseits …

Ich schlug die Fallakte auf, blätterte darin herum. Mick hatte einen Stadtplan von Dogpatch ausgedruckt, die bereits von Afton Development erworbenen Grundstücke orangefarben, diejenigen, die zur Komplettierung des Areals noch fehlten, gelb ausgemalt. Teile dieses Areals lagen südlich des eigentlichen Dogpatch, und eins der noch nicht aufgekauften Grundstücke grenzte sogar direkt an die Bay.

Ich studierte es, verglich es mit dem Lageplan in meinem Kopf. Es war das Gelände des alten Islais Creek Resort. Das Last Resort. LR.

Ich habe vor, in dem Haus zu wohnen und von dort aus eine Consulting-Firma zu betreiben.

Das hatte Dinah Vardon behauptet, als ich sie nach den Gründen für diesen Kauf gefragt hatte. Aber wenn es stimmte, warum hatte sie dann die Renovierungsarbeiten auf unbestimmte Zeit verschoben? Weil sie herausgefunden hatte, dass Afton Development für kostbares Land direkt an der Bay ein Vermögen zahlen würde? Vielleicht hielt sie Afton ja hin, um den Profit zu maximieren. Das wäre nur geschäftstüchtig – aber warum hatte sie mich dann angelogen?

Das Haus der Vardon an der Vermont Street war wieder dunkel. Ich klingelte dennoch, aber es tat sich nichts. Dann fuhr ich zum Last Resort. Dunkel und augenscheinlich verlassen. Sollte ich für heute Feierabend machen?

Nein. Immer wenn ich mich der Wahrheit näherte, schaltete sich bei mir ein sechster Sinn ein. Und der sagte mir jetzt, dass ich ganz dicht dran war.

Ich fuhr vom Parkplatz des Resort, stellte den MG in der Third Street ab und ging zu Fuß zurück. Das Gebäude war in Nebel gehüllt, der wie Dampf von der Bay aufstieg. Ich duckte mich auf der anderen Straßenseite hinter einen schrottreifen Pick-up und musterte es. Oben kein Licht, unten kein Licht, in keinem der Nebengebäude Licht.

Dann glitt ich hinter dem Pick-up hervor und huschte die Straße entlang, vorbei an dunklen Häusern mit vergitterten Fenstern und vernagelten Türen. Am Ende der Straße überquerte ich die Fahrbahn, näherte mich dem Resort von der fensterlosen Seite, schlich zwischen den Nebengebäuden hindurch. Die Schuppen, wo der frühere Besitzer seine Konterbande gelagert hatte, waren halb verfallen, das Bootshaus in kaum besserem Zustand. Im Näherkommen sah ich, dass die Bootshaustür mit einem Riegel und einem neu wirkenden Vorhängeschloss gesichert war.

Ich inspizierte das Vorhängeschloss. So neu, dass es nicht

einmal von der Salzluft angefressen war. Ich fischte in meiner Tasche nach dem Einbruchswerkzeug, überlegte es mir dann aber anders und ging zur Wasserseite des Bootshauses herum. Das metallene Klapptor zum inneren Bootsdock stand ein Stück offen; zwischen dem Tor und dem Bootshausboden neben dem Dock war ein Durchschlupf von einem guten halben Meter. Ich ließ mich rittlings auf die Querbalken zwischen den Pfeilern hinab, wobei ich die Zähne gegen die Rückenschmerzen zusammenbeißen musste, drehte mich und zwängte mich durch die Öffnung.

Noch ehe ich meine Taschenlampe anmachte, erkannte ich neben dem Bootsdock ein großes Etwas. Ein Wagen. Ich knipste die Taschenlampe an, leuchtete hin. Ein weißes BMW-Cabrio, der Wagentyp, den laut *Chronicle*-Bericht die Remington gefahren hatte. Als ich die Nummernschilder inspizierte, sah ich, dass es nicht das in der Zeitung genannte Kennzeichen war. Aber neulich Nacht hatte die Vardon auch so einen Wagen gefahren. War der hier ihrer? Ich ging zur Beifahrertür, um im Handschuhfach nach der Zulassung zu suchen. Keine da. Ich guckte unter und hinter den Sitzen. Nichts.

Ein Wagen draußen auf der Water Street.

Ich schloss die BMW-Tür, horchte.

Er kam hierher.

Ich sah mich um. Außer dem BMW war das Bootsdock das einzig mögliche Versteck.

Schotter knirschte unter den Reifen, als der Wagen draußen hielt.

Ich rannte zum Bootsdock, ließ mich rasch über den Rand hinab, unterdrückte einen Aufschrei, als meine Füße ins eisige Wasser tauchten. An die frei liegenden Querbalken geklammert, ließ ich mich so weit hinunter, dass ich bis zu den Knien im Baywasser hing, und hielt mich eisern fest, die Stirn an das splittrige Holz gepresst.

Gefummel an Vorhängeschloss und Riegel, dann ging die Tür auf, und jemand kam herein. Ich hielt die Luft an, hoffte, dass mich das schwappende Wasser um mich herum nicht verraten würde. Schritte zum Heck des BMW. Etwas plumpste auf die Planken, und ein paar Sekunden später hörte ich ein sirrendes Geräusch.

Irgendein Elektrowerkzeug. Schraubendreher?

Metallisches Geklapper, dann wieder das Werkzeuggeräusch. Die Person ging zur Schnauze des Wagens und wiederholte die Prozedur.

Wechselte die Nummernschilder aus.

Dann bewegten sich die Schritte zur Beifahrerseite; die Wagentür ging auf. Gleich darauf knallte sie wieder zu, und die Person verließ das Bootshaus, klickte das Vorhängeschloss wieder zu. Es dauerte noch ein paar Minuten, bis der Motor wieder ansprang und das Geräusch sich in der Ferne verlor.

Ich hievte mich aus dem Bootsdock, lag bäuchlings auf den Planken. Meine Füße und Waden waren taub, Jeans und Turnschuhe klatschnass. Ich roch nach Salz und Teer und irgendetwas Chemischem, das ich lieber nicht näher erkunden wollte. Nach einem Weilchen setzte ich mich auf, wrang meine Jeans aus, so gut es ging, ohne sie auszuziehen, rieb meine Waden, um die Durchblutung wieder in Gang zu bringen. Schlüpfte aus den Schuhen, kippte das Wasser aus, rieb mir die Füße.

Nachdem ich die nassen Schuhe wieder angezogen hatte, knipste ich die Taschenlampe an und sah mir die neuen Nummernschilder des BMW an. 2 KCV 743. Tessa Remingtons Kennzeichen. Auf dem Beifahrersitz lagen eine Brieftasche und eine Aktenmappe, die vorher nicht da gewesen waren. Die Brieftasche enthielt Papier und Kreditkarten auf den Namen Tessa Remington sowie fünfhundert Dollar in bar. In der Mappe steckten Unterlagen zu diversen von der Remington Group gemanagten Fonds, die Tagesordnung der Vorstandssitzung des Komitees für sichere Kommunikation vom vierzehnten Februar und ein Dossier über Jorge Amaya, das vieles enthüllte, was ich schon wusste, zudem jedoch eine frühere Festnahme wegen Geschlechtsverkehrs mit einer Minderjährigen, wobei die Anklage allerdings fallen gelassen worden war.

Hatte sich die Remington die letzten Monate hier versteckt gehalten, um nach und nach die Konten von Econium Measures zu leeren? Plante sie, sich heute Abend abzusetzen? Wenn ja, welcher Art war ihr Verhältnis zu Dinah Vardon?

Die Mappe hatte noch ein zweites Fach mit einem winzigen Schloss – leicht zu knacken. Drinnen steckte ein Klemmhefter. Ich nahm ihn heraus, fand darin mehrere beschriebene Blätter mit der Überschrift ZEITPLAN. Es ging um Einzahlungen auf Konten von Econium Measures und um Transfers von diesen Konten. Wohin die Gelder transferiert worden waren, war nicht ersichtlich: weder Namen noch Kontonummern. Zwischen den einzelnen Transaktionen standen kryptische Vermerke wie etwa »Lewis-Datei verschwinden lassen«, »Scanner außer Gefecht setzen«, »Gehaltsliste löschen« und »Feueralarm aktivieren«, wobei der Feueralarmeintrag mit dem Datum vom vergangenen Freitag versehen war.

Die letzten Vermerke waren auf morgen in einer Woche datiert: Restzahlung Afton; letzter Transfer Econium.

Ein Plan für die Veruntreuung von Geldern, so kompliziert und so minutiös durchorganisiert, dass die Remington es für nötig befunden hatte, ihn schriftlich festzuhalten. Kein Wunder: Neben den einzelnen Transaktionen waren die jeweiligen Beträge vermerkt; die Gesamtsumme, die da transferiert werden sollte – zweifellos auf ein geschütztes Konto außerhalb der Staaten –, betrug immerhin fast hundert Millionen Dollar.

Die Frage war: Mit wem gedachte sie das Geld zu teilen? Mit Amaya? Oder mit Dinah Vardon?

Ehe ich das Bootshaus verließ, nahm ich wohl zum hundertsten Mal JDs Diagramm hervor und hielt es ins Taschenlampenlicht. Jody Houstons Name war dick umkringelt; er hatte geglaubt, dass die Antworten bei ihr lagen, und vielleicht stimmte das ja.

Ich ließ meine Kontakte mit Jody Houston Revue passieren, vergegenwärtigte mir, was für ein Mensch sie war. Versuchte, mit ihrem Kopf zu denken.

Und wusste plötzlich, wo ich sie finden würde.

Auf mein Klingeln tat sich nichts, aber das überraschte mich nicht. Ich schloss die Haustür mit Rogers Schlüssel auf, nahm den Lift zu Jodys Stockwerk. Im Gegensatz zu Roger hatte sie nur ein einziges Schloss an der Tür, und der Schlüssel mit dem lila Gummibändchen, den ich in seiner Küche gefunden hatte, passte. Das Kontrollelement der Alarmanlage war gleich rechts an der Wand; ich setzte die Anlage auf die gleiche Weise außer Kraft wie die bei *InSite*.

Drinnen sah ich einen schmalen Lichtstreifen unter einer geschlossenen Tür ganz hinten. Essbereich und Küche, genau wie bei Roger, nur dass statt des Bogendurchgangs hier eine richtige Tür war. Ich ging darauf zu, wobei der dicke Teppichboden meine Schritte dämpfte. Kein Laut von drinnen, aber eine Spannung, die an meinen Nerven zerrte. Ich riss die Tür auf.

Paige Tallman erschrak und wich zurück. »Mein Gott, wie sind Sie hier reingekommen?«

»Ganz ruhig. Ich tue Ihnen nichts.«

Sie sah auf meine nassen Jeans und Schuhe und rümpfte die Nase. »Was ist denn mit Ihnen passiert?«

»Das ist unwichtig. Warum haben Sie nicht auf mein Klingeln reagiert?«

»Ich dachte, das wäre nur eine Vorwarnung.«

»Und ich wäre Jody.«

»Wie bitte?«

»Sie haben mich für Jody gehalten. Sie ist doch hier untergeschlüpft, oder?«

»Wie kommen Sie darauf?«

»Qualifizierte Vermutung. Als sie das letzte Mal auf der Flucht war, ging sie an einen vertrauten Ort. Sie haben ihr von der neuen Alarmanlage erzählt, und sie hat sich gesagt, dass das hier der letzte Ort sei, wo die Polizei – oder sonst jemand – nach ihr suchen würde.«

Die Tallman ging an einen runden Eichenholztisch, setzte sich hin, stützte die Ellbogen auf und vergrub das Gesicht in den Händen. »Ihre Vermutung ist richtig. Sie versteckt sich seit Sonntagabend hier.«

»Das lassen Sie zu? Wo sie wegen Mordes gesucht wird?«

»Klar. Jody ist doch meine Freundin. Sie sagt, sie hat diesen Reporter nicht umgebracht, und ich glaube ihr.«

»Wer war es dann?«

Sie sah auf, hob die Hände. »Wenn sie's weiß, will sie's mir nicht sagen. Sie kam nach Hause, fand den Mann tot auf dem Wohnzimmerboden und geriet in Panik. Versteckte ihn im Kabuff, um sich erst mal zu überlegen, was sie tun sollte. Aber dann sind Sie aufgetaucht.«

»Also ist sie geflüchtet und hat mir das Ganze angehängt.«

»Nein, so war's nicht. Sie hatten sie überzeugt, dass Sie ihr wirklich helfen wollten. Aber als sie dann nach oben ging, um was zu holen, was sie Ihnen zeigen wollte, guckte sie aus dem Fenster und sah die Person, von der sie glaubte, dass sie den Reporter umgebracht hatte.«

»Aber wer diese Person war, wollte sie Ihnen nicht sagen.«

»Nein.«

»Und was machte diese mysteriöse Person?«

»Schnappte sich eine Tasche, die am Fußweg lag. Rannte damit weg, stieg in ein Auto, das ein Stück weiter an der Straße stand, und fuhr weg.«

»Hat sie das Auto beschrieben?«

»Dunkel, Kleinwagen. So einer wie der, den sie am Flughafen gemietet hatte.«

An dem Abend hatte es in Eagle Rock nur so von Mietwagen gewimmelt. »Und dann?«

»Ist sie einfach abgehauen. Ist die Küste runtergefahren, hat den Wagen stehen lassen. Ist hierher getrampt. Das hat ziemlich lange gedauert, und als sie hier ankam, war sie todmüde. Hat fast den ganzen Montag verschlafen, und als wir dann am Abend geredet haben, hat sie mir das erzählt, was ich Ihnen gerade erzählt habe.«

»Und heute?«

»Heute hing sie hier nur rum, total nervös. Ist in der Wohnung auf und ab getigert. Beim kleinsten Geräusch zusammengefahren. Hat geraucht wie ein Schlot, obwohl sie weiß, wie ich Passivrauchen hasse. Ich hab zu Hause gearbeitet – ich bin im Versicherungswesen, musste ein Paket für einen Großkunden zusammenstellen –, und sie ist mir echt auf die Nerven gegangen.« Die Tallman wurde rot. »Ich weiß, das klingt schrecklich: Da steckt sie in solchen Schwierigkeiten, und ich beschwere mich, weil sie mich nervt.«

»Für diese Gefühle können Sie nichts. Das ist auch für Sie eine schlimme Situation.«

»Ja, allerdings. Ich meine, sie wird gesucht, und sie nicht der Polizei zu melden ist ein Verbrechen. Aber wie könnte ich das tun, wenn sie doch unschuldig ist? Außerdem hat sie sich ja bemüht, als ich mich über den Rauch beschwert habe. Hat sich zum Rauchen aus dem Luftschachtfenster gehängt, weil sie Angst hatte, sich an ein Fenster zu stellen, wo man sie hätte sehen können. Ich hab ihr Valium angeboten, dachte, das würde vielleicht was helfen, aber sie hat gesagt, nein, sie braucht einen klaren Kopf zum Nachdenken.«

»Hat sie irgendwie angedeutet, worüber sie nachdenken musste?«

»Na ja, als ich dann Feierabend gemacht hab, haben wir ein, zwei Gläser Wein getrunken, und da hat sie angefangen, davon zu reden, was sie denn jetzt machen soll. Sie hatte Angst, sich der Polizei zu stellen und darauf zu vertrauen, dass ihr nichts passiert. Ewig davonlaufen, hat sie gesagt, kann sie auch nicht, so will sie nicht leben, und außerdem hat sie kein Geld. Und ewig hier bleiben geht auch nicht. Und schließlich hat sie gesagt, wenn die Person, die sie dort oben in Oregon gesehen hat, wirklich den Reporter umgebracht hat, dann sei sie selbst jetzt in noch größerer Gefahr als vorher. Die Situation sei ausweglos, hat sie gesagt, also könne sie genauso gut alles riskieren.«

»Was meinte sie damit?«

»Keine Ahnung. Danach wurde sie schweigsam, und kurz darauf ist sie dann ins Schlafzimmer gegangen, um zu telefonieren. Als sie wieder rauskam, erklärte sie mir, sie würde sich jetzt mit der Person treffen, um einen Deal zu machen. Ich hab gefragt, ob das denn nicht gefährlich sei, und sie sagte, sie habe der Person gesagt, dass sie für alle Fälle eine Versicherungspolice hinterlegt hätte.«

Eine Versicherungspolice – dieselbe Formulierung wie in Rogers letztem Tagebucheintrag.

»Hat sie die hier bei Ihnen hinterlegt?«

»Nein, sie sagte, nicht in der Wohnung.«

»Aber sie war doch seit ihrer Ankunft am Sonntag nicht mehr draußen gewesen?«

»Nein.«

»Aber wie sollten Sie denn irgendwas mit dieser Police machen können, wenn Sie nicht mal wussten, wo sie war oder worin sie bestand?«

»Ich sollte ja nichts damit machen. Ich glaube, sie wollte sie als Druckmittel gegenüber dieser Person benutzen – sie nur herausgeben, wenn sie dafür Geld kriegt und in Ruhe gelassen wird.«

Ein törichtes und gefährliches Unternehmen. »Wann ist sie von hier weggegangen?«

»So um acht.«

Vor fast zweieinhalb Stunden. »Zu Fuß?«

»Na ja, ein Taxi hat sie nicht gerufen.«

»Und das ist alles?«

»Ja. Sie glauben, ihr ist was passiert, oder?«

»Möglich.«

»Wenn ja, verzeih ich mir nie –«

Ich schüttelte den Kopf, hob die Hand, um sie zum

Schweigen zu bringen. Draußen kontrapunktierte eine heulende Sirene die Worte und Satzfetzen, die in meinem Kopf nachhallten.

Versicherungspolice ... Eddie wird sich um sie kümmern ... er wird dafür sorgen, dass sie eine Versicherungspolice in Reichweite hat ... wichtig, dass du ihr zeigst, was du mir kürzlich gezeigt hast ... er hat gefragt, ob er von meinem Computer aus eine E-Mail verschicken könnte, sein Server sei zusammengebrochen ... nicht in der Wohnung ... in Reichweite ...

Ich fragte: »Ist Jodys Computer noch hier?«

»Ja, schon, aber der steht verpackt im Schrank, genau wie die anderen Sachen, die sie hier gelassen hat.«

Das war es also nicht. Verdammt!

Nicht in der Wohnung ... hat sich aus dem Luftschachtfenster gehängt ...

Ich sah mich um, fragte die Tallman: »Wo ist das Luftschachtfenster?«

»Was hat das denn –?«

»Zeigen Sie's mir.«

»In der Küche, gleich neben dem Kühlschrank. Sie können's nicht übersehen.«

Ich lief hin. Die Milchglasscheibe befand sich in der Längswand des Apartments. Ich entriegelte das Fenster und beugte mich hinaus in ein schummriges Geviert, das nach abgestandenen Küchendünsten und Moder roch.

Die Tallman kam hinter mir her und fragte mich, was ich da machte, aber ich ignorierte sie. Ich tastete herum, bis meine Finger auf einen Plastikbeutel stießen, der mit Klebeband am Fensterrahmen befestigt war. Das Klebeband löste sich, und fast wäre der Beutel hinuntergefallen. Das hätte mir gerade noch gefehlt – den Schacht hinunterklettern zu müssen wie Spiderwoman.

Ich trat vom Fenster zurück und hielt den Beutel ins Licht. Drinnen war eine Diskette.

Im Hereinkommen hatte ich gesehen, dass das Wohnzimmer zum Büro umfunktioniert war. »Haben Sie ein Zip-Laufwerk an Ihrem Computer?«, fragte ich die Tallman.

»Ja.«

»Laden Sie das hier auf den Desktop herunter, ja?«

Sie führte mich zu ihrer Workstation, fuhr den Computer hoch, legte die Diskette ein.

»Danke«, sagte ich. »Sie gehen besser rüber ins andere Zimmer, während ich mir das hier angucke.«

»Hey, das ist meine –«

»Wissen Sie noch, was Jody gesagt hat? Es ist besser für Sie, nichts zu wissen.«

Sie grunzte unwirsch, dann entfernten sich ihre Schritte in Richtung Essbereich.

Ich öffnete die Datei und scrollte mich durch den Text, den Roger auf Jodys Computer getippt und dann kurz vor seinem Selbstmord gelöscht hatte. Es war keine E-Mail, die er bei ihr schreiben musste, weil sein Server zusammengebrochen war, wie er ihr gegenüber behauptet hatte; er hatte ja vorher noch von seinem Computer die Abschiedsmails an seine Brüder geschickt. Als Jody sein Tagebuch gelesen hatte, war ihr das aufgegangen, und nach der Methode, die Eddie ihnen beiden gezeigt hatte, hatte sie das Dokument wiederhergestellt und auf Diskette gespeichert.

Rogers Worte bestätigten vieles von dem, was ich bereits vermutet hatte.

Und verrieten mir etwas, worauf ich selbst nie gekommen wäre.

Fast drei Stunden her, dass Jody das Apartment verlassen hatte. Sie war in höchster Gefahr, wenn nicht schon tot. Die Polizei anrufen?

Nein, ich konnte ja nur vermuten, wo sie war, und meinen Gedankengang zu erläutern würde zu lange dauern.

Also allein hinfahren.

Aber ich brauchte ebenfalls eine Versicherungspolice. Ich markierte das gesamte Dokument und schickte es, mit einer eigenen Botschaft versehen, als E-Mail an Adah Joslyn, sowohl an ihre Privat- als auch an ihre Dienstadresse.

Wieder kauerte ich hinter dem fahruntüchtigen Pick-up an der Water Street und studierte das Resort. Der Nebel war jetzt dichter und zog landeinwärts, aber hinter den abgeklebten Fenstern im Obergeschoss konnte ich einen schwachen Lichtschimmer ausmachen. In meinem Kopf spulten sich immer wieder Passagen aus Rogers letzter Mitteilung ab.

> Ich hätte nicht hingehen sollen, aber inzwischen war mir klar, dass Dinah mich nur benutzt hatte, als sie mich an dem Nachmittag anmachte. Dass sie nur Zeit schinden wollte, um etwas mit dem Material anfangen zu können, das Kat ihr geliefert hatte. Gott, wie blöd von mir, ihr zu glauben, als sie sagte, dass sie mich immer noch liebte. Aber Dinah wusste immer schon, welche Knöpfe sie bei mir drücken musste.

Ich war beim Piergebäude vorbeigefahren, um die 357er Magnum zu holen, die ich normalerweise in meinem Bürosafe aufbewahrte. Jetzt spürte ich ihr beruhigendes Gewicht im Außenfach meiner Umhängetasche. Ich habe eine seltsame Hassliebe zu Schusswaffen: Liebe, weil ich eine gute Schützin bin und sie mir schon etliche Male das Leben gerettet haben; Hass, weil ich gesehen habe, was sie Menschen Schreckliches antun können – und weil ich drei Mal sogar selbst dafür verantwortlich war.

Nach einem Weilchen verließ ich meine Deckung und nahm denselben Weg wie vorhin. Das Bootshaus war immer noch abgeschlossen, und ich sah nirgends einen weiteren Wagen.

> Sie sagte, sie wolle sich um fünf mit dem Mann von der Baufirma treffen, aber als ich die Autos sah, wurde mir klar, dass sie in Wirklichkeit mit Tessa Remington verabredet war. Ich nahm an, dass sie die Informationen weitergeben wollte, die Kat aufgetrieben hatte, und ich wollte wissen, was das war, also ging ich rein. Der zweite Fehler.

Um die Bayseite des Hauses lief ein Plankensteg. Als ich ihn entlanggehen wollte, sah ich einen Wagen dicht am Geländer der unteren Terrasse stehen. Die Fenster der Bar gingen auf den Steg hinaus, waren aber ebenfalls mit Folie abgehängt; dennoch huschte ich geduckt an ihnen vorbei. Jetzt sah ich, dass es sich bei dem Wagen um einen roten Pontiac Firebird handelte, ein sportliches, aber nicht sonderlich teures Modell. Er trug die Nummernschilder, die vorher am BMW gewesen waren. Ich versuchte, die Türen zu öffnen, aber sie waren verriegelt.

Das Geländer der Treppe zum Obergeschoss erschien mir noch wackliger als beim letzten Mal. Ich arbeitete mich langsam hinauf, testete jedes Brett mit der Fußspitze, ehe ich es belastete. Ich wusste nicht genau, was ich machen würde, wenn ich oben war. Das würde sich dann ergeben.

> Sie rief um kurz nach acht an und sagte, sie habe alles geregelt. Ich solle niemandem etwas sagen, vor allem nicht dir, Jody. Sonst, sagte sie, hätte das Konsequenzen für uns beide. Ich brauchte nicht zu fragen, was sie damit meinte.

Oben angelangt, schlich ich durch den Nebel zur Tür. Kein Licht, weder in der Bar noch in der Küche dahinter. Das Vorhängeschloss an der Tür war, genau wie das am Bootshaus, ein solides Modell – es zu knacken würde Zeit kosten. Zeit, die ich nicht hatte.

Zwei Fenster, genau wie die unten, flankierten die Tür. Ich entdeckte neben dem linken ein paar lockere Schindeln, stemmte sie los. Dahinter nur Teerpappe, alt und spröde; ich riss sie heraus. Zwischen Holzwerk und Fenster war kaum noch Isoliermaterial; ich rupfte den Rest heraus und bearbeitete die Dämmplatten auf der Innenseite mit meinem Schweizer Messer. Binnen Minuten hatte ich genug herausgesäbelt, um den Arm durchstrecken und das Fenster entriegeln zu können. Der rostige Alurahmen quietschte protestierend, als ich das Fenster hochschob.

Ich wartete ab, ob das Geräusch jemanden alarmiert hatte. Offenbar nicht. Ich kletterte durchs Fenster in den dahinter liegenden Raum. Wenn ich mich recht erinnerte, führte von hier eine Treppe nach unten. Ich tastete mich die Bar entlang zu der Notausgangstür. Von der anderen Seite verriegelt. Von unten hörte ich jetzt eine Stimme, hart und insistierend, aber was sie sagte, konnte ich nicht verstehen. Sie redete ohne Pause weiter.

Du kennst sie nicht. Sie ist eine habgierige, arrogante Person, die sich über alle Regeln erhaben fühlt. Sie wird vermutlich versuchen, dich einzuschüchtern und herauszukriegen, wie viel du weißt. Du darfst sie nicht unterschätzen.

Ich legte das Ohr an die Tür, horchte angestrengt. Jetzt protestierte da eine zweite Stimme. Wieder verstand ich nicht, was sie sagte, aber darin schwang Angst. Die andere Person schnitt ihr mit einem verächtlichen Lachen das Wort ab.

Es musste doch noch einen anderen Weg nach unten geben. Vielleicht durch die Küche – die war für beide Etagen. Sie mussten das Essen doch irgendwie nach unten gekriegt haben, ohne es durch die Bar zu tragen.

Ich nahm die Taschenlampe heraus, bewegte mich langsam und vorsichtig, um kein Geräusch zu machen. Spinnweben wischten mir über Gesicht und Hände; ich schlug sie weg. Als ich an einen der Schwingtürflügel stieß, wäre er fast aus den Angeln gefallen. Ich hob ihn vorsichtig heraus, legte ihn auf den Profiherd.

Neben dem Herd war eine Tür in der Wand – noch ein Notausgang vielleicht. Ich betätigte vorsichtig die Klinke. Als die Tür aufging, schlug mir ein Schwall eisiger Luft entgegen. Ein Kühlraum. Aber warum teuren Strom verbrauchen, wenn doch –

Mich überlief ein Schauer, der nichts mit der Kälte zu tun hatte. Ich betrat den Kühlraum, achtete darauf, dass die Tür nicht hinter mir zufiel. Leuchtete mit der Taschenlampe um mich –

Und näherte mich vorsichtig einem Edelstahltisch, über den eine verdächtig gebeulte, farbfleckige Segeltuchplane gebreitet war. Ich hob die Plane an, leuchtete darunter.

Kurzes, blondes Haar, von Eiskristallen glitzernd. Wächserne, eingefallene Züge, von denen man sich nicht vorstellen konnte, dass sie einmal voller Leben und Selbstvertrauen gewesen waren. Eine blutige, klaffende Wunde und Verfärbungen an der rechten Schläfe.

So also hatte sie »alles geregelt«. Na ja, noch nicht ganz. Heute Nacht wollte sie die Sache zu Ende führen.

> Als ich reinging, hörte ich im Obergeschoss laute Stimmen. Ich rannte die Treppen zur Bar hinauf und sah sie miteinander kämpfen. Sie schrien sich an, es ging irgendwie um Jorge. Tessa war unterlegen, und ich wusste aus eigener Erfahrung, wozu Dinah fähig war, also ging ich dazwischen und versuchte, sie zu trennen. Dinah ging auf mich los, und Tessa hielt mich fest, benutzte mich als Schild. Ich drehte mich um und stieß sie weg, und sie fiel hin und schlug mit dem Kopf gegen die Bar. Es gab ein grässliches Geräusch, und ich wusste sofort, dass sie tot war. Also habe ich, feige wie ich bin, die Flucht ergriffen. Ich bin einfach losgerannt, nur weg von dem, was ich Schreckliches getan hatte.

Ich breitete die Plane wieder über Tessa Remingtons gefrorenes Gesicht. In der Küche lehnte ich mich schwer atmend an die Wand. Da war er, der Beweis, den ich brauchte. Jetzt die Polizei rufen und –

»Nein!« Es kam von unten, ein abgewürgter panischer Schrei.

Ich sah mich nach einer weiteren Tür um. Keine da. Aber auf der anderen Seite der Küche war eine dunkle, leere Nische. Nein, nicht leer – eine Art hölzerner Aufzugkäfig. Der Speisenaufzug, der das Essen nach unten gebracht hatte.

Ich steckte die Taschenlampe weg, nahm die Pistole heraus. Obwohl es ein großer Gaststättenspeisenaufzug war, würde es eng werden. Wenn er überhaupt funktionierte. Ich entdeckte den Bedienungsknopf, quetschte mich in den Aufzugkäfig – sitzend, die Wirbelsäule an die Rückwand gepresst, den Kopf ein-, die Beine angezogen. Schmerz schoss durch meinen Rücken. Ich ignorierte ihn, drückte den Knopf.

Der Käfig ruckte. Bewegte sich rumpelnd und ratternd abwärts. Ich hob die Beine an, um sofort zutreten zu können, umfasste die 357er fest mit beiden Händen.

Der Aufzug stoppte jäh, was meiner Wirbelsäule einen fürchterlichen Schlag versetzte. Ich rammte die Füße in das Holzpaneel vor mir. Es gab nach, und ich hörte einen Aufschrei, als es gegen einen Körper krachte.

Ich kämpfte mich aus dem Käfig, kam nicht richtig in den Stand, taumelte rückwärts gegen die Wand neben dem Schacht.

»Achtung!«, rief Jody Houstons Stimme.

Ich konnte dem Billardqueue gerade noch ausweichen. Es sauste an meinem Kopf vorbei. Dinah Vardon schwang es erneut, und diesmal traf es mich an der Schulter. Die Pistole fiel mir aus den Händen. Ich ließ mich auf die Knie fallen, um nach ihr zu angeln. Die Vardon zog mir eins über den Hintern.

Ich robbte unter den Billardtisch. Meine Finger berührten die 357er. Ich bekam sie zu fassen, drehte mich auf den Rücken und brachte die Waffe in Anschlag. Die Vardon stand mit erhobenem Queue über mir.

»Lassen Sie das Ding fallen, Dinah!«

Sie wich zurück, ohne das Queue zu senken.

Ich rutschte unterm Tisch hervor, manövrierte mich auf die Knie, dann in den Stand.

»Fallen lassen!«

Sie sah mich verächtlich an, ließ dann das Queue fallen. »Hören Sie«, sagte sie, »stecken Sie das Ding da weg, dann reden wir.«

»Nichts da.« Ich zeigte auf die Houston, die auf einem Stuhl saß, die Beine mit Klebeband festgewickelt, die Hände hinterm Rücken gefesselt. »Schneiden Sie sie los.«

Die Vardon ignorierte meine Anweisung. »Das muss nicht sein, wissen Sie. Ich habe Geld, viel Geld. Ich zahle Ihnen –«

»Ich will Ihr Geld nicht. Schneiden Sie sie los.«

»Sie wissen ja nicht, wie viel. Ich habe zwanzig Millionen Dollar. Mehr noch, wenn ich Tessas Namen unter die Verkaufsunterlagen für das *InSite*-Gebäude setze und den Verkauf abwickle. Und noch mehr, wenn ich die Codenummern ihrer Offshorekonten knacken kann.«

»Daran können Sie im Gefängnis in aller Ruhe arbeiten – vorausgesetzt, man lässt Ihnen Ihren Computer.«

»Ich habe keine Angst vor dem Gefängnis. Und auch nicht vor Ihnen.«

»Sollten Sie aber.«

»Dieser Meinung bin ich nicht. Die letzte Chance, mein Angebot anzunehmen, McCone.«

»Nein, danke.«

»Ihr Pech.« Sie zuckte die Achseln und sagte lächelnd: »Wenn Sie mein Geld nicht wollen – ich weiß einen hervorragenden Anwalt, der es gern nehmen wird.«

Mittwoch, 25. April

Es war genau Mitternacht, als die Polizei kam.

Ich hatte keine Probleme gehabt, Dinah Vardon am Fliehen zu hindern – ja, ich war überhaupt nicht in die Verlegenheit gekommen. Die auf sie gerichtete 357er scheinbar gar nicht wahrnehmend, hatte sie sich an den Billardtisch gesetzt, ihren Anwalt angerufen und ins Gerichtsgebäude zitiert und im Übrigen die Houston und mich schlicht ignoriert. Später dachte ich, dass sie mich an eine beleidigte Katze erinnerte: Die kehrt einem den Rücken zu und starrt in die Ferne, aber am Anlegen und Drehen der Ohren sieht man, dass sie ganz genau verfolgt, was hinter ihr vorgeht.

Und in der Zeit zwischen meinem Anruf in der Notrufzentrale und dem Eintreffen der ersten Streifenwagen gab es für die Vardon eine Menge zu verfolgen. Jody bestätigte, was Eddie Nagasawa mir erzählt hatte, und im Großen und Ganzen auch meine eigenen Vermutungen. Sie hatte Eddie wegen der in Rogers Tagebuch erwähnten »Versicherungspolice« gefragt, nachdem die Vardon bei ihr angerufen und ihr vorgeschlagen hatte, »sich mal zusammenzusetzen und über Roger zu reden«. Als Eddie ihr gezeigt hatte, wie sie Rogers Dateien wiederherstellen konnte, hatte sie eine Weile gebraucht, um alles zusammenzupuzzeln und darauf zu kommen, dass sich die so genannte Police auf ihrem eigenen Computer befand. Schließlich hatte sie sie gefunden und auf Zip-Diskette gespeichert, ohne recht zu wissen, was sie damit anfangen sollte.

Falls irgend möglich, hatte sie Rogers Geständnis nicht publik machen wollen; der Tod der Remington war ein Unfall gewesen, aber seine Mitschuld würde sein Andenken bei den Menschen, die ihm etwas bedeutet hatten, beflecken. Andererseits hatten ihr Tessa Remingtons Mann und deren Freunde Leid getan. Ihr war bewusst gewesen, dass sie ein Recht darauf hatten zu erfahren, was passiert war. Und die Vardon hatte nicht lockergelassen, sondern immer wieder angerufen, und die Telefonate hatten einen bedrohlichen Ton angenommen. Als Jody mich dann in Rogers Apartment angetroffen hatte und klar gewesen war, dass die Nagasawas den Gründen für Rogers Selbstmord nachgehen wollten, hatte sie beschlossen, die Diskette seinem Vater zu geben, doch dessen skeptische erste Reaktion hatte sie abgeschreckt. Am nächsten Tag hatte die Vardon wieder angerufen, und Jody hatte ein Treffen mit ihr vereinbart, war dann aber stattdessen mit der Diskette nach Oregon geflüchtet.

Sehr wahrscheinlich hatte die Vardon gewusst oder herausgefunden, dass Jody das Häuschen in Eagle Rock besaß, und war in der Absicht hingefahren, sie umzubringen. Doch dann war sie zufällig auf JD gestoßen. Ich würde vermutlich nie erfahren, was sich bei dieser Konfrontation abgespielt hatte. Und bei dem Mangel an Beweisen standen die Chancen, dass Mordanklage gegen sie erhoben würde, fifty-fifty.

Sie hatte einen Unfalltod vertuscht. Hatte Tessa Remingtons Passwörter herausgefunden und die Econium-Measures-Konten abgeräumt. War, während Tessa tot im Kühlraum lag, zwei Monate mit deren teurem Wagen herumgefahren, weil ihr – wie sie sich Jody gegenüber gebrüstet hatte – keiner auf die Spur kommen würde und sie schon mal ausprobieren wollte, wie es war, reich zu sein. Hatte Kat Donovan bestochen, die Gegend zu verlassen, wobei sie in dem BMW bei ihr vorgefahren war, mit einem gelben Kopftuch, das sie der kurzsichtigen Nachbarin als »blonde Frau in einem schicken Wagen« hatte erscheinen lassen. Hatte Jody gekidnappt und ihr wiederholt gedroht, sie umzubringen, wenn sie die Diskette nicht herausrückte.

Und wenn ich ihr heute Abend nicht in die Quere gekommen wäre, hätte sie Tessas Leichnam und persönliche Habseligkeiten entsorgt, indem sie den Wagen vom tückischen Devil's Slide südlich der Stadt hätte rollen lassen. Jody war sich sicher, dass sie selbst nach Herausgabe der Diskette mit in dem Wagen gesessen hätte.

Aber Hochmut macht dumm. Die Vardon hatte sich selbst verraten, nur weil sie es sich nicht hatte verkneifen können, vor Jody zu prahlen. Und sie hatte die Gerichtsmedizin unterschätzt: beim Zustand von Tessas Leiche hätte kein Pathologe geglaubt, dass sie und Jody gemeinsam bei einem Autounfall umgekommen waren.

Doch diese Verbrechen waren nichts im Vergleich zu dem Mord an JD. Es schmerzte mich, dass er wahrscheinlich nie gesühnt werden würde.

Plötzlich hörte ich hinter mir Adah Joslyns Stimme: »Verdammt, McCone, du weißt doch, dass ich zu Hause kaum je meine E-Mails angucke.«

Ich drehte mich um. Selbst zu dieser Stunde trug sie ein schickes Schneiderkostüm, und ihr lockiges Haar war perfekt gestylt. »Ich habe dir auch eine an deine Dienstadresse geschickt. Kontrolliert denn niemand, was da reinkommt, wenn du dienstfrei hast?«

»Doch, meine Kollegen von den anderen Schichten. Einer von ihnen hat sie gelesen.«

»Und da war er nicht so schlau, hierher zu kommen?«

»Er ist erst kürzlich aus Detroit gekommen. In deiner Mail stand, dass du zum Last Resort wolltest. Woher zum Teufel sollte er wissen, was das ist?«

»Das ist ein Argument.« Ich sah zur Tür, wo die Vardon jetzt in Handschellen abgeführt wurde, dann zur anderen Seite des Raums, wo ein Sanitäter Jody Houston untersuchte.

»Die ist ganz schön zäh«, sagte ich. »Sie hat die Vardon so lange wie irgend menschenmöglich hingehalten. Und dann geschrien, als sie mich oben hörte.«

»Wenn sie gleich zu uns gekommen wäre, wäre JD noch am Leben. Und wir wissen beide, dass die Vardon, selbst wenn Mordanklage gegen sie erhoben wird, doch irgendeinen Staranwalt mobilisiert, der sie wegen Mangels an Beweisen da herauskriegt.«

Irgendetwas regte sich in meinem Gedächtnis. Ich schloss die Augen, bemühte mich, es an die Oberfläche zu holen.

»McCone? Alles klar?«

Ich sah JD vor mir, wie er lächelte, als wir uns am letzten Donnerstag vor dem *InSite*-Gebäude trafen. Hörte ihn sagen: »Das machst du immer noch.«

Ich frage Adah: »Wie schnell kriegst du einen Durchsuchungsbefehl für das Haus der Vardon?«

»In so einem Fall ziemlich schnell.«

»Gut. Das ist nur eine Vermutung, aber ich sage dir, wonach du suchen musst.«

»Hey, McCone!«

»Hmmm?« Ich lag im Bett im RKI-Apartment, zerschunden und zerschlagen und wieder einmal auf der Flucht vor der Presse. Ein Vicodin-induzierter Traum, in dem Seepferdchen zwischen Wildblumen herumschwammen, hielt mich immer noch in seiner Gewalt.

»Du hattest Recht«, sagte Adahs Stimme. »Wir haben die Jeans und das T-Shirt, die die Vardon bei der Rückkehr von Oregon trug, nachdem sie deine Reisetasche gestohlen hatte.«

Das riss mich hoch. »Und?«

»Der Penny steckte noch in der Jeans, genau dort, wo du gesagt hast.«

Wieder war der Vardon ihr eigener Hochmut zum Verhängnis geworden. *Ihr* Haus würde niemand durchsuchen. Niemand würde die Kleidungsstücke mit dem Mord an JD in Verbindung bringen.

»Ausnahmsweise«, sagte Adah, »ist dein Aberglaube mal für was gut.«

»Allerdings«, sagte ich. Ich hatte mich dunkel erinnert, als ich die Jeans das letzte Mal angehabt hatte, einen glänzenden neuen Penny gefunden und in die Vordertasche gesteckt zu haben. Just auf solche Fälle bezog sich der Ausdruck »Glückspenny«.

Freitag, 27. April

Irgendwann lässt du los.

Du weißt jetzt, dass es so viele Gründe wie Selbstmorde gibt. Dass oft mehr als ein Faktor zu diesem letzten Akt der Selbstzerstörung führt. Und dass keiner dieser Gründe irgendetwas mit den Lebenden zu tun hat – mit dir.

Ich ließ los, als ich auf den Marin Headlands stand und mich erinnerte.

Joey. Sein Leben, und er hatte es mit niemandem von uns teilen wollen. Aus irgendeinem Grund hatte er keine emotionale Bindung zu seiner Familie aufgebaut, so wenig wie wir zu ihm. Kein Grund zu Schuldgefühlen oder Reue; so was kam vor. Er war vermutlich so gestorben, wie er es sich gewünscht hatte – einsam und allein.

JD. Sein Leben, und er hatte anderen so viel von sich gegeben. Aber da war auch eine hermetische, verschwiegene Seite seiner Person gewesen, die Seite, die ihn zum investigativen Journalisten gemacht hatte. Er hätte den Tod nie freiwillig gesucht, aber gelegentlich war er, um einer guten Story willen, das Risiko eingegangen. Auch hier kein Grund zu Schuldgefühlen oder Reue. Er war gestorben, während er das getan hatte, was seine größte Leidenschaft gewesen war, und mit der Zeit würde dieses Wissen meine Trauer lindern.

Hinter mir hörte ich die Stimmen derer, die sich hier auf der Steilküste oberhalb des Golden Gate versammelt hatten, um JDs Leben zu feiern. Ein episkopalischer Geistlicher, der ihm nie begegnet war, aber begriff, was ein richtiger Trauergottesdienst seinen frommen Eltern bedeutete, hatte, von JDs Freunden gebrieft, die Trauerpredigt gehalten. Tische mit Essen und Trinken waren aufgebaut worden, und solange seine Eltern da gewesen waren, hatten wir seiner ernst und düster gedacht. Doch als die Mietlimousine mit den Smiths in Richtung City aufgebrochen war, wurde der Ton leichter. Stimmen wurden erhoben, als heitere und oft wenig pietätvolle Erinnerungen zum Vorschein kamen. Gläser wurden erhoben, als es an die Lieblings-JD-Anekdoten ging.

Als meine Stimmung wieder ernster wurde, ging ich ans Klippengeländer, um mich still von ihm zu verabschieden, während ich über die Bay auf die Stadt blickte, die er so geliebt hatte. Ein Friede, wie ich ihn seit vielen Monaten nicht mehr gekannt hatte, kam über mich. Die Spätnachmittagssonne vergoldete die Stadt. Ich wusste, das war nur Make-up, um ihre vielen Schönheitsfehler und Narben zu verdecken, aber ich wusste auch, dass sich unter diesen Unvollkommenheiten große innere Schönheit verbarg. Menschen wie die, die sich hier zu JDs Ehren versammelt hatten, waren ein wesentlicher Teil dieser Schönheit, genau wie –

Kräftige Hände legten sich um meine Schultern. Ich lächelte, weil ich Hys Berührung erkannte.

»Na du«, sagte er. »Tut mir Leid, dass ich es nicht mehr zum Trauergottesdienst geschafft habe. Die Flüge …«

»Es war richtig gut. Ich habe für uns beide gesprochen und die Geschichte von der Whale-Watching-Expedition erzählt.«

»Ich werde nie vergessen, wie er die ganze Zeit sagte, ›Ich kann nicht seekrank werden, ich bin *Reporter*! Wir dürfen nur kotzen, wenn wir betrunken sind!‹«

»Echt JD.«

»Und wie fühlst du dich jetzt, McCone?«

»Reif.«

»Wofür.«

»Für die Zwo-fünf-zwo-sieben-Tango.«

»Flugziel?«

»Touchstone.«

»Dachte ich mir schon, darum habe ich auf dem North Field angerufen. Sie ist fertig aufgetankt.«

Ich sah schon vor mir, wie der Flughafen und Oakland unter uns auf Spielzeuggröße schrumpften. Wie die Bay hinter uns entschwand. Wie das dicht bewaldete Küstengebirge dämmerdunkel wurde, während wir es überflogen und dann der Küste nordwärts folgten. Wie uns die Buchtenkette von Mendocino County begrüßte …

»Nach Hause, Ripinsky.«